OSCAR
BESTSELLERS

ELIN HILDERBRAND

UN INVERNO IN PARADISO

Traduzione di Giuseppe Maugeri

Titolo originale dell'opera: *Winter in Paradise*

I edizione Oscar Bestsellers giugno 2022

ISBN 978-88-04-74872-4

Questo volume è stato stampato
presso ELCOGRAF S.p.A.
Stabilimento - Cles (TN)
Stampato in Italia. Printed in Italy

oscarmondadori.it

mondadori.it

Un inverno in paradiso

A Matt e Julie Lasota:
St John era un posto di vacanza,
ma dopo avervi conosciuti è diventata casa

Nota dell'autrice

Questo è il primo dei miei romanzi non ambientato a Nantucket, la mia isola natale. La sua cornice è comunque un'isola che considero casa quando sono lontana da casa, il mio luogo felice nonché il mio rifugio: St John, nelle U.S. Virgin Islands. Ci sono andata per la prima volta nella primavera del 2012 e, da allora, ci sono tornata ogni anno per un periodo di cinque settimane per portare a termine i libri scritti in inverno (è lì che ho completato tutti i romanzi della serie Winter Street) e iniziare quelli estivi (è lì che ho scritto ampie sezioni di *Beautiful Day*, *The Matchmaker*, *The Rumor*, *Here's to Us* e *The Identicals*). Nel corso degli anni ho conosciuto alcuni degli isolani, ed è stato questo a consolidare il mio amore per St John. Ho sempre sostenuto che, in ultima analisi, se amiamo un luogo è per le persone che lo abitano.

Come molti di voi sapranno, le Virgin Islands (sia U.S. sia British) hanno subito ingenti danni a seguito degli uragani Irma, Jose e Maria nell'autunno del 2017. Temevo di non poter rivedere St John nella primavera successiva ma, alla metà di marzo, l'isola era pronta ad accogliermi e io ci sono tornata, piena di gioia e di riconoscenza.

L'isola non è più la stessa. Ci sono ancora zone completamente devastate, case distrutte, alberi che sembrano ossa spezzate. Molte delle attività locali, posti che amavo con tutto il cuore, hanno chiuso temporaneamente o per sempre. Durante il mio soggiorno, tra marzo e aprile del 2018, i due resort più importanti dell'isola, il Westin e il Caneel Bay, erano inagibili. Ma lo spirito di St John è sopravvissuto. La gente era ottimista e guardava al futuro. L'isola vibrava di rinascita. E, come sempre, ho trascorso cinque settimane splendide, immersa nella magia.

Ho ambientato il romanzo che state per leggere nel gennaio del 2019, anche se è come fosse il 2017, prima dell'uragano. Troverete citati negozi, ristoranti e alberghi non più in attività. Sentivo che per scriverlo al meglio dovevo tratteggiare la St John che avevo conosciuto e amato, senza complicare la narrazione con i dettagli legati alla tempesta. Non è da escludere che l'uragano riemerga nel corso della trilogia, ma non in questo libro. Vorrei ricordare le perdite e le difficoltà patite dalla mia amata isola e dalla sua gente, e lodare l'intera comunità per l'abnegazione, il coraggio e la capacità di cooperare che ha dimostrato. Siete un esempio per tutti noi. Dio vi benedica!

La buona notizia è che St John è pronta ad accogliervi, non importa che il vostro sia un ritorno o una prima volta. È il paradiso di sempre, ma ancora più bello per tutto quello che ha dovuto affrontare.

Parte prima

NEGLI STATES

Irene

Iowa City

È la prima sera dell'anno nuovo.

Irene Steele ha trascorso la giornata seguendo una scaletta serrata. Dalle nove all'una, ha archiviato ogni singola scartoffia relativa alla ristrutturazione completa della sua casa del 1892 in Church Street, in stile regina Anna. Dall'una alle due, si è concessa un sandwich abbastanza impegnativo – insalata di pollo e pane di segale (è sempre stata snella, per fortuna, quindi niente diete dopo le feste) – per poi schiacciare un pisolino in salotto, sulla méridienne di velluto davanti al camino. Dalle due e un quarto alle tre e mezzo, ha scritto un'e-mail di risposta al suo capo, Joseph Feeney, editore della rivista «Heartland Home & Style», che due giorni prima l'aveva informata della "promozione" dal ruolo di caporedattrice a quello – appena creato – di vicedirettore, promozione che, oltre a dimezzare le sue ore di lavoro e le sue responsabilità, comportava un taglio retributivo pari al trenta per cento dello stipendio.

Alle quattro meno un quarto, ha provato a sentire suo marito Russ, in viaggio per affari. Il telefono ha squillato sei volte, prima che scattasse la segreteria, alla quale, però, non ha affidato alcun messaggio: tanto lui non li ascoltava mai.

Poco dopo, alle quattro e mezzo, ci ha riprovato, per sentirsi reindirizzare *direttamente* alla segreteria. Pur con qualche esitazione, ha riattaccato. Russ stava sempre incollato al telefono, giorno e notte. Perciò si è chiesta se stesse evitando intenzionalmente di risponderle. Forse era ancora arrabbiato per la discussione del giorno prima, ma la mattinata era iniziata con un sontuoso mazzo di calle bianche come la neve consegnato alla sua porta con un biglietto: "Perché tu ami le calle e io amo te. Baci, R.". Irene lo aveva apprezzato tantissimo: non c'era niente che rallegrasse una casa in inverno più dei fiori freschi. La stupiva il fatto che Russ fosse riuscito a trovare qualcuno che consegnasse in un giorno festivo, ma era anche vero che la sua ingegnosità non conosceva limiti.

Alle cinque, si è riempita un bicchiere di chardonnay Kendall-Jackson, ha fatto una doccia e ha indossato il maglione di seta e cashmere colorato e i pantaloni di crêpe neri di Eileen Fisher che le aveva regalato Russ per Natale. Poi si è infagottata nel montone, senza tralasciare paraorecchie e guanti di pelle, per percorrere i quattro isolati di Iowa City che la separavano dal Pullman Bar & Diner, dove la aspettava la sua migliore amica, la stimata professoressa di storia americana Lydia Christensen.

La cena del primo dell'anno è una tradizione ormai giunta al settimo appuntamento. Ha avuto inizio dopo che Lydia aveva divorziato dal marito fedifrago, Philip, e le trasferte di Russ erano passate da "quasi sempre" a "sempre". La cena doveva essere un rituale positivo, di vitalistica affermazione: Irene e Lydia elencano le innumerevoli fortune di cui godono – la loro amicizia è in cima alla lista – e manifestano le rispettive aspirazioni per i dodici mesi a venire. Ma sono donne in carne e ossa, dopotutto, e così, di tanto in tanto, la loro conversazione scivola in una serie di prevedibili lamentele. La più grande ingiustizia in questo mondo, secondo Lydia, è che gli uomini diventano più sexy e più attraenti con l'età, mentre le donne… be', le donne, decisamente, no.

«La CIA dovrebbe assumere le donne sulla cinquantina» dice. «Siamo invisibili.»

«Gradireste ancora un po' di vino, signore?» chiede Ryan, il cameriere.

«Sì, grazie!» risponde Irene, sfoggiando il più luminoso dei sorrisi. È forse invisibile, *lei*? Solo una settimana prima non l'avrebbe mai pensato, ma la notizia della "promozione" la induce a considerare che forse Lydia non ha tutti i torti. Joseph Feeney la sta spingendo giù lungo la scala gerarchica della testata (sperando che la cosa passi inosservata) per rimpiazzarla con Mavis Key, una energica trentunenne che ha lasciato un importante studio di interior design a Manhattan per seguire il marito a Cedar Rapids. Si era materializzata in ufficio solo otto mesi prima con il suo curriculum scintillante e sexy, ed ecco che, tutt'a un tratto, dal nulla, a Joseph è saltato in mente che la rivista doveva essere più elegante e sofisticata. Ha spostato l'attenzione e le risorse dalla versione cartacea a quella online e, servendosi della competenza di Mavis Key, ha voluto strutturare una "presenza sui social media". Un'idea a cui Irene è fermamente contraria. Adolescenti e millennials usano i social, ma i lettori di «Heartland Home & Style» sono donne tra i trentanove e i sessantacinque anni, la stessa fascia di età a cui appartiene lei. Quelle lettrici vogliono riviste da poter "tenere in mano", pagine patinate da sfogliare e ammirare nello studio del dentista; vogliono caratteristiche che riflettano i valori intimi e genuini del Midwest.

La "promozione" improvvisa, inaspettata e indesiderata la fa sentire una mamma in jeans dall'aria attempata. La fa sentire un'estranea. Parteciperà alle riunioni, quelle meno importanti, ma la sua opinione sarà ignorata. Rivedrà impaginazione e contenuti, ma non verranno apportate modifiche. Vedrà persone nei loro uffici, porterà gli inserzionisti a pranzo e avrà modo di farci due chiacchiere. L'hanno ridotta a una figura di rappresentanza, insomma: una mascotte, un animale da compagnia.

Irene alza lo sguardo su Ryan mentre riempie i loro bicchieri di burroso chardonnay – un Cakebread, una vera pazzia – e si domanda che cosa veda lui quando le guarda. Due vaghi contorni a forma di donna, di quelli che i detective tracciano con lo spray intorno ai cadaveri? O due donne vitali, interessanti, desiderabili a dispetto dell'età?

Okay, senza "desiderabili". Ryan – lo sa perché mangia al Pullman Bar & Diner almeno una volta alla settimana, quando Russ è via – ha venticinque anni e si sta specializzando in matematica applicata, anche se non ha affatto l'aria del matematico, secondo lei. Ha molto più in comune con altri Ryan famosi: Ryan Seacrest, Ryan Gosling, Ryan O'Neal.

Ryan *O'Neal*? Ecco come invecchiarsi da sola!

Irene ha solidi trascorsi nell'assecondare Lydia quando sale sul treno dell'autocommiserazione; per una sera, tuttavia, decide di non farlo. «Io non mi sento invisibile.» Poi, chinandosi sul tavolo, aggiunge: «In effetti, stavo pensando di candidarmi».

Lydia strilla come se l'avessero colpita al fianco con un pungolo per il bestiame. «Come? Cosa intendi con "candidarmi"? Vuoi dire al *Congresso*? O solo una cosa tipo il consiglio scolastico di Iowa City?»

È proprio al Congresso che stava pensando, anche se in bocca a Lydia la parola stessa suona assurda. Irene non sa *niente* di politica. Niente di niente. Ma in qualità di (ex) caporedattrice di «Heartland Home & Style» sa come portare a termine le cose. Sa cos'è una scadenza. E sa cosa significa ascoltare il punto di vista degli altri e avere a che fare con personalità difficili. Altroché se lo sa.

«Magari non proprio candidarmi» ammette. «Ma ho bisogno di qualcos'altro.» Non ha voglia di parlare della retrocessione camuffata da promozione: il dolore è ancora troppo fresco.

«Se c'è una che ha bisogno di qualcos'altro, quella sono *io*» ribatte Lydia. «Un uomo single, etero, di età compresa tra i cinquantacinque e i settanta, alto più di un metro e ottanta, con un reddito a sei cifre e un fondo pensione considerevole. Ah, deve avere anche il senso dell'umorismo. E hobby come fare la spesa, lavare i piatti e piegare il bucato.»

Irene scuote la testa. «Non sarà un uomo a risolvere i tuoi

problemi, Lydia. Lo abbiamo imparato secoli fa nel gruppo di autocoscienza, ricordi?»

«Li risolverà per il semplice fatto che il mio problema è che non ho un uomo.» Lydia vuota il bicchiere. «Tu fai fatica a capire, perché Russ stravede per te. Ti sta addosso giorno e notte.»

«Quando c'è» borbotta lei. Ma sa che le sue lamentele sono destinate a cadere nel vuoto. Russ era entrato a far parte della Hall of Fame dei Mariti sette anni prima, quando, per i suoi cinquant'anni, aveva noleggiato un aereo acrobatico per sorvolare in tondo Iowa City con uno striscione che recitava: "Buon compleanno, Irene Steele, ti amo!". Benché la cosa avesse impressionato le sue amiche, lei era rimasta infastidita da tanta ostentazione. Un bigliettino sarebbe stato sufficiente.

«Chiediamo il conto» propone Lydia. «Forse in libreria troveremo quel barman con la barba.»

Dopo aver diviso a metà, come fanno per tradizione con la cena del primo dell'anno, passeggiano per South Dubuque fino alla Prairie Lights. Il termometro è saldamente ancorato ai dieci gradi sottozero, ma Irene non fa più di tanto caso al freddo. È nata e cresciuta proprio lì, nell'Iowa orientale, dove i venti soffiano direttamente dal Manitoba. Russ, invece, il freddo non lo regge. Suo padre era un pilota della marina, perciò lui ha vissuto tra Jacksonville, San Diego e Corpus Christi; la prima volta che ha visto la neve frequentava già la Northwestern. In cuor suo, Irene considera quest'avversione di Russ per il freddo una sorta di difetto congenito. Per quanto lui possa essere eccezionale, di certo non lo descriverebbe come una persona calorosa.

Mentre le tiene aperta la porta della Prairie Lights, Lydia le strizza un occhio. «Eccolo lì» sussurra.

«Non essere timida. Ordina qualcosa di sofisticato e attacca bottone» dice Irene. «Anno nuovo, vita nuova.»

Lydia si toglie il cappello e scuote i capelli biondo fragola. È una bella donna, pensa Irene, e, con la sicurezza che sfoggia in questo momento, tutt'altro che invisibile. Non è forse scontato che Brandon, il barman di mezza età con gli occhiali spessi e il grembiule di pelle – più adatto alla saldatrice che alla macchina del caffè –, subisca il fascino della professoressa Lydia Christensen? La quale, tra l'altro, è stata coautrice della biografia definitiva del trentunesimo presidente degli Stati Uniti. Nonostante il giudizio negativo della storia, la maggior parte degli abitanti dell'Iowa è ben disposta nei confronti di Herbert Hoover perché nativo di West Branch.

Mentre Lydia si dirige a passo spedito verso il bar, Irene si avvicina agli scaffali delle novità. Per lei non esiste niente di meglio di una pila di libri nuovi sul comodino. Ecco una maniera arricchente per iniziare l'anno! Quanto alla vigilia, l'ha trascorsa a smontare e a mettere via tutte le decorazioni natalizie. Ha lasciato le scatole ai piedi delle scale per la soffitta. Russ dovrebbe rientrare domani in serata o giovedì mattina presto, le ha detto; e, una volta tornato, sarà completamente a sua disposizione. Era partito per un viaggio d'affari "a sorpresa" due giorni dopo Natale. Irene non aveva mai sentito di qualcuno che tirasse fuori dal cilindro più trasferte di lui, addirittura lasciandola sola a Capodanno. Ne avevano discusso animatamente al telefono, il pomeriggio precedente. Russ aveva detto: «Ti sono assolutamente devoto, Irene, e mi sforzo di cogliere il tuo punto di vista ogni volta che siamo in disaccordo. Ma vorrei che ricordassimo chi ha incoraggiato chi ad accettare questo lavoro. Che ricordassimo chi ha detto che non voleva passare tutta la vita sposata a un venditore di sciroppo di mais».

La loro conversazione, che si ripeteva da anni quasi parola per parola, era finita lì, come sempre. Era stata *lei* a spingere Russ ad accettare il lavoro in Ascension e, di conseguenza, i sacrifici che ne derivavano. Russ trascorre più tempo fuori che a casa, ma chiama di continuo, manda fiori e spesso, prima di andarsene, le lascia una sorpresa sul cuscino: gioielli o un paio di occhiali da lettura sgargianti, gift card per il Pullman, una trousse per i trucchi con il suo monogramma. È così premuroso e amorevole da farla sentire fredda e indifferente, in confronto. Inoltre – e la cosa non è affatto irrilevante –, il suo nuovo lavoro consente loro uno stile di vita estremamente piacevole, lussuoso per gli standard dell'Iowa. Sono proprietari di una magione vittoriana, con i giardini stravaganti e una piscina interrata, su un terreno di quattromila metri quadri in Church Street. E lei ha potuto ristrutturare l'edificio esattamente come aveva sognato, senza badare a spese. Ci ha messo quasi sei anni, procedendo una stanza alla volta.

Ora la casa è un capolavoro. Irene aveva spinto perché comparisse sulla rivista, incontrando però la resistenza di Mavis Key, secondo la quale sarebbe sembrata una forma di spudorata autopromozione spiattellare sulle pagine del giornale le foto della casa della sua caporedattrice. Il suo commento – "roba da narcisisti" – l'aveva ferita. Irene sospettava che il vero problema fosse l'avversione di Mavis per le case vittoriane. Fuori moda come lei.

"Mavis Key dovrebbe levarsi dai piedi" pensa. La casa non è soltanto il risultato di anni di scrupoloso lavoro, ma anche della sua anima. Il primo piano ha soffitti alti tre metri e mezzo e finestre ad arco ogivale con più strati di tende in velluto e damasco. La palette dei colori per tutta la casa declina le ricche tonalità scure delle pietre preziose: il soggiorno è granata, il salotto ametista e la cucina ha accenti di topazio e smeraldo. Ci sono arazzi e tappeti decorati ovunque, persino nei bagni. La parte della casa preferita da Irene non è una stanza vera e propria, quanto, piuttosto, l'imponente scalinata che abbraccia due piani. È in noce scuro e, in cima alla seconda rampa, si apre una squisita vetrata colorata che affaccia a est. Al mattino, quando sorge il sole, il pianerottolo del terzo piano è illuminato da un'esplosione di colori. E lei è solita andarci con la sua tazza di tè, solo per meditare sulla convergenza tra bellezza artificiale e naturale.

Irene ha supervisionato tutti i lavori di falegnameria interna, la sistemazione dei pavimenti, le riparazioni delle modanature dei soffitti, la complessa tinteggiatura – incluso un murale su più pareti della sala da pranzo che riproduce il paesaggio della contea di Door, nel Wisconsin, dove lei aveva trascorso le estati da bambina. Ha scelto anche gli oggetti d'antiquariato, spingendosi fino a Minneapolis e Portland, in Oregon, per comprarli.

Ora che la ristrutturazione è finita, non rimane altro da fare che godersi la casa, ed è qui che arriva l'intoppo. Quando ha detto a Lydia che ha bisogno di "qualcos'altro", non scherzava. Russ è via per lavoro *almeno* due settimane al mese e i ragazzi, ormai, sono grandi. Baker vive a Houston, dove fa day-trading azionario da casa mentre si occupa di Floyd, il figlio di quattro anni. Sua moglie, Anna Schaffer, è chirurgo cardiotoracico presso il Memorial Hermann, un lavoro molto stressante che le porta via tanto tempo; al pari di Russ, anche lei è quasi sempre via. Il figlio più piccolo, Cash, vive a Denver, dove possiede e gestisce due negozi di attrezzature sportive. Nessuno dei due torna più molto spesso a casa, e questo la rattrista, anche se sa che dovrebbe essere grata del fatto che entrambi stiano vivendo la loro vita.

Ma c'era stato un momento, il giorno prima, verso il tramonto, quando chiunque altro in America si preparava per i festeggiamenti di Capodanno – chi facendo la doccia, chi bevendo qualcosa mentre si vestiva, chi cucinando e chi, ancora, tirando fuori dall'armadio l'abitino nero –, in cui Irene aveva avvertito una fitta di profonda solitudine. Aveva litigato con Russ e, subito dopo aver riattaccato, aveva pensato di richiamarlo, ma si era trattenuta dal farlo. Non c'è niente di meno attraente di una donna bisognosa di attenzioni, e oltretutto lui aveva da fare.

Irene prende dallo scaffale la nuova raccolta di racconti di Curtis Sittenfeld; Curtis ha conseguito il master in scrittura creativa alla University of Iowa, che lei considera il corso più valido del paese nel suo genere.

A un certo punto, sentendo Lydia ridere, sbircia da dietro le pile di libri per vedere la sua amica e Brandon impegnati in una conversazione. Brandon ha appoggiato gli avambracci sul bancone e sembra sentire appena la macchina del caffè che stride alle sue spalle, tanto è estasiato.

"Alla faccia dell'invisibilità!" pensa Irene. Lydia brilla come l'aurora boreale.

Irene avverte il morso di un'emozione sconosciuta. È qualcosa di simile al *desiderio*, si rende conto. Le manca Russ. Suo marito aveva passato anni e anni a guardarla con amore mentre lei, il più delle volte, lo respingeva, trovando le sue attenzioni esagerate e imbarazzanti.

Poi viene distratta da un ronzio: il telefono in borsa. "Dev'essere lui" pensa con una punta di sollievo. Quando guarda il display, però, legge un prefisso che non conosce: 305. Immaginando si tratti di un call center, non risponde, delusa e un po' più che infastidita dall'atteggiamento di suo marito. Che fine ha fatto? Non ha notizie dal pomeriggio del giorno prima; non è da lui lasciar passare tutto quel tempo senza chiamare. Dove doveva andare stavolta? Gliel'ha detto? E soprattutto: lei glielo ha chiesto? Le "emergenze lavorative" obbligano Russ a soggiorni in località dal clima mite: Sarasota, Vero, Naples. Quasi sempre torna a casa abbronzato, suscitando le invidie di quanti, tra i loro amici, danno peso a queste cose.

Quando guarda l'ora – già le nove –, Irene realizza di aver dimenticato di chiamare Milly, la madre di Russ. Milly ha novantasette anni; vive nella casa di riposo Brown Deer, a Coralville, non lontano da casa loro. Adesso l'hanno trasferita in infermeria, ma la testa le funziona ancora e, arzilla e spiritosa com'è, rimane una delle preferite dagli altri ospiti e dallo staff. Irene la va a trovare una volta alla settimana e la chiama ogni sera tra le sette e le otto; stavolta, però, distratta dalle chiacchiere con Lydia, se n'è dimenticata. E ormai Milly starà dormendo.

"Non c'è problema" si dice infine. Passerà a trovarla domani, prima di rientrare dal lavoro. Sarà un buon modo per impegnare il pomeriggio, visto che le hanno ridotto l'orario. Magari la porterà al Wig & Pen. Milly adora le ali di pollo, anche se ovviamente il suo medico non approva. Ma cosa potrebbero farle? Ammazzarla, forse?

Sorridendo all'idea che Millicent Steele venga fatta fuori da un piatto di alette di pollo piccanti, Irene prende anche una copia di *Che fine ha fatto Bernadette?* di Maria Semple, un romanzo che cinque o sei anni prima aveva finto di leggere per il club del libro. Ultimata la ristrutturazione, adesso ha il tempo di recuperare il terreno perduto. Mentre si avvicina alla cassa per pagare, adocchia Lydia ancora intenta a chiacchierare con Brandon; tra loro, solo l'esile spirale di vapore che si leva dal caffè macchiato.

Lydia si gira quando Irene le tocca la schiena.

«Stai andando via?» le chiede. Ha le guance arrossate. «Io penso di restare ancora un po' a gustarmi il caffè.»

«Oh» risponde. «Certo. Grazie per la cena, è stata divertente. Buon anno, chiamami domani, fai attenzione quando torni a casa e compagnia bella.» Poi rivolge un sorriso a Brandon, che però tiene gli occhi fissi su Lydia come fosse l'unica donna al mondo.

"Buon per lei!" si dice Irene durante il tragitto verso casa. L'anno nuovo è appena iniziato e Lydia sta realizzando ciò che più desidera. Avere un uomo. Brandon il barman.

Fa un freddo cane e si è levato il vento. Irene tiene la testa china mentre si affretta a percorrere Linn Street, passando accanto a un gruppetto di studenti universitari che escono da Paglia's Pizza ridendo e scherzando. Uno dei ragazzi finisce per urtarla.

«Mi scusi, signora» dice. «Non l'avevo vista.»

"Invisibile" rimugina Irene.

Ma il pensiero svanisce alla vista della sua casa, subito dietro l'angolo: il suo meraviglioso castello, tutto illuminato dall'interno.

Accenderà il camino in biblioteca, pensa. Si preparerà una tisana e si accoccolerà sul divano con la sua coperta di ciniglia preferita e uno dei libri appena acquistati.

Forse il "qualcos'altro" che sta cercando non è una candidatura, si dice. Magari potrebbe trasformare la sua casa in un bed-and-breakfast. Ci sono sei camere da letto, tutte con bagno privato. Se anche dovesse tenerne una libera come stanza degli ospiti per la famiglia, gliene rimarrebbero ancora quattro da affittare. Quattro stanze dovrebbero essere gestibili, no? Una sua cugina di secondo grado, Mitzi Quinn, aveva mandato avanti una locanda a Nantucket fino alla morte del marito. Era stata un'esperienza fantastica, le aveva detto, anche se non adatta ai deboli di cuore.

Be', il suo cuore è indistruttibile come pochi.

Cosa direbbe Russ se gli raccontasse l'intenzione di gestire una locanda? È sicura che risponderebbe di fare qualunque cosa la renda felice.

In questo modo, ecco risolto il problema della solitudine: gente sempre in giro per casa.

Ma perché mai qualcuno dovrebbe venire ad Iowa City? Per il week-end dei genitori all'università, magari. Lauree. Partite di football.

La cosa ha un suo fascino. Ci penserà su.

Non appena apre la porta, sente squillare il telefono di casa. "Questo *dev'essere* Russ" pensa. Nessuno chiama più sul fisso.

Ma quando raggiunge il telefono nello studio, subito dopo l'ingresso principale, si accorge che il prefisso del numero che la sta chiamando è lo stesso 305 che le era apparso sul cellulare. Esita un istante, poi solleva il ricevitore.

«Sì?» risponde. «Residenza Steele.»

«Salve, potrei parlare con Irene Steele, per favore?» La voce di una donna mai sentita prima.

«Sono io.»

«Signora Steele, sono Marilyn Monroe, la segretaria di Todd Croft.»

Marilyn Monroe, la segretaria dal nome strano di Todd Croft. Sì, ne ha sentito parlare, anche se non l'ha mai conosciuta. Quanto a Todd Croft, il capo di Russ, lo ha incontrato solo una volta. Russ e Todd Croft si conoscono dai tempi della Northwestern, e tredici anni prima lei e il marito lo avevano incontrato per caso nell'atrio del Drake Hotel di Chicago. Era stato quell'occasione fortuita a sfociare nell'offerta di lavoro per cui aveva tanto insistito con Russ. Ora Todd Croft è soltanto un nome, benché costantemente sulla bocca di suo marito. È diventato un sinonimo della forza invisibile che governa le loro vite. "Todd ha bisogno di me a Tampa, martedì", "Todd sta corteggiando nuovi clienti a Lubbock". Lei lo ha soprannominato scherzosamente Thot, come la divinità egizia. Anche perché è proprio a lui che deve tutto ciò che ha: la casa, la piscina e il gazebo, la nuovissima Lexus in garage.

«Buon anno, Marilyn...» la saluta Irene. Lo fa con una nota di esitazione perché non ha idea del motivo per cui Marilyn Monroe (non può impedirsi di immaginarla come una bionda platino, prosperosa, con un neo sulla guancia) la stia chiamando. «È tutto...?»

«Signora Steele» la interrompe Marilyn. «È successa una cosa.»

«Una cosa?»

«C'è stato un incidente. Mi rincresce di doverle comunicare che suo marito è morto.»

Ayers

St John, U.S. Virgin Islands

I camerieri di tutto il paese – che diamine, di tutto il mondo – attendono con timore l'ultimo dell'anno. E benché Ayers Wilson non faccia eccezione, si sforza di considerare la cosa con mente aperta. È solo una sera come le altre a La Tapa, il miglior ristorante di St John, ovvero, secondo lei, il migliore delle Virgin Islands (U.S. e British). Stasera, a festeggiare, solo tavoli con menu fisso, ottantacinque dollari a testa, e perciò, per diversi aspetti, il servizio sarà più semplice del solito e le mance ottime. A occhio, dovrebbe tirar su quattrocento dollari puliti puliti. Non ha motivo di lamentarsi.

Solo che... Rosie non è di turno perché l'Uomo Invisibile è in città. E questo significa che le tocca lavorare con Tilda che, oltre a essere giovane e inesperta, è anche ipercompetitiva *e* ha una cotta per Skip, il barman; stare a guardarla mentre flirta è patetico e fastidioso allo stesso tempo.

Il primo tavolo fila via miracolosamente liscio. Ayers serve una delle famiglie che, quella mattina, erano con lei a fare snorkeling alle British Virgin Islands. La madre, una rossa sensuale dalla pelle lattiginosa, sembra uscita da un dipinto di Rubens. Aveva trascorso saggiamente la maggior parte del tempo sotto il tendalino della barca, mentre Ayers aveva fatto snorkeling con i figli adolescenti, indicando loro razze e tartarughe embricate. Ora la madre sta inclinando il capo. L'ha riconosciuta, ma non riesce a capacitarsi.

«Sono Ayers» le dice. «Ero sulla *Treasure Island*, stamattina.»

«Ma certo!» esclama la donna. Il padre – un tipo dall'aria imbranata, perfettamente innocuo – sorride. I ragazzi la fissano a bocca aperta. Succede tutte le volte: le persone rimangono sbalordite del fatto che lei abbia due lavori diversi e che possa comparire nelle loro vite in vesti differenti *nello stesso giorno*.

Gli altri tavoli che deve servire sono tutti di coppie che hanno fretta di finire per andare al Beach Bar a guardare i fuochi d'artificio. In passato, Ayers era riuscita a sgattaiolare via dal lavoro a mezzanotte meno un quarto. Poi, dopo aver indossato il costume da bagno, lei e Mick avevano raggiunto a nuoto la barca di lui per ammirare i fuochi dalle placide acque di Frank Bay.

Ayers e Mick avevano rotto a novembre, subito dopo il loro rientro a St John dalla stagione estiva a Cape Cod. Mick, direttore ormai di lungo corso del Beach Bar, aveva assunto come cameriera una certa Brigid, una ragazza sprovvista della benché minima esperienza.

«Perché diamine l'hai assunta, allora?» gli aveva chiesto. Ma non ci aveva messo molto a capirlo da sola.

Infatti, nei giorni successivi Mick si era trattenuto fino a tardi per "formare" la nuova risorsa, che le aveva descritto come "ingenua e sprovveduta: un cervo sorpreso dai fari di un'auto". Il terzo giorno di formazione, Ayers si era trascinata fuori dal letto e, preso il furgoncino, aveva raggiunto il Beach Bar. Erano le due e mezzo del mattino e le strade erano deserte; l'unico veicolo parcheggiato nelle vicinanze del locale era la malconcia Jeep di Mick. In punta di piedi, Ayers aveva fatto il giro dell'edificio e aveva visto Brigid seduta sul bancone del bar con la testa di Mick tra le gambe.

Non è più tornata al Beach Bar da quel giorno e, di certo, non ci sarebbe andata quella sera. Le è capitato di incontrare Mick – da solo, per fortuna – una volta all'Island Cork e un'altra, incredibilmente, al Pickles in Paradise di Coral Bay, il "loro" posto preferito per i sandwich (un Sidewinder e un Sister's Garden, che si dividevano) sulla strada per Grootpan Bay, la spiaggia di sassi dove non c'era mai nessuno e potevano fare il bagno nudi. Era stata una brutta sorpresa, vederlo lì (la cosa bella era che stava prendendo un Sidewinder mentre lei aveva scelto un Sister's Garden), e, dal suo sguardo, avrebbe detto che la cosa fosse *reciproca*. Si sarebbero dovuti spartire l'isola, probabilmente – il Pickles lei, il Sam & Jack's lui –, ma le dimensioni di St John erano quelle che erano.

Ayers lo ha anche incrociato al volante della sua Jeep blu con Brigid sul sedile del passeggero. La cosa peggiore era stata che aveva Gordon, il cane di Mick, un incrocio tra un amstaff e un pitbull, in grembo. Un tempo, lo teneva lei così, ma evidentemente era volubile e abbindolabile quanto il padrone.

Tilda le tocca una spalla, ha due birre in mano. Gliene porge una e lei la accetta riconoscente.

«Grazie, me ne servirebbero almeno quaranta.» Poi fanno un brindisi e bevono.

«Sì, lo penso anch'io» dice Tilda. «Perché... *guarda*.»

Ayers si gira proprio mentre Mick e Brigid fanno il loro ingresso a La Tapa, mano nella mano. Clover, la direttrice di sala, li accompagna al tavolo 11, nella sua zona.

«No!» esclama Ayers. «Non sta succedendo davvero. Non è possibile.»

«Me ne occupo io» si offre Tilda. «Tu pensa al tavolo 2. Sono gli Heskett. Non c'è di che.»

«Grazie!» Gli Heskett sono i proprietari del St John Guest Suites, un boutique hotel a Chocolate Hole; sono persone squisite, con un gusto eccellente in fatto di vini. È uno scambio vantaggioso, oltre che un gesto molto gentile da parte di Tilda, ma Ayers vorrebbe anche servire Mick e Brigid per rovesciare qualcosa – una paella con molto aglio per due, magari – addosso a lei, dal momento che indossa un abito bianco.

Che cosa è *saltato in mente* a Mick? E come mai non sta *lavorando*? È la sera di Capodanno e lui è il direttore del Beach Bar, ci sarà già una baraonda incredibile nel suo locale, pur essendo solo le dieci meno un quarto. Com'è che ha pensato di prendersi una serata libera? I proprietari non gli concedono mai un giorno libero durante le feste o nei week-end. E com'è che non lavora nemmeno *Brigid*? Perché hanno scelto proprio il La Tapa, sapendo che ci lavora lei? Sono in cerca di rogne? Perché se è quello che cercano, le hanno trovate. Le narici le si dilatano, mentre pesta sul pavimento con uno zoccolo, come farebbe un toro infuriato.

Si infila nell'antibagno, tira fuori il cellulare e scrive un messaggio a Rosie. "Dove sei? Ti prego, vieni a salvarmi! Mick e Brigid si sono presentati a La Tapa!"

La risposta arriva qualche istante dopo, in forma di foto: una tavola apparecchiata per due e una bottiglia di champagne Krug nel cestello del ghiaccio.

Sullo sfondo, il mar dei Caraibi screziato di luci: imbarcazioni dirette a Jost Van Dyke per il concerto su invito dei Wheeland Brothers. Girava voce che Kenny Chesney potesse unirsi al duo per un paio di canzoni.

Ayers studia la foto, cercando di farsi un'idea di dove possa trovarsi la casa dell'Uomo Invisibile. Sembrerebbe dalle parti di Cinnamon Bay. Rosie si rifiuta di rivelare l'indirizzo esatto. Non le ha detto nemmeno il suo nome, se per questo. È un uomo molto discreto, spiega. Fa un lavoro estremamente delicato. È spesso in viaggio. E la casa sembra impossibile da localizzare con precisione. Ci sono un sacco di posti come quello, a St John. Quando l'Uomo Invisibile è sull'isola, Rosie sta da lui; altrimenti, insieme alla figlia Maia, vive a Jacob's Ladder dal suo patrigno, Huck. È una sistemazione strana, quasi sospetta; eppure, Rosie sembra soddisfatta di come stanno le cose. Una volta, finito il turno, mentre bevevano insieme al piano di sopra del Quiet Mon, Rosie le aveva confidato che l'Uomo Invisibile copriva tutte le spese sue e di Maia, compresa la retta della Gifft Hill School.

Come proposito per l'anno nuovo, Ayers si ripromette di scoprire qualcosa di più sull'Uomo Invisibile, almeno dove abita.

Mette via il cellulare e torna in sala. Attenta a ignorare Mick e Brigid, raggiunge gli Heskett per capire con quale vino si concluderà il loro anno.

Alla fine del turno, Ayers dà il benvenuto al nuovo anno seduta all'estremità occidentale di Oppenheimer Beach con una bottiglia di rosé frizzante Schramsberg. Il vento le porta scampoli di musica dall'isola di Jost. Più in là, lungo la spiaggia, un gruppetto di caraibici beve sulla veranda del circolo ricreativo. A mezzanotte intonano *Auld Lang Syne.*

"Felice anno nuovo, amica mia. Baci" scrive.

Rosie risponde all'istante. "Ti voglio bene, amica."

Almeno lei le vuole bene. Dovrà farselo bastare.

Sono le dieci di mattina quando sente bussare alla porta. Poi la voce di Mick che dice: «Ayers! Svegliati! Apri, Ayers!».

Non può trattenere un gemito. Qualunque cosa voglia, non ha certo tempo da perdere con lui. Sembra turbato. Forse è stato licenziato, o forse Brigid l'ha mollato. O forse il nuovo anno gli ha portato la consapevolezza cristallina che il più grosso errore della sua vita sia stato mandare in fumo la loro relazione.

Ayers si alza dal futon e barcolla verso la porta. Le scoppia la testa. Allo Schramsberg sulla spiaggia erano seguiti alcuni shot di tequila a casa, oltre a una vietatissima sigaretta (sono ormai due anni che ha smesso di fumare, ma tiene un pacchetto nascosto sopra il frigorifero per le emergenze). Ha bisogno di cinque litri di acqua e di cinquanta aspirine.

Spalanca la porta e si ritrova davanti Mick, il volto rigato di lacrime. Quella vista la ammutolisce. Mick è uno stronzo. Non piange. Mai.

«Che c'è?» gli chiede infine, benché suoni più come un gracidio.

«Rosie» dice Mick. «Rosie è morta.»

Cash

Denver

Al termine dell'incontro al Machete Tequila+Tacos con il commercialista, è ormai evidente che Cash sta per perdere non solo il negozio di Cherry Creek ma anche quello a Belmar. E lui non riesce a pensare altro che: "Grazie al cielo".

Ora potrà tornare a dedicarsi allo sci.

Tanto per cominciare, non era mai stata sua intenzione mettersi in affari, solo che si era stancato di ricevere lettere di suo padre, insieme a ritagli di giornale, che intendevano proporsi come incoraggianti e utili, e raccontavano di giovani "come lui" che avevano trovato il modo per trasformare le passioni di una vita in iniziative redditizie. Russ auspicava anche che Cash portasse a termine gli studi, e perciò, talvolta, nelle lettere c'erano anche annunci pubblicitari per corsi universitari online o una miriade di offerte della University of Iowa. "Potresti vivere a casa!" gli scriveva, e Cash si vedeva già intrappolato con i suoi tra i soffocanti ornamenti della loro villa vittoriana. Dal momento che Russ trascorreva poco tempo a casa, Cash sospettava che la sua vera motivazione fosse tenerlo lì a prendersi cura di sua madre e sua nonna, perché facesse loro da autista per il Wig & Pen, o perché giocasse a Bingo con Milly e con le altre cariatidi alla Brown Deer. Anche no, grazie. Quando parlavano al telefono, Russ concludeva ogni conversazione facendo gentilmente notare che, prima o poi,

Cash avrebbe dovuto pensare a un'assicurazione sanitaria, a un fondo pensione e a un reddito che gli permettesse di mettere su famiglia.

Come tuo fratello.

Russ non lo aveva mai detto, in realtà, ma Cash non mancava di coglierlo come sottinteso. Avrebbe voluto far notare a suo padre che, se un tempo Baker "aveva operato" nel mercato azionario di Chicago e "aveva fatto" soldi a palate, adesso se ne stava a casa, a Houston, seduto in mutande a giocare in borsa e a fumare più erba di quella su cui lui avrebbe mai potuto sperare di mettere le mani in Colorado, anche se lì era *legale*. Baker ha solo due punti di merito: si prende cura del figlioletto di quattro anni, Floyd (benché sia alla scuola Montessori ogni giorno dalle otto e mezzo alle quindici), e tiene in ordine la casa per sua moglie, la dottoressa Anna Schaffer, ormai una celebrità di Houston, essendo la Olajuwon della chirurgia cardiotoracica.

Cash lascia che Glenn, il commercialista, paghi il conto per i quattro margarita e il guacamole – cinquantasette bigliettoni – e poi insieme vanno al parcheggio. Cash si domanda se potrà tenere il pick-up con il nome del negozio – Savage Season Outdoor Supply – sulla fiancata. È abbastanza appariscente, come macchina, anche grazie alla magnifica presenza di Winnie, il suo golden retriever, sul retro.

Teme che possano pignorarglielo, come i negozi. Quelli della banca si faranno vivi in giornata. Perciò deve andare subito in entrambi i negozi e svuotare le casse. Ci sono duecentoquarantacinque dollari nel negozio di Cherry Creek e diciotto in quello di Belmar. Insieme a Winnie, sono tutto quello che gli rimane.

Ha un appartamento sulla 18th Avenue a City Park West, ma non ha pagato l'affitto di gennaio, perciò prevede di dover fare precipitosamente i bagagli per una fuga notturna a Breckenridge. Jay, che dirige la scuola di sci, sarà entusiasta di rivederlo. A differenza di qualsiasi altro poco più che ventenne delle Montagne Rocciose, Cash usa sia gli sci sia lo snowboard. Questo significa che può dare lezioni alle mogli-trofeo dei ricconi che vogliono un maestro figo molto più di quanto vogliano imparare a fare le curve, e significa anche mance generose da parte dei mariti, i quali non desiderano altro che qualcuno si prenda cura delle signore per andare al Peak 8 a fare la Horseshoe Bowl.

"Andrà tutto bene" si dice Cash. "La perdita dei negozi è solo un incidente di percorso."

Mentre gira sulla Third Street, abbassa entrambi i finestrini del pick-up. Quasi in automatico, Winnie mette la testa fuori dal lato del passeggero e Cash fa altrettanto dal suo.

È libero!

Non dovrà più starsene dietro la cassa a vendere scarponcini Salomon a dirigenti della generazione Z venuti da Manhattan dicendo di aver sentito che fare trekking a Mount Falcon è "una figata", né mordersi la lingua per impedirsi di dire che sul Falcon potrebbero salirci indossando i sandali Gucci con cui sono venuti. Non dovrà più preoccuparsi dell'inventario o delle forniture, o di capire se il ragazzino che ha assunto per "gestire" il negozio di Belmar stia sgraffignando spiccioli dalla cassa per pagare lo spacciatore di ossicodone.

Libero!

Suo padre sarà *estremamente* deluso. Russ è l'unico investitore nel progetto, e adesso tutti i suoi soldi sono andati e senza alcun risultato; è come se li avesse bruciati acquistando costosissimi videogame. Dovrà chiamarlo e dirglielo prima che lo venga a sapere in qualche altro modo: con una e-mail da parte della banca, per esempio. Qualsiasi altro padre si arrabbierebbe, ma Russ si limiterà a dirgli (Cash lo sa già) che è "deluso", cosa ben peggiore.

Come se non bastasse, di sicuro si farà vivo anche suo fratello, Baker, il quale non aveva apprezzato che il padre gli "affidasse" i negozi, prevedendo un fallimento nel giro di due anni. «Perché mai Cash non dovrebbe lavorare per avere qualcosa, come tutti gli altri?» aveva tuonato nel momento in cui aveva scoperto cosa stava accadendo. «Non apprezzerà mai la fortuna che ha, se prima non se l'è guadagnata.» Cash aveva alzato gli occhi al cielo, attribuendo la scenata del fratello alla gelosia. Gli dispiace solo di non aver confidato a Baker che lui, quei negozi, *non* li voleva. Non era tanto che gli fossero stati *affidati*; più che altro, gli erano stati *rifilati* dal loro troppo impaziente padre. Ora che la previsione di Baker si è avverata – i negozi non ci sono più, li ha affossati, e non prova per questo nessun rimpianto, perché non ci aveva messo niente di sé, della propria identità –, gli toccherà sorbirsi l'inevitabile "Te lo avevo detto".

Cash adora suo fratello, in teoria. In pratica, però, non lo regge.

In un raro momento di coraggio – aiutato probabilmente dai margarita –, prende il cellulare e fa il numero di suo padre. Da lui sono le otto e mezzo, le nove e mezzo a casa, le dieci e mezzo sulla East Coast. Cash non sa dove si trovi suo padre, in quel momento, ma spera che l'ora possa giocare a suo favore. Il più delle volte, a suo padre piace farsi uno o due bourbon, la sera. Perciò si augura che sia una di quelle sere, che l'umore sia allegro e che possano ridere entrambi del suo disastro e considerare i duecentomila dollari di investimento come una preziosa esperienza di apprendimento.

La chiamata viene indirizzata alla segreteria telefonica. Cash viene attraversato da una scarica di sollievo che lo lascia stordito.

Qualche secondo dopo, il cellulare si illumina e il sollievo si trasforma in terrore, per poi ritornare sollievo non appena si accorge che a chiamare non è suo padre. È sua madre.

Sua madre! Cash detesta comportarsi da adolescente, ma immediatamente decide di raccontarle del fallimento dei negozi e di lasciare che sia lei a dare la notizia al marito. Potrebbe persino dirle di *non* fargliene parola, adducendo di volergliene parlare personalmente, ma ben sapendo che lei non riuscirà a trattenersi. Sono genitori modello: si dicono tutto.

«Come butta, ma'?» la saluta. «Buon anno!»

«Cash, dove sei?»

C'è qualcosa che non va nella sua voce. Sembra strozzata.

«Sto imboccando il vialetto di casa» risponde. «Con Winnie.» In qualche modo, sente che non è il momento di spiegarle che sta per impacchettare tutti i suoi averi e fuggire in montagna.

«Cash» ripete Irene.

«Sì, mamma.»

«Tuo padre è morto.»

Il primo pensiero di Cash è: "Non dovrò dirgli dei negozi". Poi, il significato agghiacciante e terribile di quelle parole lo centra in pieno. Suo padre è morto.

Morto.

Ma... aspetta...

«Di cosa stai parlando?» le chiede. «Che vuoi dire?»

«Un incidente in elicottero» spiega Irene. «Alle Virgin Islands...»

«Le *Virgin Islands*?» Cash è confuso. Esistono davvero, tanto per cominciare? Cioè: *sa* che esistono, ma sembrano un posto di fantasia e avrebbe difficoltà a trovarle su una cartina. Sono ai Caraibi o più a sud, tipo le Falkland? E comunque, a prescindere da dove si trovino, cos'hanno a che vedere con suo padre?

Un incidente in *elicottero*? No, dev'esserci stato un errore.

«St John, alle Virgin Islands» precisa Irene. Le trema la voce, adesso. Cash spegne il motore del pick-up e fa un lungo, lento respiro. Winnie gli posa il capo sulle gambe. È incredibile quanto capiscano i cani. Cash ha visto e sentito sua madre in un sacco di occasioni. Tutte felici, però: ogni singola lacrima è stata di gioia o di meraviglia. Aveva pianto quando lui e Baker si erano diplomati, quando Baker e Anna avevano avuto Floyd, e poi piangeva a ogni vigilia di Natale, quando il coro della chiesa intonava l'*Adeste Fideles*. Ma Irene Hagen Steele non piangeva mai per una delusione o per la morte di qualcuno. Quando i suoi genitori se n'erano andati, aveva gestito la situazione con il solido pragmatismo di una donna del Midwest. Il cerchio della vita e compagnia bella. Aveva organizzato esequie luterane in piena regola e il ricevimento a seguire, il tutto senza versare una lacrima.

Ma questa, naturalmente, è tutt'altra storia.

«St John» ripete Cash. «Alle Virgin Islands.»

«Tuo padre è rimasto coinvolto in un incidente in elicottero» riprende Irene. «Si è schiantato in mare. A bordo c'erano tre persone: lui, il pilota e una donna del posto.»

«Chi ti ha detto tutte queste cose?»

«Marilyn, la segretaria di Todd Croft. Hai presente, no? Il capo di tuo padre.»

«Papà stava *lavorando* alle Virgin Islands?» chiede ancora Cash. I dettagli precisi della carriera di suo padre si erano fatti nebulosi dal giorno in cui aveva cambiato lavoro. Quando Cash era piccolo, Russ lavorava alla Corn Refiners Association. Poi, quando Cash aveva iniziato il liceo, Russ aveva trovato un nuovo lavoro, un impiego meglio retribuito alle dipendenze di Todd Croft, un tizio che aveva una piccola società di investimenti con una clientela di fascia elevata – stelle del calcio internazionale e simili, benché quando Cash avesse chiesto al padre di *quali* stelle si trattasse, lui aveva risposto che non era autorizzato a dirlo. Il lavoro consisteva nel preoccuparsi della soddisfazione dei clienti, ovvero mantenersi in contatto con loro e garantire un tocco personale, qualsiasi cosa significasse. Di una cosa soltanto era sicuro Cash: erano passati dal ceto medio ad avere soldi, là dove "avere soldi" significava che Irene aveva potuto acquistare e ristrutturare la casa dei suoi sogni, che non avevano bisogno di prestiti universitari e, ancora, che suo padre aveva potuto investire nella sua sfortunata iniziativa imprenditoriale.

«Non ne sono sicura» risponde Irene. «La segretaria di Todd mi ha detto che tuo padre ha certi affari, lì. Che possiede delle *proprietà*.»

«Proprietà?» le fa eco Cash. «Ma Baker ne sa qualcosa?»

«Non ci ho ancora parlato. Ho chiamato prima te.»

Già, pensa Cash. La loro famiglia, come ogni famiglia, ha le sue alleanze. Lui e sua madre da una parte, Baker e suo padre dall'altra. Irene ha chiamato lui, per primo, perché c'è più affinità tra loro, e anche perché ha soggezione di Anna, la moglie di Baker.

«Può darsi che Baker sappia che cosa stesse facendo papà alle Virgin Islands?» chiede Cash. Suo padre è morto. Possibile che sia *davvero* così? Suo padre è rimasto coinvolto in un *incidente su un elicottero*?

«Devo andarci» dice Irene. «Solo che non ce la faccio domani. Partirò da Chicago giovedì mattina. Ma non ho idea di cosa fare con tua nonna. Questa cosa la ucciderà.»

Cash fa qualche rapido calcolo a mente. Da Denver ad Iowa City sono undici ore di macchina. Raccogliendo la sua roba dall'appartamento e i soldi da entrambi i negozi, potrà essere sull'Interstatale 76 entro un'ora e mezza. Considerate le soste, dovrebbe arrivare a casa dei suoi prima di mezzogiorno.

«Ti accompagno» le dice. «Sarò da te domani, e poi partiremo insieme.»

«Ma come pensi di fare? I negozi...»

«Mamma» la interrompe. «Mamma?»

«Sì?»

«Avvisa Baker. Ma non dirlo a nessun altro. Non ancora. Soprattutto, non chiamare la nonna. Arrivo domani. Ti darò una mano. Sono già per strada.»

Huck

St John

A St John, se chiedete al capitano Sam "Huck" Powers, ogni giorno è meglio di una vacanza. Il suo secondo, Adam, ha ventisette anni e l'unica cosa di cui riesce a parlare durante la battuta di pesca del pomeriggio del 31 dicembre (con una coppia di Albany, New York, e la figlia universitaria che non si è mai scollata dal telefono dopo aver messo piede sulla barca) è di quanto non veda l'ora di andare alla megafesta del Drink, quella sera. Scenderà la sfera allo scoccare della mezzanotte e ci sarà anche la neve, e tutti berranno in bicchieri di vetro, invece che di plastica.

«Dovresti venire con me» sta dicendo alla ragazza. ("Forse è più grande di quel che sembra" pensa Huck, mentre sulle intenzioni di Adam non ha dubbi: correre dietro alle ragazze che mostrano un qualche interesse per la pesca! Lei, però, che sta facendo scrolling sulla sua pagina Instaface, è attraente, certo, ma pare non essersi nemmeno resa conto di trovarsi in mare. Dipendesse da lui, farebbe dietrofront per riportarla a terra.)

La ragazza solleva lo sguardo su Adam che, immerso fino ai gomiti in un secchio di calamari, è intento a mettere le esche alle lenze da traino. «Vabbè» risponde.

"Che parola è? Esiste sul dizionario?" si domanda Huck.

«Sul serio?» chiede Adam. «Verrai? Non sarà interessante prima delle dieci, ma potremmo ipotizzare comunque di andarci per le otto, otto e mezzo.»

«Abbiamo un tavolo riservato per le otto a Coral Bay» interviene la madre della ragazza. Anche lei è attraente e, al pari della figlia, sembra non nutrire alcun interesse per la pesca. Si è portata dietro un libro – *Le ragazze senza nome*, legge sulla copertina. Huck non ha niente in contrario ai libri sulla sua barca; in effetti, c'era stato anche un periodo in cui aveva creduto che una persona impegnata nella lettura attirasse il pesce. Anche a lui piace leggere, solo non in barca ma a casa, sull'amaca. Quando LeeAnn era ancora viva, lo aveva fatto appassionare ai libri di Carl Hiaasen; da lì a Elmore Leonard e Michael Connelly, il passo era stato breve. Rosie non fa che ripetergli che dovrebbe provare anche qualche *scrittrice*, e lui le ha promesso di leggere qualsiasi cosa gli metta in mano, purché il titolo non contenga la parola "ragazza". *La ragazza dall'orecchino di perla*, *La ragazza del treno*, e ora questo, *Le ragazze senza nome*. La madre – Huck ha già dimenticato il suo nome; lui riesce a ricordare solo i nomi di quelli che sono interessati alla pesca – sembra piuttosto presa dalla lettura, comunque.

«Un tavolo riservato?» chiede Dan, il padre. Huck si ricorda il nome perché è lui che vuole pescare e che paga per l'escursione. Lavora per il governo dello stato di New York – Huck trema al solo pensiero –, ma ora è in vacanza ai Caraibi e vuole prendere un benedetto pesce, possibilmente un wahoo o un mahi. Huck gli ha garantito che ci sarebbe riuscito anche se, in realtà, è un periodo di magra. Da quando è iniziata la stagione non ha mai messo insieme un bottino decente.

Huck ha deciso di rimanere sottocosta – una semplice occhiata a madre e figlia era bastata per capire che *non* erano pronte ai quaranta minuti di navigazione in mare aperto, verso sud –, perciò wahoo e mahi sono fuori questione.

«Sì» risponde lei. «Abbiamo prenotato un tavolo allo Shipwreck Landing per le otto.»

«Bel posto» commenta Huck.

«Ma io voglio prendere un pesce e cuocerlo alla griglia» protesta Dan. «Eravamo rimasti d'accordo così.»

«Se prendi un pesce abbastanza grosso da sfamare tutti e tre, cancello la prenotazione» risponde la moglie con un'alzata di spalle.

«Non mi contate» dice la figlia. «Io voglio andare alla festa.»

Huck dovrà fare una bella lavata di capo a Adam per aver provocato questo casino. Non ha nessuna voglia di lasciarsi coinvolgere nei drammi familiari degli altri. Tutta la sua energia emotiva è concentrata sulle sue ragazze: la figlia di LeeAnn, Rosie, e la figlia di quest'ultima, Maia. A soli dodici anni, Maia è per lui la persona più importante al mondo. Una ragazza che ama pescare.

La mente di Huck vaga come tende a fare tutte le volte che è al timone della sua barca, la *Mississippi*. La gente non fa che chiedergli se è di Hannibal o Natchez, di St Louis o New Orleans, ma la risposta è sempre no. Quel soprannome, Huck, glielo avevano appioppato allo Skinny Legs nemmeno una settimana dopo il suo arrivo a St John. Era stato un caraibico di nome Rupert, che poi sarebbe diventato il suo migliore amico. Colpito dai suoi capelli biondo ramati, Rupert aveva giudicato che Huck fosse il nomignolo più adatto. Lo aveva agganciato per proporgli di acquistare una barca, una Regulator 26 di un ragazzo dell'isola che si era giocato anche la camicia a Porto Rico e che perciò aveva necessità di svenderla. La barca si chiamava *Lady Luck*, ma Huck l'aveva immediatamente ribattezzata *Mississippi* perché si accordasse alla sua nuova identità.

"A chi interessa bere da bicchieri veri?" si domanda Huck. Chiunque può farlo benissimo a casa sua. La cosa che più apprezza dell'isola è questa sua aria informale, da piedi scalzi; il fatto che non abbia nulla di pretenzioso. Dopo una giornata di lavoro, a Huck piace fare un salto al Joe's Rum Hut per l'happy hour – di solito prende un Planter's punch o una birra – e poi passeggiare fino al bagnasciuga di Frank Bay per una sigaretta, prima di puntare verso il Beach Bar, dove gli permettono di finire il suo drink perché dopo, tanto, ne prende un altro. Conosce tutti e tutti conoscono lui: Huck, il capitano della *Mississippi*. E non importa se non pesca nulla di decente da Halloween. Con tutti gli agganci che ha, i clienti non gli mancano. E poi sa quello che fa.

Huck passerà la serata con Maia perché l'Uomo Invisibile è sull'isola. A volte, anche quando c'è lui, Maia va con sua madre, ma non a Capodanno. In quattro anni, l'Uomo Invisibile non è mai venuto per l'ultimo dell'anno, perciò Rosie ha organizzato una serata speciale a base di champagne e romanticismo.

Benone. Huck non saprebbe pensare a un'altra persona con cui gli piacerebbe festeggiare l'arrivo del nuovo anno. Tornando a casa, si fermerà da Candi's a prendere della carne alla brace.

Butta l'ancora alla fine di Mandal Bay, al largo della costa settentrionale di St Thomas, e aiuta Adam a mettere le esche sugli ami. L'aria è cristallina da Natale, e per tutto il giorno non si è vista una nuvola. Il cielo è di un azzurro intenso, sembra quasi dipinto. Sono previsti dei temporali, per l'indomani, ma al momento non ce n'è traccia.

«Chi vuole lanciare?» domanda Huck. Dan è già pronto con la canna. La signora legge e la figlia è concentrata sul cellulare. Lui guarda prima l'una e poi l'altra. Niente.

"Ehi" vorrebbe dire. "Siete ai Caraibi! Guardate la fila di palme su quella spiaggia dorata! Avete visto com'è trasparente l'acqua? Non ci possono essere giornate più suggestive di questa. Ora vediamo di prendere qualche pesce."

Adam tocca la spalla della ragazza. «Ti va di provare? Posso lanciarla io per te.»

«No, grazie» risponde lei, riuscendo a distogliere lo sguardo dal display per il tempo sufficiente a rivolgergli un sorriso. «È più una roba da papà.»

"Com'è possibile che Adam voglia uscire con una ragazza del genere?" si chiede Huck. Quanto a lui, non si prende nemmeno il disturbo di chiedere alla moglie se ha voglia di pescare. Lancia la lenza e basta.

Neanche l'ultimo dell'anno gli porta bene. Dan prende tre caranghi e sembra visibilmente scoraggiato: è un cacciatore con una famiglia da sfamare. Poi, grazie al cielo, tira su un piccolo tonno pinna nera, che per lo meno basterà per lui e la moglie. Con il duplice risultato di farlo sentire soddisfatto e di permettere alla figlia di svignarsela per cena.

«Tutti contenti?» chiede Huck. Poi, senza aspettare una risposta, conclude: «Okay, torniamo indietro».

Cruz Bay è più frenetica del solito. La gente ha invaso le strade, bicchieri di plastica in mano, addosso cappelli luccicanti e boa di piume; le donne indossano abiti di velluto nero anche se il termometro segna 27 gradi. Huck non potrebbe essere più felice di montare sul suo furgone, fermarsi da Candi's per ritirare le costolette e il pollo, con salsa extra, le insalate di pasta, cavalo e banano, e poi sospingere la sua vecchia carriola su per i tornanti di Jacob's Ladder.

«Andiamo, scoiattolini» esclama, mentre il motore ringhia in prima. Era una cosa che aveva iniziato a dire per far divertire Maia quando era piccola – a lei piaceva tantissimo l'idea che a far girare il motore del furgone fosse una coppia di entusiasti animaletti pelosi –, e adesso lo ripete sempre, per abitudine, mentre lei alza gli occhi al cielo.

Maia lo aspetta sul vialetto d'ingresso. Indossa i pantaloncini di jeans che si è fatta da sola alla vecchia maniera – ovvero tagliando un paio di jeans ancora in ottime condizioni – e una maglietta grigia su cui ha dipinto quella che a lui sembra un'iguana sotto acido: la poveraccia è un turbinio di ben diciassette colori diversi. I capelli, disfatte le treccine, sono raccolti in una folta coda di cavallo, come li preferisce lui. Avrà preso il novantanove per cento dal padre, che lui non ha mai avuto il piacere di conoscere, ma ha ereditato in dono gli occhi color cioccolato al latte della sua compianta moglie, LeeAnn, un altro dei motivi per cui Huck ha un debole per lei: con quegli occhi lì, non può sbagliare mai.

«Ehi, Lina» le dice. "Lina" sta per "Nocciolina", un riferimento alla voglia che ha sulla spalla sin dalla nascita. Lei sopporta ancora quel soprannome, ma non sarà per molto, probabilmente. «Joanie è andata a casa?»

«Sì, ma mi ha invitato a dormire da lei» risponde Maia. «Ti ho mandato un SMS ma non mi hai risposto. Mi ci accompagni?» Huck vede l'incertezza dipingersi sul suo volto. Maia sa che erano rimasti d'accordo in un modo e che adesso sta mandando tutto all'aria per andare da Joanie. Quello che non sa è se lui accoglierà il cambio di programma con sollievo – perché magari ha in mente di farsi qualche birra e addormentarsi sull'amaca ben prima di mezzanotte – o con tristezza, se non addirittura con rabbia.

"Sta diventando grande" pensa Huck. Ha le gambe lunghe ma ancora secche come bastoni, è pur sempre una ragazzina. Ma chiunque abbia occhio vede già cosa si profila lungo la strada: reggiseni, ragazzi, cuori infranti, decisioni avventate (magari non quanto quelle prese da sua madre, si augura).

Joanie è una ragazzina a modo, con due bravi genitori, entrambi biologi marini che lavorano per il National Park Service. Amanti del trekking, sono due naturalisti vegani. Huck non vuole nemmeno immaginare cosa mangeranno per cena, ma, qualunque cosa sia, Maia rimpiangerà di sicuro le costolette e il pollo.

Con un cenno del capo, indica il sedile del passeggero. «Andiamo.»

LeeAnn credeva che tutto avvenisse per una ragione, una teoria con cui Huck si trova d'accordo solo per metà, visto che certi momenti della sua vita gli paiono dettati dal caso, insensati.

Ma sarà molto, molto felice del fatto che il mattino dopo Maia si trovi a casa di Joanie.

Huck trascorre l'ultima sera dell'anno mangiando le costolette e il pollo, innaffiandoli con una confezione da sei di Island Hoppin' IPA ghiacciata. Poi si avventura in strada per brindare con i vicini, una famiglia di isolani composta dai Benjamin e dai Singer, intenti a fare baldoria con maiale arrosto e liquore distillato in casa. Huck riceve anche una bella dritta da Cleve Benjamin: un banco di mahi a sei miglia dalla costa, sempre nello stesso punto negli ultimi tre giorni. Cleve ha memorizzato le coordinate sul cellulare e gliele inoltra.

«C'è abbastanza pesce, lì, da riempirti il congelatore fino al *prossimo* Natale» gli dice.

Huck è riconoscente per l'informazione e si sente fortunato a godere delle simpatie e della fiducia dei vicini caraibici. Se è così accettato, lo deve al fatto che era sposato con LeeAnn: alcuni di loro erano cresciuti con lei a Coral Bay, altri la conoscevano perché frequentavano la chiesa o perché avevano lavorato con lei al Myrah Keating Smith Community Health Center, e altri ancora erano imparentati alla lontana con il suo primo marito (il padre di Rosie), Levi Small, che aveva lasciato l'isola da molto tempo per non farvi più ritorno.

Mentre ritorna a casa, Huck getta l'ultima occhiata dell'anno su Cruz Bay; sente la musica che il vento trasporta fin lassù dal Westin. Poi entra in casa e va a dormire.

E avrebbe dormito di più, se alle sette non lo avesse svegliato il preannunciato temporale. Incapace di riprendere sonno, si prepara una colazione da primo dell'anno: un pasticcio di patate, cipolle, peperoni e gli avanzi del pollo arrosto, con sopra due uova fritte. Poi si dedica alla lettura – *L'ultimo giro della notte*, di Connelly –, fermandosi a intervalli regolari per ripensare alla donna del giorno prima: avrà apprezzato il pesce? Oppure Dan lo avrà stracotto al punto da rovinarlo? Poi si domanda come sarà finita tra Adam e la figlia della coppia. Si saranno divertiti al Drink? A Adam sarà girata bene, o la ragazza avrà esagerato con lo champagne, come capita ai ragazzini l'ultima sera dell'anno, per poi passare il resto della notte a piangere e a vomitare? Dovendo scommettere, Huck non avrebbe dubbi.

Sta fumando in veranda, quando l'auto della polizia accosta davanti a casa sua. Per un istante, pensa si tratti appunto di Adam. Ma gli agenti gli chiedono di entrare in casa con loro. Poi, una volta dentro, gli danno la notizia: c'è appena stato un incidente, un elicottero è caduto nelle acque a nord di Virgin Gorda.

Rosie è morta.

Baker

Houston, Texas

Anna ha fatto due propositi per il nuovo anno: passare più tempo a casa con Baker e Floyd e fare amicizia almeno con una delle altre madri della scuola Montessori, la Children's Cottage. Allunga a Baker una pagina del suo ricettario (Dottoressa Anna Schaffer, MD), su cui ha appuntato le due risoluzioni:

1. Più tempo a casa.
2. Amiche.

Baker avrebbe un paio di domande chiarificatrici. "Più tempo a casa" significa che farà sesso con lui anche in giorni diversi dal suo compleanno e dal loro anniversario? "Fare amicizia" vuol dire che parte del "tempo a casa" si risolverà in "serate tra donne" o in interminabili telefonate con Delia, la madre di Sophie, a lagnarsi di Mandy, la madre di Aidan?

Baker piega il foglietto a metà e, dopo averlo baciato, lo infila nella tasca dei jeans. Non fa una grinza che Anna abbia deciso di scrivere i suoi propositi sul ricettario, perché il loro rapporto è malato. E spera che queste due misure possano guarirlo. «Buon per te» dice. «Allora, che facciamo oggi?»

Sul volto di Anna compare un'espressione di panico. È una donna bellissima, con quella sua carnagione olivastra e immacolata, gli occhi nocciola dallo sguardo impenetrabile e i capelli lunghi e scuri. Trasuda serenità e competenza. È una perfezionista nata, almeno per quanto concerne la chirurgia cardiotoracica. È solo con la vita privata che ha problemi a barcamenarsi.

«Oggi?» ripete. Dà un'occhiata al telefono. «Devo andare in ospedale.»

«È il primo dell'anno» osserva Baker.

«È *martedì*» replica lei. «Sono di turno.»

«Ma...» protesta Baker, riprendendo il foglietto dalla tasca e agitandolo in aria.

«Quindi dovrei dire al signor Kavetsky, reduce da un triplo bypass, che non posso controllarlo perché devo fare... cosa? Un disegnino a tempera con mio marito e il mio bambino di quattro anni? Riguardare *Cattivissimo me 3*?»

«Non l'hai visto *nemmeno una volta*!» esclama Baker. Il tono della sua voce è così indignato da essere quasi stridulo. Sembra *lui* il bambino di quattro anni. Ma insomma! È assolutamente ingiusto che lei dica di essere sempre costretta a guardare film per bambini. Non capita mai che guardi un film insieme a Floyd; e non ha visto *Cattivissimo me 3* (e nemmeno i primi due, se è per quello). Nelle rare occasioni in cui guardano un film insieme, lei si addormenta nel soffice grembo della poltrona reclinabile in gel, lasciando a Baker l'onere di rispondere alla raffica di domande di Floyd sulle complessità della trama e del carattere dei personaggi. Al pari di sua madre, Floyd ha un'intelligenza acuta, ma è un po' come se Anna, dopo aver dato fisicamente alla luce il figlio, e avergli trasmesso la metà geniale del DNA, avesse decretato che il suo lavoro era finito. Prima di tutto, aveva affidato la cura e l'allattamento di Floyd a un'infermiera pediatrica per lo sconcertante compenso di trecentocinquanta dollari al giorno; e poi, quando aveva "finito di allattare" – non faceva che tirarsi il latte come un'ossessa, insistendo che fosse più "efficiente" che attaccarsi Floyd al seno, visto che tanto alla fine sarebbe passato al biberon –, aveva assunto Maria José, una tata originaria di El Salvador. Solo che Anna non vedeva le cose alla stessa maniera (la tata teneva in braccio Floyd tutto il giorno, e alla sera, quando Anna rientrava dall'ospedale, una volta messo giù, il bambino scoppiava a piangere), ragion per cui Maria José era stata congedata.

Dopo di che, Anna aveva assunto Svana, dall'Islanda, che però aveva preparato un bagnetto così bollente da conferire al bimbo il colore di un'aragosta, rendendo inevitabile un viaggio precipitoso al pronto soccorso. Tanti saluti, Svana! In quel periodo, Baker stava cercando un lavoro nel private equity, ma arrivava ogni volta al colloquio finale per essere puntualmente scartato (il suo sospetto era che le società di Houston tendessero ad assumere texani, soprattutto quelli che avevano giocato a football alle superiori), e dato che la carriera di Anna assicurava loro un sacco di soldi, a un certo punto si era detto che si sarebbe potuto occupare *lui* di Floyd, restando a casa. Avrebbe potuto fare day-trading mentre il figlio sonnecchiava. Il trading riassumeva tutto ciò che amava di quel settore – era gioco, scommessa, rischio, brivido – e lui ci sapeva fare. Così come ci sapeva fare come papà. L'amore, la gioia e lo stupore che provava quando guardava il piccolo Floyd – una persona *distinta* che lui aveva contribuito a creare – erano quasi soverchianti. Perché mai pagare qualcun altro affinché si prendesse cura del loro bambino quando poteva farlo lui?

Anna aveva tirato fuori i soliti prevedibili argomenti: restare a casa con Floyd non avrebbe offerto a Baker nessuno stimolo intellettuale. «Ti annoierai a morte» aveva detto. Sarebbe diventato come una di quelle casalinghe insoddisfatte degli anni Cinquanta. Avrebbe finito per scegliere qualcosa di inappropriato con cui riempire il tempo – siti porno o marijuana, o una qualche storia con una delle madri che incontrava al parco giochi. Avrebbe perso così tanto terreno, nel lavoro, da non poterlo più recuperare. Che cosa avrebbe fatto una volta che Floyd, compiuti diciott'anni, avesse preso la strada del college? Anche i tre anni che li separavano dal momento in cui avrebbero mandato Floyd alla scuola materna sarebbero stati un intervallo di tempo eccessivo perché

Baker potesse rientrare senza problemi nel mondo dell'alta finanza. Sarebbe caduto in depressione, avrebbe intensificato il consumo di erba e avrebbe iniziato a impasticcarsi.

All'epoca, Baker aveva risposto ad Anna di non fare troppi drammi. Ma ora Floyd ha quattro anni e, benché sia un bambino molto brillante, curioso ed equilibrato, è pur vero che la decisione di restare a casa qualche problema lo ha creato. Prima di tutto, Anna si è abituata talmente bene a questi nuovi ruoli da aver quasi abbandonato del tutto la vita familiare. In secondo luogo, sebbene Baker *non* abbia sviluppato una dipendenza per i siti porno e *non* abbia intrecciato una relazione, fuma una discreta quantità di gangia e ha stretto amicizie abbastanza intime con un gruppetto di madri, tutte con figli o figlie alla Children's Cottage. La sua cricca include Wendy, Becky, Debbie ed Ellen. Tutte madri single – tre divorziate e una single per scelta –, circostanza che, per inciso, costituisce il motivo per cui erano diventate amiche. Insieme, hanno poi adottato Baker come "marito di scuola". Accudisce i loro figli quando hanno un'emergenza al lavoro, aggiusta le cose in casa ed elargisce consulenze gratuite in materia di investimento. Sospettava che le altre madri – quelle sposate – storcessero il naso davanti a questo rapporto tra lui e le sue "mogli di scuola", ma era stato solo alla recita prima delle vacanze che aveva preso coscienza di quanto potessero essere invidiose e maligne le donne. Una, infatti, aveva intercettato Anna nel bagno della scuola al solo scopo di dirle che era decisamente "evoluta" per come aveva lasciato che lui si creasse un "harem".

Anna non lo aveva trovato affatto divertente. Lui le aveva assicurato che con ciascuna di quelle donne c'era solo un rapporto di amicizia e niente più, aggiungendo che, se proprio avesse voluto mettere un punto a quei crudeli pettegolezzi, avrebbe dovuto farsi vedere un po' più spesso a scuola. Avrebbe dovuto stringere qualche amicizia anche lei: obiettivo che aveva portato al Proposito Numero Due.

«Non c'è proprio nessuno che possa coprire il tuo turno?» le sta chiedendo, adesso. «Non potrebbe farlo Louisa?»

Louisa, la migliore amica di Anna, è anche una sua collega di chirurgia. Ma sembra sempre che Anna debba sostituirla con i *suoi* pazienti. Non le spetta, forse, che ogni tanto le venga ricambiato il favore?

«Louisa ha da fare» risponde di scatto Anna. «Come tutti quelli che lavorano lì.»

«Non ti farò colorare a tempera» dice Baker. In realtà, si trattava del *gouache*, o guazzo, una tecnica pittorica davvero carina che gli ha insegnato Wendy: lei la usa per realizzare biglietti di auguri e carta da pacchi. «Né guardare *Cattivissimo me 3*. Pensavo che potremmo andare al parco. Fuori è belliss...»

«Sono sicura che Floyd si divertirà un mondo» taglia corto lei. Poi afferra la borsa e sorride. I sorrisi passano per baci, di questi tempi. «Sarò a casa per le sei. Possiamo prendere una pizza!» aggiunge, senza ricordarsi – evidentemente – che Baker ha già comprato un arrosto che intende servire con patate Boursin e asparagi saltati. Anna non si lascia granché impressionare dalle sue iniziative ai fornelli. Nel suo mondo, ogni singolo giorno è solo un'altra opportunità per mangiare pizza.

«Okay» dice Baker. Guarda la schiena di Anna sparire oltre la porta e in quel preciso istante capisce di non avere altra scelta. Deve chiedere il divorzio.

"Divorzio" pensa, mentre aspetta Floyd ai piedi dello scivolo. Una parola così tetra, sgradevole, ripugnante.

Floyd viene giù in un sibilo, la frangetta svolazzante. È un ometto così *bravo*, così tenero e perfetto nella sua fanciullezza. «Ho fatto lo scivolo dieci volte» dice Floyd. «Andiamo sull'altalena.»

Sempre dieci volte sullo scivolo, non una di più, non una di meno, e sempre prima dell'altalena, su cui Baker può dargli sette spinte, prima che sia lui stesso a prendere il controllo spingendosi con le gambine. Baker percepisce una certa tendenza ossessivo-compulsiva nelle regole alle quali si attiene Floyd al parco, benché il castello su cui arrampicarsi sia sempre una bolgia e il bambino sia molto socievole e capace di stringere amicizia in un istante, come sta facendo adesso. Dopo aver finito con l'altalena, raggiunge gli altri per giocare ad acchiapparella, lasciando Baker sdraiato sull'erba con il tenue sole di gennaio a intiepidirgli il viso.

Divorzio.

Divorziare da Anna.

Lei se ne *accorgerebbe*? Lei si trasferirà e prenderà in affitto un appartamento di fronte all'ospedale. E non avrà problemi a mantenere lui, il figlio e la casa in cui vivono. Anche Baker ha una bella sommetta in banca: nel corso dell'ultimo anno ha avuto una fortuna incredibile. Tutto andrà a posto. L'unico suo cruccio è che Anna non vedrà *più* Floyd, se non dovessero vivere sotto lo stesso tetto. Ma non è proprio per questo che dovrebbe mollarla? Che razza di madre non ama il proprio bambino? Forse così è un po' eccessivo. Di certo, Anna *adora* Floyd. Ma altro è dire che le *piaccia*. C'è una sola cosa che apprezzi nel fatto di essere mamma?

Baker si solleva sui gomiti e osserva Floyd che corre e ride in mezzo a un manipolo di bambini con cui ha appena fatto conoscenza. È così felice e spensierato! Può davvero prendere anche solo in considerazione l'idea di sottoporlo al trauma emotivo di un divorzio? I genitori di Anna sono divorziati (anzi: il padre ha addirittura divorziato *due volte*). Dunque, per lei, è questa l'idea di normalità. Invece i genitori di Baker sono felicemente sposati da trentacinque anni. Sa che loro vivrebbero il suo divorzio come un fallimento.

"È un anno nuovo" pensa Baker. E Anna ha *stilato* i suoi propositi: un inizio promettente.

Le concederà altro tempo, si dice infine. Magari lo sorprenderà.

Anna non torna a casa per le sei, ma almeno chiama. «Ne avrò ancora per un'oretta» annuncia. «Ordina la pizza senza di me.»

"Non si stanca mai di deludere gli altri?" si chiede Baker.

«Va bene» risponde. Non ordinerà nessuna pizza, ma

non si prenderà neanche il disturbo di preparare l'arrosto. Floyd ha chiesto pancake per cena, e avrà i suoi pancake. Baker prepara un po' di bacon e una bella spremuta di frutta fresca. Perché no?

«Sarebbe un problema per te restare sveglio finché non torno a casa?» gli chiede Anna. Sembra quasi tesa, e Baker avverte un palpito di eccitazione nello stomaco.

«Certo che no» risponde.

Quella semplice domanda basta a cambiare l'intero tenore della serata. Anna vuole che lui rimanga sveglio. Vuole trascorrere un po' di tempo con lui. E forse vuole anche... chissà. Le farà un massaggio, le preparerà un bagno, le laverà i capelli, farà tutto ciò che vuole. La ama così tanto! A volte, è un po' come amare un'ombra o un ologramma. Ma non stasera.

Baker cucina grandi e soffici pancake al latte, ci mette su un bel po' di bacon croccante e allunga a Floyd anche due tazze di succo, benché sia un po' troppo zucchero prima di andare a letto. Poi sistema la cucina, mette via i piatti, spedisce Floyd a lavarsi i denti, lo aiuta a mettersi il pigiama e comincia a leggergli *The Dirty Cowboy*. È un libro lungo, e il bimbo si addormenta a pagina sei, come sempre. Baker si alza dal letto, accende la lucina notturna e scivola fuori dalla cameretta.

Questo è il momento della serata in cui, solitamente, si concede qualche tiro dal bong, cosa che invece stavolta eviterà di fare. Deve rimanere sveglio!

Si apre una lattina di birra, prende un vasetto di gelato Ben & Jerry's al gusto Red Velvet Cake – quello che gli ha fatto scoprire Ellen, l'amica mamma single-per-scelta (una che, a suo stesso dire, mangia "come un camionista") – e accende la TV per un riepilogo delle partite post-stagione di football. È sul punto di appisolarsi quando sente aprirsi la porta ed entrare Anna. Si raddrizza di scatto. È sveglissimo!

«Ehi, piccola» le dice. «Sono qui.»

Sente Anna andare in cucina, aprire il frigo e poi gli armadietti. Sente un tappo di sughero saltare via da una bottiglia di vino. Qualche istante dopo, eccola nel suo rifugio. Libera i capelli dall'elastico, beve un sorso di vino e lo guarda con un'espressione che gli risulta indecifrabile. Interesse? Curiosità? "Che cosa vede quando mi guarda?" si domanda. Be', è stravaccato sul divano con una lattina di birra aperta e un barattolo di gelato mezzo sciolto sul tavolino, difficilmente potrà vederlo come un conquistatore dall'aria sexy.

Lui si raddrizza un po', le fa spazio e poi dà una pacca al divano, accanto a sé. Gli riesce facile sprofondare nel ruolo di padre paffutello e mezzo fatto quanto per Anna è naturale assumere quello di coniuge super-impegnata. Si sente in colpa per quella sua abitudine a addormentarsi quasi tutte le sere sul divano dopo uno spinello. È da biasimare quanto lei per il distacco che si è creato tra loro.

Lei afferra il telecomando e spegne la TV. In sei anni di matrimonio – anzi: negli otto anni di convivenza –, per quanto ne sappia lui, Anna non ha mai visto un solo minuto di televisione.

«Com'è andata al lavoro?» le chiede.

«Ho deciso di lasciarti.»

«Cosa?»

«Mi sono innamorata. Ed è una cosa che non posso controllare, perciò non starò qui a scusarmi.»

«Oh» dice Baker. «Okay.» Guarda sua moglie. Con i capelli sciolti, è bella come non mai, cosa che trova ingiusta, considerate le circostanze. Ma poi, al tempo stesso, sperimenta una strana sensazione di inevitabilità. Sapeva che stava per succedere, non era forse così? Quando aveva pensato al divorzio, quel giorno, e si era quasi deciso, in effetti, lo aveva fatto perché *sapeva* che era nell'aria. Anna non lo ama. Ama qualcun altro.

«Di chi?» le chiede. «Chi è?»

«Louisa. Sono innamorata di Louisa.»

Innamorata di Louisa.

Anna non si cura di dargli il tempo di elaborare, di reagire, di mostrare le proprie emozioni. No. Prende il suo bicchiere di vino ed esce dalla stanza.

Baker risprofonda nella fossetta che ha assunto la sua forma e le sue dimensioni sul divano. Gli squilla il cellulare. È sua madre.

Sua madre? No. Non ha assolutamente voglia di parlarci adesso. Per un istante si chiede se Anna possa aver telefonato ai suoi genitori per informarli della sua decisione, poi conclude che la risposta è no. Anna e sua madre non hanno alcun rapporto. E una volta suo padre l'aveva ingenuamente definita una "tipa sveglia", motivo per il quale da quel momento in poi Anna non aveva più rivolto la parola a Russ.

Il telefono di casa squilla e Baker si domanda chi diamine possa chiamare alle dieci di sera del primo dell'anno. Poi gli squilli cessano. Anna lo chiama dal corridoio. «Baker? È tua madre.»

"Non può essere vero" pensa. Ora dovrà rispondere e sostenere almeno sessanta secondi di piacevole conversazione senza far sapere a sua madre che la sua vita si sta dissolvendo come un'aspirina nell'acido. Sua moglie è innamorata dell'esimia collega!

«Ehi, mamma» dice, prendendo la chiamata in cucina. Sente Anna riattaccare. «Felice anno nuovo.»

«Baker» dice sua madre. Sta piangendo. Anna deve averglielo detto *per forza*, è evidente.

«Mamma, ascolta...» Baker si sforza di trovare un modo per tirarla su. Lei è nata e cresciuta nell'Iowa. Lavora a «Heartland Home & Style». Case e stile dell'entroterra. Sanno anche solo *cosa* sia una lesbica, nell'entroterra? Baker non vuole fare il sapientone – ovviamente, lo sa che la risposta è sì, e che i suoi vivono ad Iowa City, che è praticamente la Repubblica Popolare dell'Iowa. Pur con tutto questo, però, teme che la cosa possa sconvolgerla davvero. Che possa turbarla. Gli domanderà *perché mai* Anna sia diventata lesbica. Gli domanderà se non è stata colpa sua.

«Baker,» riprende Irene «c'è stato un incidente. Tuo padre è morto.»

Parte seconda

LITTLE CINNAMON

Irene

Si era appuntata tutto quello che Marilyn Monroe le aveva detto. C'era stato un incidente in elicottero. Russ, una donna del posto e il pilota erano partiti da un eliporto alle sette del mattino di martedì primo gennaio. Era scoppiato un temporale; l'elicottero era stato colpito ed era scomparso nel tratto di mare tra Virgin Gorda e Anegada. Quest'ultima sembrava fosse appunto la meta, aveva riferito Marilyn. I resti dell'elicottero e le tre salme erano stati recuperati.

«Il procuratore del signor Steele è partito per le British Virgin Islands per identificare il corpo» aveva detto Marilyn. «E il signor Croft ha dato disposizioni per la cremazione.»

«Un momento» aveva detto Irene. «Che cosa?» Sapeva che era intenzione di Russ farsi cremare. Era l'intenzione di entrambi, a dire il vero, ma questo significava dunque... «Allora non farò in tempo a rivederlo, prima che...?»

«Mi dispiace, signora Steele» aveva continuato Marilyn. «Dovrà fidarsi del giudizio del signor Croft, in proposito. Il corpo andava identificato il prima possibile, perciò il signor Croft ha chiesto che se ne occupasse il procuratore del signor Steele. Il fattore tempo era fondamentale, ragion per cui è stato necessario prendere una decisione.»

«Non capisco! Non avrei dovuto essere io a decidere? Chi è questo procuratore, tanto per cominciare? Che diavolo significa? Non capisco!»

«È una notizia scioccante, me ne rendo conto. Anzi, più che scioccante. Ma, ribadisco, dovrà fidarsi del fatto che il signor Croft abbia adottato le misure appropriate.»

Fidarsi di Todd Croft? Un uomo che per tredici anni aveva tirato i fili della loro vita sebbene Irene lo avesse incrociato solo una volta. E non era stato nemmeno lui ad avvertirla che Russ era morto precipitando con un elicottero tra Virgin Gorda e qualche altro posto, un posto di cui lei non aveva mai nemmeno sentito parlare. Aveva lasciato che fosse la sua segretaria, Marilyn Monroe, a farlo. Doveva essere una battuta, uno scherzo, un brutto sogno. Irene era arrivata al punto di pizzicarsi con forza il braccio per essere sicura di essere sveglia e vigile; e che Ryan, il loro affascinante cameriere, non le avesse messo qualcosa nel vino.

Marilyn le stava dicendo che un tal "procuratore" avrebbe identificato il corpo e che Todd Croft aveva dato l'okay per la cremazione. Il tempo era un fattore fondamentale e lei non avrebbe più rivisto suo marito. «Come mai Russ era alle Virgin Islands?» aveva chiesto. «Non me ne ha mai parlato. Era lì per lavoro?»

«Aveva degli affari, lì» aveva risposto Marilyn. «E una casa.»

«Una casa? Mio marito *non* aveva nessuna casa alle Virgin Islands. Lo avrei saputo di certo. Sono sua *moglie.*»

«Mi dispiace davvero.» Poi, dopo una breve pausa, Marilyn aveva aggiunto: «Il signor Steele possiede una villa a St John».

«Una villa?»

«Sì. Se ha carta e penna con sé, posso girarle i dettagli...»

«Carta e penna?» aveva ripetuto Irene. «Prendo il primo volo.»

«Mi sento di sconsigliarglielo...»

«Non può impedirmelo. Russ era mio *marito*. Ho appena perso mio *marito*.» La segretaria riusciva a *capire*? Per un istante, spinta da un qualche bizzarro motivo, aveva pensato ai mariti della vera Marilyn Monroe. Arthur Miller. Joe DiMaggio. E altri. «Voglio vederci più chiaro su questa fantomatica casa. Perché, detto francamente, tutta questa storia suona un po' strana. È sicura che stiamo parlando di Russell Steele di Iowa City? Originario di...» Dov'era nato Russ? Non le veniva in mente. «È proprio *sicura*?»

«Signora Steele» aveva ripreso Marilyn. Aveva il tono di voce che si usa con una persona irragionevole. «Se proprio insiste nel suo proposito, troverà una donna ad attenderla all'imbarco dei traghetti. Si chiama Paulette Vickers e il suo numero è 340-555-6121. La accompagnerà alla villa del signor Steele.»

Irene aveva avvertito un giramento di testa. Troppo chardonnay. La cena al Pullman con Lydia, Brandon il barman alla Prairie Lights... sembrava successo in un'altra vita, ormai.

«Mi dispiace davvero, Irene» aveva concluso Marilyn Monroe, in tono più gentile. Poi aveva messo giù.

Cash arriva il giorno dopo intorno alle dodici. Irene si risveglia distesa sulla méridienne di velluto viola, i vestiti ancora addosso. Winnie le sta leccando la faccia. Indugia per qualche istante nell'amore caldo e umido del cane di suo figlio, prima di riprendere del tutto coscienza. Apre gli occhi lentamente e, quando vede l'espressione di Cash... è allora che le torna in mente.

Russ è morto. È precipitato con l'elicottero su cui viaggiava. E con lui sono morti anche una donna e il pilota. Una villa. Su un pezzo di carta sul tavolino da caffè c'è segnato il numero di una certa Paulette. E anche i dettagli del volo.

Cash è sempre stato uno spirito libero, ma si fa carico della situazione egregiamente. Per prima cosa, si siede sulla méridienne accanto alla madre e le prende le mani. Si aspetta che pianga. Anche lei si aspetta di piangere, di zampillare come una diga sul punto di cedere – l'uomo che è stato suo marito per trentacinque anni è morto! –, ma non succede nulla. Non riesce a crederci. Non ha senso. Dev'esserci stato un errore. Russ alle Virgin Islands su un elicottero, diretto a un'isola di cui nessuno ha mai sentito parlare insieme a una donna del posto? E cos'aveva detto Marilyn Monroe a proposito di una villa? Cosa intendeva esattamente con villa? Irene la immagina come una casa di villeggiatura ai tropici. "La casa del signor Steele" l'aveva definita Marilyn. Cosa assolutamente priva di senso. La casa di Russ è questa, in Church Street. Avevano discusso della possibilità di acquistare qualcosa nella contea di Door, una volta che Milly fosse venuta a mancare. Un posticino in cui i ragazzi li potessero andare a trovare insieme alle rispettive famiglie. Irene si era immaginata sci d'acqua, pesca alla trota, grandi cene di famiglia intorno a un tavolo rustico, stelline pirotecniche in veranda mentre ascoltavano il richiamo delle strolaghe. Si era figurata una versione più anziana e brizzolata di lei e Russ, uno di fianco all'altra sulle sedie a dondolo. Ma quell'immagine era appena implosa come una stella nana.

«Milly» dice. Devono darle la notizia.

«Non ancora» interviene Cash. «Per prima cosa dobbiamo occuparci di te.» Dà un'occhiata al foglio sul tavolino. «Sono i tuoi voli? Li hai prenotati tu?»

Irene fa cenno di sì. Li ha prenotati la sera prima, benché adesso abbia come l'impressione di averlo sognato. Comprare un biglietto aereo per St Thomas è una cosa che non ha fondamento nella sua realtà (aveva scoperto di non poter volare su St John, dal momento che l'isola non ha un aeroporto. Eliporti privati sì, ma niente aeroporti commerciali. Dovrà prendere un traghetto da St Thomas). Eppure, lo aveva fatto. Volerà da Chicago ad Atlanta e poi da lì a St Thomas, con la Delta. Ha prenotato il ritorno a distanza di una settimana, e la cosa le sembra surreale. Che persona sarà dopo una settimana trascorsa a ricomporre i resti del marito sull'isola di St John? Perché di certo non potrà fare una cosa del genere e rimanere quella che è adesso.

«Li ho prenotati io» conferma. «Devo essere a Chicago domani alle nove.»

«Ti ci porto io» dice Cash. «E prenoterò lo stesso volo. Per me e Winnie. E dirò a Baker che ci incontreremo ad Atlanta.»

«Con Floyd?»

«No, Floyd deve andare a scuola. Rimarrà a casa con Anna. Saremo soltanto tu, Baker e io. E Winnie.»

Irene annuisce. Ci sono così tante cose a cui pensare. Solo che non gliene viene in mente nemmeno una. «Dovrebbe venirci a prendere questa donna, Paulette. Potresti chiamarla per dirle che arriviamo?»

«Lo farò. Ora ti porto un po' d'acqua fresca e un'aspirina. E farò il caffè. Ce la fai a mangiare un toast?»

«No» risponde lei. Poi respira a fondo e percorre con lo sguardo il salotto ametista arredato con gusto impeccabile. Quante ore ha trascorso sgobbando su questa stanza, su questa casa? È come se negli ultimi sei anni fosse stata sposata alla residenza. Russ veniva per secondo, gli piaceva ripetere per scherzo. Quand'era di buonumore, lei ribatteva che stava allestendo il loro nido d'amore. Quando aveva la luna di traverso, gli rinfacciava che tanto lui a casa non c'era mai.

Solo adesso si rende conto di quanta poca attenzione gli riservasse davvero: i particolari del suo lavoro, dove fosse e che cosa facesse. Quando ci aveva parlato, lunedì pomeriggio, che cosa le aveva detto? Che aveva in programma una cena di lavoro con dei clienti. Che non era sicuro di resistere in piedi fino a mezzanotte. E che l'amava.

Le aveva mentito?

La villa. Le Virgin Islands. Una donna del posto.

Sì, le aveva mentito.

Quando Cash si ripresenta con il caffè, Irene gli dice: «L'ho detto solo a te e a Baker».

«Bene.»

«Non l'ho detto alle amiche. Non l'ho detto in ufficio. E nemmeno a Milly. Che cosa dirò a Milly?»

«Una cosa alla volta» consiglia Cash. «Chiamerò la redazione e dirò che c'è stata un'emergenza in famiglia e che sarai via per una settimana.»

Irene annuisce. Il lavoro è l'ultimo dei suoi pensieri, visto che è stata appena demansionata. Se la caveranno benone senza di lei. Non le importa nulla della rivista. Non le importa più di nulla se non del fatto che Russ se n'è andato per sempre.

«Non possiamo dirlo a Milly» osserva Cash.

«Non possiamo *non* dirglielo» replica lei.

«Glielo diremo insieme quando saremo tornati. Non possiamo dirglielo e poi lasciarla qui da sola.»

«Hai ragione.»

«Stasera chiamala come fai sempre» prosegue Cash. «E dille che stiamo partendo per una vacanza a sorpresa.»

"Una vacanza a sorpresa" pensa Irene.

È tutto sfocato, indistinto, finché l'aereo non atterra a St Thomas e gli altri passeggeri esplodono in un applauso.

Irene sbircia dal finestrino. St Thomas ha colline di un verde lussureggiante punteggiate da edifici dai colori vivaci: il giallo della sabbia, il rosa delle conchiglie. L'acqua è... be', di quel turchese brillante che si vede nelle pubblicità. Sì, St Thomas ha proprio l'aria di essere uno di quei posti che ti strappano un applauso.

«È così... bello» dice.

«Io e Anna abbiamo fatto il viaggio di nozze ad Anguilla» racconta Baker. «Era simile, solo più pianeggiante.»

«Già.» Irene ricorda di essere rimasta sconcertata di fronte alla loro decisione. Come regalo di matrimonio, lei e Russ si erano offerti di pagare il viaggio di nozze – qualunque destinazione avessero scelto, qualsiasi posto *al mondo* – e loro avevano optato per Anguilla. Le era sembrato così... privo di immaginazione. Ma Baker aveva spiegato che per Anna era importante non allontanarsi troppo da casa. E che voleva soltanto sole, massaggi e alcol in abbondanza. Non le andava di *girare*.

Se fosse toccato a lei scegliere, Irene sarebbe andata senza dubbio in Europa. Francia, Svizzera, Inghilterra: posti ricchi di storia e di cultura. Così avevano fatto, in effetti, lei e Russ: una settimana a Londra, una settimana alle

Cotswolds e poi una in Provenza, una a Parigi e un'altra a St Moritz. L'alternativa era andare a sciare in Colorado. Irene sa di nutrire un pregiudizio naturale riguardo ai Caraibi. Come mai? Le torna in mente un viaggio in Giamaica quando i ragazzi erano ancora piccoli, dieci e otto anni, forse nove e sette. Era stato quando ancora non avevano soldi, ragion per cui avevano prenotato un albergo mediocre nei pressi dell'aeroporto. Aveva piovuto tutta la settimana, tanto che non avevano messo il naso fuori dalle loro stanze, praticamente. Alla fine, Russ aveva allungato ai ragazzi qualche spicciolo perché andassero a giocare ai videogame nella hall dell'albergo. Dopo aver schiacciato un pisolino di un paio di ore, Irene si era svegliata per scoprire, non senza agitazione, che Baker e Cash non erano ancora risaliti. Russ era sceso a controllare, per poi tornare di sopra correndo, in preda al panico. I ragazzi erano *spariti*.

Irene ricorda ancora l'ondata di angoscia avvertita in quel momento. Era stato come precipitare in una voragine senza fondo. Avevano chiamato la security dell'albergo, che li aveva subito indirizzati verso una baraccopoli proprio sull'altro lato della strada; capitava, a volte, che delle donne riuscissero a intrufolarsi nell'atrio dell'albergo per convincere gli ospiti ad acquistare souvenir. Si erano imbattuti in un'accozzaglia di baracche con i tetti di lamiera ondulata che rumoreggiavano sotto la pioggia. C'erano donne intente a cucinare e uomini che giocavano a carte, mentre un nugolo di bambini e galline scorrazzava tutt'intorno. Un contesto per nulla sinistro, in effetti, ma così era parso a lei: una folla di estranei che aveva ingoiato i suoi figli. Si era scagliata contro alcuni uomini, urlando: «Dove sono i miei bambini? I miei figli?», il tono era accusatorio anche se l'unica persona che avrebbe dovuto rimproverare era se stessa. Si era messa a *sonnecchiare*, e adesso i suoi due ragazzi erano spariti.

Erano ricomparsi all'istante, naturalmente. Stavano ascoltando un tizio con i dreadlocks ormai brizzolati che suonava la chitarra in una delle baracche. Irene aveva afferrato Baker con una ferocia tale che per poco non gli aveva slogato il braccio. Quello era stato il momento in cui aveva messo una pietra sopra i Caraibi. Da allora, si era limitata a sorridere tutte le volte che qualcuno le diceva che stava per andare alle Barbados o ad Aruba o nella Repubblica Dominicana, e forse aveva aggiunto anche: «Dev'essere un posto magnifico, ne sono sicura!». Concludendo tra sé e sé: "Meglio tu che io".

E invece eccola lì, sulla scaletta che la conduce sull'asfalto della pista per poi raggiungere il terminal. L'aria, calda e umida, ha un profumo dolce. Irene indossa una camicetta bianca a maniche corte, un paio di pinocchietti color cachi, sandali e occhiali da sole.

Sa bene che aspetto ha per tutti gli altri.

L'aspetto di una donna in vacanza.

Ayers

Un incidente con l'elicottero al largo di Virgin Gorda, tre morti: Rosie, l'Uomo Invisibile e il pilota, che si chiamava Stephen Thompson. Ayers non sa se fosse bianco o caraibico.

«Sospettano che l'elicottero sia stato colpito da un fulmine» spiega Mick. «Hai sentito la tempesta, stamattina presto?»

Ayers era stata svegliata da un tuono, ma si era riaddormentata subito dopo.

«Che cosa devo fare?» gli chiede. «Dove vado?»

Lui allarga le braccia per offrirle un rifugio. Lei accetta l'invito. Dalla soglia di casa, lì dove si trova, vede Gordon pazientemente seduto sul sedile del passeggero nella Jeep blu di Mick. Brigid non c'è, grazie a Dio. Anche se... che cosa le importa, ormai, di Brigid? Era convinta che essere scaricata da Mick per Brigid fosse la cosa peggiore che potesse capitarle, ma adesso deve decisamente rivedere la definizione di "peggiore".

Rosie è morta.

«Devo andare da Huck» dice.

«Ti ci porto io» si offre Mick. «Andiamo.»

Huck vive in cima a Jacob's Ladder, una serie di tornanti così ripidi che la testa di Ayers si rovescia all'indietro, e lei teme di ingoiare la lingua. Sull'ultima curva prima della casa bifamiliare di Huck, c'è una fila di veicoli: due auto della polizia, alcuni furgoni, la Jeep di Adam, il secondo di Huck, e una macchina della polizia di frontiera.

Un gruppo di donne caraibiche, molte delle quali erano amiche di LeeAnn, si sta avvicinando a piedi. Alcune portano dei piatti, altre dei fiori, un'altra ancora tiene una Bibbia bene in vista, sopra la testa. La zona è affollata come il centro a Carnevale. Una cosa va detta su una comunità piccola e affiatata come quella di St John: nessuno si trova ad affrontare le tragedie da solo. Cinque anni prima, Ayers aveva assistito alle celebrazioni per la morte di LeeAnn Powers; non aveva compreso, fino ad allora, quanto anche la morte potesse essere un momento di bellezza, un momento vissuto nell'amore.

LeeAnn era morta a sessant'anni, dopo essere appena andata in pensione (era stata un'infermiera specializzata) ed essere da poco diventata nonna. Soffriva di scompenso cardiaco congestizio, perciò la sua morte non era stata una grossa sorpresa. Rosie, Maia e Huck avevano avuto il tempo di dirle addio.

La scomparsa di Rosie invece è qualcosa di completamente diverso, ma il sostegno e le preghiere non mancheranno di certo e, anzi, saranno forse anche di più. Molte di quelle donne, se non tutte, avevano visto Rosie crescere; alcune di loro, addirittura, si erano probabilmente occupate di lei mentre LeeAnn faceva i turni di notte o nei week-end in cui era impegnata al Myrah Keating o allo Schneider Regional Medical Center di St Thomas – finché il capitano Huck non le aveva fatto perdere la testa e l'aveva sposata.

Mick pigia sul freno prima di superare l'ultima altura, e Ayers coglie un'ombra di incertezza sul suo volto. Che cosa ci fanno, qui? Abitano sull'isola, ma non ci sono nati; non hanno né famiglia né radici. Semplicemente, è il posto in cui lavorano. Mick gestisce il Beach Bar ormai da undici anni; Ayers serve ai tavoli del La Tapa da nove e fa parte dell'equipaggio della *Treasure Island* da sette. Ayers non ha mai perso nessuno della sua cerchia più stretta. Come ci si deve comportare?

Lì sull'isola l'unica persona che poteva considerare di famiglia è Rosie. *Era* Rosie. E Maia e Huck. Perciò, sì, vuole andare a casa loro. Se non ci andasse, che cosa penserebbe Huck?

«Parcheggia laggiù» dice a Mick, indicando un punto a metà della collina. «Facciamo l'ultimo pezzo a piedi.»

«Vai tu» risponde lui. «Ti aspetterò qui. Oppure, se vuoi trattenerti di più, mi mandi un messaggio e torno a prenderti dopo.»

Ayers annuisce e accarezza il testone di Gordon. Ha sentito tanto la sua mancanza, quando le parole e le emozioni umane vengono meno, gli animali sono ancora capaci di offrire conforto.

Quindi scende dall'auto. Sembra di arrostire, sotto il sole, e nello stomaco Ayers sente rimestarsi la tequila della sera prima e quella stupida sigaretta. La sua migliore amica è morta. Ayers si ferma. Se non vomita, finirà per perdere i sensi. La vista le si annebbia. Una delle donne caraibiche – Dearie, la proprietaria di un salone di bellezza dietro il deposito di legname – le afferra una mano e la trascina su per la collina.

«Ayers!»

Huck si scapicolla giù dalla veranda di casa, lasciando un gruppetto di uomini – alcuni bianchi, altri caraibici, chi in uniforme e chi senza. Un'isolana di nome Helen – l'amica del cuore di LeeAnn – emerge dalla casa con un bricco di caffè e comincia a riempire le tazze.

«Oh, Huck» lo saluta Ayers con un filo di voce. Se ne sta con le braccia abbandonate lungo i fianchi, le lacrime a rigarle il viso mentre lui la stringe in un abbraccio. È un omone dalle fattezze di orso, con quella sua folta barba rossiccia che tende al grigio e gli avambracci nodosi e muscolosi di un pescatore. Un barracuda combattivo gli ha portato via metà del mignolo sinistro. Sull'isola è un personaggio, quasi un'icona. Tutti conoscono Huck, ma pochi gli vogliono il bene che gli vuole Ayers e che gli voleva Rosie. Per quest'ultima era un padre più quanto lo fosse stato quello biologico, e lo stesso vale forse anche per lei.

«È tutto vero?» gli chiede.

Lui la lascia andare. «È vero» conferma. Ha gli occhi lucidi. «L'elicottero è precipitato. Erano diretti ad Anegada, immagino.»

Ayers ha tutta una serie di domande. "Erano" si riferisce a Rosie e all'Uomo Invisibile, ma perché mai avevano preso un elicottero e non una barca, come la gente normale? Troppo lenta, immagina. L'elicottero è un mezzo più veloce e sicuramente fa la sua scena. Cos'era successo? Chi era questo Stephen Thompson, il pilota, e perché non aveva controllato il bollettino meteorologico? Non ci sono delle regole della FAA o quello che è?

Ma sono domande senza importanza.

«Maia?» chiede invece.

«È a casa di Joanie» risponde Huck. «Ho parlato con i suoi genitori. Avevano in programma di portarle a Salt Pond e di fare poi un'escursione sul Ram's Head, nel tardo pomeriggio, con il fresco, prima di cenare al Café Concordia. Ho detto loro di andare. Forse Maia finirà per odiarmi, ma voglio che si goda la giornata. Glielo dirò quando rientrerà. E speravo potessi esserci anche tu, in quel momento. Lei ti vuole bene. Com'è che dice sempre? Che sei come sua madre ma…»

«Ma meglio» conclude Ayers. «Perché non sono sua madre.»

«Avrà bisogno di te» dice Huck. «Tanto.»

«Okay» mormora Ayers, piangendo così forte che fatica a far uscire la voce. "Va bene" pensa. Piangerà adesso. Può infrangersi in mille pezzi, ma c'è una ragazzina di dodici anni che ha soltanto lei ora e, maledizione, non la deluderà di certo.

Cash

Cash maneggia sua madre come se fosse fatta di porcellana fine. Ma così non è, lo sa benissimo: ha mostrato un contegno stoico, finora, e sembra resistere. I capelli castani sono raccolti nella consueta treccia, con un'incursione della frangetta sopra l'occhio destro. In tutta la sua vita, Cash non ha mai visto cambiamenti nella pettinatura di sua madre. Un tempo la prendevano in giro, ma adesso lo trova rassicurante. Finché si intreccia i capelli, una parte essenziale di lei è ancora intatta. Non riesce a immaginare cosa possa passarle per la testa. Non solo suo marito è morto, cosa già di per sé tragica... ma il fatto che sia morto in circostanze così drammatiche e sospette, in un posto dove nessuno di loro sapeva nemmeno che avesse mai messo piede, per poi scoprire invece che aveva degli "affari" e addirittura una proprietà? Come se non bastasse, è davvero un insolito fardello trovarsi in un frangente tanto triste in un posto di una bellezza così dolorosa. È tutto luminoso, soleggiato e caldo. L'aria è cristallina e Cash non ha mai visto un'acqua di un turchese altrettanto sfavillante. Le isole, verdi e montagnose, sono vulcaniche (lo ha appreso facendo un po' di ricerche). Ci sono yacht enormi ancorati nella baia, con gente che beve, mangia o ascolta musica reggae. Il traghetto pullula di turisti entusiasti che parlano di tacos di pesce al Longboard o di snorkeling a Maho Bay. Cash sceglie tre sedili sul lato destro dell'imbarcazione. Lui e Baker hanno scambiato a stento qualche parola da quando si sono incontrati ad Atlanta. La morte del padre non ha cambiato il fatto che Baker è una delle persone meno amate da Cash sull'intero pianeta. Prendono posto accanto alla madre, usandola come cuscinetto. Winnie infila la testa sopra la barra inferiore del parapetto, ansimando all'oceano. È un cane di montagna. Per lei, è tutto nuovo.

Ci vogliono appena venti minuti per arrivare a St John. Cash ha letto che si tratta della cugina più raccolta e più rustica di St Thomas. Non ci sono semafori né negozi di grandi catene, solo un piccolo casinò, il Parrot Club. Il settanta per cento della superficie dell'isola, se non di più, fa parte del National Park Service. Ci va chi vuole fare escursionismo e snorkeling, gli appassionati di birdwatching e di pesca. Un posto per gli amanti dell'aria aperta. A Cash piace già.

O meglio: piacerebbe, in circostanze diverse.

Cash aveva parlato al telefono con Paulette Vickers, la quale si era presentata come il procuratore del signor Steele. La parola "procuratore" gli aveva riportato alla mente qualcosa che gli aveva detto sua madre.

«È stata lei a identificare il corpo di mio padre?» le aveva chiesto.

«È stato mio marito, Douglas» aveva risposto Paulette.

«E suo marito conosceva mio padre? Sapeva com'era fatto? Mio padre era morto? E il cadavere era davvero quello di mio padre, Russell Steele?» Poi si era fermato un istante. «So che tutte queste domande le sembreranno strane. È solo che mi trovo in uno stato di totale incredulità.»

Sì, certo, lo capiva benissimo. Ma com'era possibile? Paulette gli aveva spiegato che gestiva la villa nei mesi estivi, quando il signor Steele era via, e che Douglas si occupava delle manutenzioni. Quando Cash le aveva chiesto da quanto tempo suo padre possedesse la villa, Paulette aveva esitato prima di rispondere. Si era limitata a dire di averne "ereditato" la gestione da un altro procuratore tre anni prima. Non sapeva quando l'avesse acquistata: avrebbe dovuto controllare i documenti.

«D'accordo, aspetterò» aveva detto Cash, e Paulette aveva riso.

«Qual è il suo grado di parentela con il signor Steele?» gli aveva chiesto all'inizio. «Marilyn, la segretaria del signor Croft, mi ha detto soltanto che mi avrebbe contattato un parente.»

«Sono il figlio» aveva risposto Cash. «Il più piccolo dei due. Verranno anche mio fratello e mia madre, Irene, la vedova del signor Steele.»

Quest'ultima affermazione era stata accolta da Paulette con un lungo silenzio, seguito poi da un lapidario: «Capisco».

«C'è qualche problema?» aveva chiesto Cash. Oltre a quello, di per sé abbastanza evidente, che suo padre era morto in circostanze misteriose, cioè.

«Niente affatto» aveva risposto Paulette. «Solo che non sapevo che il signor Steele avesse dei figli. D'altra parte, era una persona molto riservata. Gli piaceva tenere un profilo basso, essere "invisibile", per usare parole sue. La villa, come avrete modo di vedere, è provvista di tutto: una piscina e una vasca idromassaggio, una pista da shuffleboard e un tavolo da biliardo, diversi solarium e spazi esterni, nove stanze da letto, sette delle quali con il bagno privato, e, naturalmente, una spiaggia privata. Non aveva motivo di lasciare la proprietà, e in effetti lo faceva di rado.»

Cash aveva avvertito un senso di vertigine. Nove camere da letto? Una spiaggia privata? Non era *possibile*, ecco tutto. Dopo aver ringraziato Paulette e averle comunicato i dettagli del loro viaggio, aveva riattaccato.

Cash e Baker aiutano la madre a scendere dal traghetto mentre Winnie, attratta dai profumi nuovi, tira il guinzaglio impazzita. Cash vede una donna caraibica in abito viola rivolgergli un cenno. Sarà forse Paulette Vickers? Come aveva fatto a riconoscerlo? Si domanda se Paulette non sia stata *amica* di suo padre, e se lui non le avesse mostrato foto della famiglia. Ma poi gli torna in mente di averle detto che avrebbe portato il suo golden retriever.

Le si avvicina e le porge la mano. «Paulette, sono Cash Steele. Possiamo salire in macchina con lei e allontanarci da qui senza dare troppo nell'occhio?» Gli è balenato il pensiero che essere i familiari dell'uomo morto nell'incidente in elicottero il primo dell'anno potrebbe averli resi in qualche modo popolari.

«Certo, naturalmente» risponde lei. Rimane in attesa, un sorriso stampato sulla faccia, mentre Irene e Baker si avvicinano, prima di allungare una mano in segno di saluto. Irene la squadra.

«Lei conosceva mio marito?» le chiede. «Conosceva Russ?»

«Mamma, saliamo in macchina» dice Cash.

Baker appiana le cose stringendo la mano tesa di Paulette. «È un piacere conoscerla. E grazie per essere venuta a prenderci. È proprio un'isola magnifica.»

Cash gli rivolge un'occhiata severa. *Sarà* anche un'isola magnifica, ma non sembra affatto appropriato dirlo.

Per quanto sia sicuramente consapevole del fatto che debbano essere tutti e tre intorpiditi dallo shock e dal dolore, Paulette comincia a cianciare dei luoghi d'interesse come se fossero solo turisti. Il posto si chiama Cruz Bay: è qui che si trova la "vita": i negozi, i ristoranti, il famigerato Woody's con il suo famigerato happy hour.

Happy hour? Cash sta per interrompere Paulette e ricordarle chi ha fatto salire in macchina, ma sua madre gli posa una mano sulla spalla per indurlo a tacere.

Winnie tiene la testa fuori dal finestrino, e Cash decide di seguirne l'esempio, rivolgendo lo sguardo all'esterno, così da tagliar fuori Paulette. Può occuparsene benissimo Baker.

La "cittadina" si estende forse per quattro isolati. Ha un'aria discreta e rilassata. Ci sono ristoranti con posti a sedere sotto le tende da sole, panetterie, rosticcerie, negozi che vendono gioielli d'argento, altri di attrezzature per lo snorkeling, nulla di troppo vistoso o pretenzioso. Oltrepassano dei campi da tennis e il cortile di una scuola gremito di bambini in uniforme gialla e blu.

«I bambini sono appena rientrati dalle vacanze» dice Paulette. «Ho un figlio che frequenta quella scuola, ha sei anni.»

«Io ne ho uno di quattro» dice Baker. «È rimasto a Houston con la madre.»

Cash suppone di doversi sentire grato del fatto che Baker sia un tipo estroverso; con il fratello nei panni dell'ambasciatore di buona volontà, lui potrà occuparsi della madre. Una delle battute ricorrenti, in famiglia, recita che lui sia la figlia che Irene non ha avuto; ma non gli ha mai dato fastidio più di tanto, sicuro com'è della propria mascolinità. Conosce i propri punti di forza: è sensibile, ponderato, introspettivo, sa prendersi cura degli altri. Baker, invece, è un maschio alfa, o almeno lo era prima di sposare Anna. Perché di sicuro è lei a portare i pantaloni, in famiglia – lo smoking intero, che diamine! –, anche se Cash è sollevato nello scoprire che Baker conserva ancora il suo fascino.

Fuori dal centro abitato, la strada si fa ripida e tortuosa. Paulette indica l'inizio di diversi sentieri, parlando di escursionismo e dei petroglifi – incisioni rupestri – vecchi di tremila anni del Reef Bay Trail.

«Sono molto rinomati» spiega. «È a loro che St John deve la sua fama.»

Su entrambi i lati della strada, la vegetazione è fitta. Tutto è verde e pieno di vita, tanto che a Cash sembra quasi di vedere che cresce sotto i suoi occhi. Giunti alla sommità di una collina, Paulette accosta. Sotto di loro, una mezzaluna di sabbia bianca contornata dalle palme: la spiaggia più pittoresca che Cash abbia mai visto. Così bella da far male.

«Quella è Trunk Bay» dice Paulette. «Sempre presente nelle classifiche delle spiagge più belle del mondo.»

«Fantastico» commenta Baker, annuendo. Tira fuori lo smartphone e Cash si domanda se non stia per scattare una foto... ma no, era solo per guardare l'ora. «Paulette, lei è davvero gentile a farci da guida, e spero che non mi consideri scortese se le chiedo di portarci subito alla proprietà di mio padre. Siamo in viaggio da stamattina presto.»

«Naturalmente» risponde Paulette. «Pensavo solo che, non conoscendo l'isola, magari potesse interessarvi capire com'è fatta.»

"Non avrebbero potuto mandare una persona meno sensibile di così" si dice Cash. Tuttavia, non vuole inimicarsela perché al momento Paulette è il loro unico legame con il padre, sull'isola. Riprendono la strada. Lei è perfettamente a suo agio su un terreno così ripido, accidentato e battuto dai venti da lasciare zero margini di errore. Costeggiano da una parte il volto spietato della montagna, dall'altra un precipizio a picco sul mare. Paulette saluta con un cenno della mano gli autisti dei voluminosi taxi senza tettuccio che sfilano loro accanto (troppo vicini, a giudizio di Cash). Poi si ferma a discutere con uno dei conducenti. Parlano in una specie di patois dell'isola; le uniche parole che gli riesce di cogliere sono "uomo invisibile". "È così che chiamano papà?" si domanda. Lancia un'occhiata discreta alla madre, ma lei tiene gli occhi chiusi.

Finalmente, Paulette rallenta, mette la freccia e svolta. Affrontano una serie di tornanti in salita, la strada è deserta e ombrosa; di tanto in tanto superano dei vialetti d'accesso, ma non si vede nessun edificio. La strada termina di fronte a un cancello imponente con un cartello che recita: PROPRIETÀ PRIVATA.

«È qui che abita Kenny Chesney?» chiede Baker con una risata.

Paulette digita un codice su una pulsantiera e il cancello si apre. Cash scuote delicatamente la madre perché si svegli. Sa che è stanca, ma deve vedere la scena: sembra presa da un film. È la villa di suo padre, la villa di *suo padre* su un'isola dei Caraibi. Non può fare a meno di pensare che ci sia un errore. Un errore grosso quanto una casa, ma con una spiegazione semplice. Un uomo di nome Russell Steele è morto a bordo di un elicottero precipitato a nord di Virgin Gorda, solo che si trattava di un altro Russell Steele. Il *loro* Russell Steele – marito, padre, appassionato di curiosità arcane e di giochi di parole banali, fan dei Beatles e dei Blues Brothers – sarà intento a socializzare con i clienti chissà dove, a Sarasota o a Pensacola.

Il vialetto è lungo, fiancheggiato su entrambi i lati da palme, ognuna delle quali ha un faretto alla base. Quando raggiungono la casa, Cash prende sua madre per mano.

«Eccoci qui» dice Paulette.

Escono tutti dall'auto. Baker si lascia sfuggire un fischio prolungato. È assolutamente incapace di controllare i propri impulsi.

La proprietà è semplicemente... mozzafiato. In posizione elevata, di fronte al mare e alle altre isole. Paulette li guida su per una scala in pietra fino a una terrazza in mogano, quindi si volta, le braccia spalancate come in un quiz televisivo, per introdurli a quella vista.

«Lì c'è Jost Van Dyke e quell'altra, accanto, è Tortola.»

«Cioè?» chiede Irene.

«Le British Virgin Islands, mamma» interviene Baker.

Paulette gli fa fare un giro intorno alla casa. I giardini sono curati in maniera impeccabile, con buganvillea, frangipani, banani e alti cespugli di ibiscus. Da una piscina rotonda, una cascatella si riversa in un'altra piscina dalla forma allungata e l'acqua di un azzurro più intenso. Poco più in là, una vasca idromassaggio ribolle ed emana vapore. C'è una cucina esterna con bancone in granito, griglia, macchina per il ghiaccio e frigorifero con l'anta trasparente, dietro cui si scorge una varietà di acque minerali italiane. Cash scuote il capo. Questa non può essere la casa di suo padre: lui beve solo acqua del rubinetto.

Paulette li fa entrare nell'abitazione facendo scorrere una porta a vetri; considerato il caldo che fa fuori, l'aria condizionata li accoglie come una carezza. Il soffitto del soggiorno è a cupola, le travi si dipartono dal centro come i raggi di una ruota. Quando si ritrovano nell'enorme cucina, Paulette dice loro: «Adesso vi lascerò esplorare la casa in santa pace. Se avete domande, mi trovate in terrazza».

«Dov'è la camera da letto padronale?» chiede Irene. «E c'è anche uno studio?»

«La camera è alla fine di quel corridoio» risponde Paulette. «Lo studio del signor Steele è annesso. Tutte le altre stanze da letto sono al piano di sopra, e al piano inferiore ci sono il tavolo da biliardo e la cantina. Da lì si accede alla pista da shuffleboard e alla scalinata che conduce alla spiaggia. Sono ottanta gradini, perché lo sappiate.»

«Andrò di sotto a dare un'occhiata» dice Baker. Poi guarda il fratello. «Vieni anche tu?»

«Io vado con la mamma» risponde Cash. Non può lasciarla entrare da sola nella "camera padronale" dove, presumibilmente, dormiva suo padre.

Baker inarca un sopracciglio, in un'espressione che gli è molto tipica e ricorda a Cash una volta di più quanto suo fratello riesca a irritarlo. Non tollera la sua sicurezza, la sua compiaciuta fiducia nei propri mezzi, quell'aura di superiorità. Baker è il peggio che possa esistere come fratello maggiore: maschio alfa, niente consigli né sostegno. Ma la cosa più frustrante è che, a dispetto di tutto questo, Cash vorrebbe tanto essere come lui. «Questo posto è incredibile» dice Baker. «E intendo dire proprio: *incredibile.*» Poi, a voce più bassa, aggiunge: «Non può essere di papà. Devono averlo confuso con un altro».

Cash si astiene dal commentare, benché la pensi allo stesso modo. Si limita a seguire sua madre lungo il corridoio, fino alla camera padronale. Nella stanza, il letto king-size è posizionato di fronte al mare, visibile oltre un'imponente porta a vetri scorrevole. Ci sono due cabine armadio, entrambe vuote (Cash è andato immediatamente a controllare), e un enorme bagno in marmo con i doppi lavandini, una vasca per due incassata nel pavimento e una doccia in cristallo. Sua madre, intanto, ha cominciato a curiosare nello studio rivestito in legno. Il piano dello scrittoio è sgombro, perciò si mette a frugare nei cassetti. Cash, nel frattempo, continua a rovistare in bagno. Ci sono due spazzolini da denti e un vasetto di crema da barba, ma è tutto per quanto riguarda gli effetti personali.

Il posto sembra sia stato "ripulito". Dà l'impressione di essere *finto*. Se suo padre ci avesse vissuto davvero, o anche solo soggiornato qualche notte – sua madre aveva detto che era partito il 26 dicembre –, non avrebbero dovuto trovarci vestiti, un rasoio, il dopobarba, gli occhiali da lettura?

Cash apre i cassetti del comò. Vuoti. Strano, no? Quindi raggiunge il letto e apre quello del comodino. Trasalisce come se vi avesse trovato una testa mozzata.

C'è una foto, nel cassetto. La foto incorniciata di suo padre con una donna caraibica. Sono sdraiati su un'amaca. Cash si guarda intorno. È l'amaca appesa fuori, sulla terrazza della camera. Suo padre indossa un paio di occhiali da sole e sorride verso l'obiettivo, mentre la donna gli sta rannicchiata di fianco.

Cash allora cerca un posto in cui nascondere la fotografia. Non può permettere che la veda sua madre. La infila tra il materasso e la rete, poi si siede sul letto e affonda la testa tra le mani. Il suo tacito sospetto ha trovato conferma: suo padre aveva un'amante, molto probabilmente la donna che era con lui sull'elicottero. Lo shock più grande, forse, è il fatto che la foto lo ritragga in quella casa. È tutto vero, dunque. Quella casa è di suo padre. E suo padre è morto.

Gli viene da ridere. Ma è assurdo! Poi vorrebbe gridare. Con tutto il tempo che ha passato a spronarlo perché finisse gli studi e si creasse una propria "infrastruttura", ecco che viene fuori che l'infrastruttura di suo padre è fatta interamente di bugie! Aveva una *vita segreta*! Una villa da quindici milioni di dollari ai Caraibi e un'amante del posto!

"Che altro?" si domanda. Che altro nascondeva Russell Steele, membro del consiglio scolastico di Iowa City per ben tre mandati al tempo in cui lui, Cash, era un adolescente?

Fa capolino nello studio e trova sua madre seduta alla scrivania, lo sguardo oltre la finestra.

«Esco a prendere una boccata d'aria, mamma» le dice. «Torno subito.»

«C'era qualcosa nella stanza da letto?» gli chiede.

«No, niente di niente» risponde Cash. «È la casa di un perfetto estraneo.»

«Bene» dice lei.

In terrazza trova Paulette, al telefono impegnata a dettare una lista della spesa. Quando lo vede arrivare, riattacca e si accende una sigaretta. Un gesto che lo incoraggia: ha bisogno di parlare con la vera Paulette Vickers.

«Allora, che gliene pare della casa?» gli chiede.

«Ho qualche domanda in proposito.» Lo dice a bassa voce. Poi si appoggia alla ringhiera. E lei fa lo stesso. Guardano insieme il panorama: la distesa scintillante del mare cristallino, le isole verdeggianti, le lussuose imbarcazioni, di certo appannaggio delle persone più fortunate al mondo. Paulette potrà anche dare per scontata quella vista, ma per lui è come scoprire un altro pianeta. «Vorrei parlare apertamente, visto che non c'è mia madre.»

«Risponderò a quante più domande mi sarà possibile.»

«Questa casa è di mio padre?»

«Sì.»

«Dove sono tutte le sue cose? I suoi vestiti, per esempio? Le sue scarpe, i costumi da bagno, il deodorante? È anonima come un Holiday Inn.»

«Più bella, però» commenta Paulette.

«Non eluda la domanda, per favore. Se era qui prima di prendere quell'elicottero, dove sono le sue cose? È entrato in casa qualcuno?»

«Io» risponde Paulette. «Ho avuto ordini ben precisi dalla segretaria del signor Croft perché ripulissi la casa da tutti gli effetti personali.» Poi, dopo un istante di silenzio, aggiunge: «Per non turbare voi. O vostra madre».

«E dove sono, ora?»

«Impacchettati. Il signor Croft ha mandato qualcuno a prendere tutto stamattina.»

«Ho capito. E anche il signor Croft ha una casa qui, a St John?» continua Cash.

«Non che io sappia.»

«Cosa significa, *non che lei sappia*?» esclama Cash. «Lei è del posto e suo figlio va a scuola qui. Lavora per un'agenzia immobiliare. Direi che dovrebbe saperlo se ha una casa qui o no.»

«Da queste parti...» Paulette esita un istante «molte delle proprietà di fascia alta sono intestate a dei trust. La gente viene sulle isole per *fuggire*, signor Steele.»

"Per nascondersi" pensa Cash.

«Sa dirmi dove vive il signor Croft?» le chiede. «Dove ha sede la sua attività?»

«Non posso aiutarla neanche in questo caso, temo...»

«Paulette» inizia, sta per trattarla male, lo sente. Sembra simpatica – persino adorabile, anzi –, però Cash non riesce a capire perché continui a fare tanto la vaga. «Sono certo che avrà compreso che stiamo affrontando un lutto. Io e mio fratello abbiamo perso nostro padre, mia madre il marito. Se fosse morto di infarto a casa, sarebbe già stata una tragedia. Ma è morto *qui*, in un posto in cui non sapevamo nemmeno avesse mai messo piede, figurarsi il fatto che vi possedesse una casa. Ci hanno dato pochi e scarni dettagli. Il modo in cui ciascuno di noi tre elaborerà la perdita dipende anche da quanto riusciremo a scoprire su cos'è successo. Abbiamo bisogno di parlare con Todd Croft.»

«Sarebbe un inizio, suppongo» ammette Paulette.

«Ha un numero di telefono che ci permetta di contattarlo?»

Paulette risponde con una risata ironica. «Contattare il signor Croft? No, mi dispiace. Non l'ho mai incontrato e non ho mai parlato con lui neanche al telefono.»

«Sta scherzando!»

«Mi interfaccio con la sua segretaria» spiega Paulette. «Marilyn. È stata lei a chiamare sua madre, perciò avete il suo numero.»

«Ma è il signor Croft che la paga, giusto?» chiede Cash. E

per poco non dice: "È il signor Croft a tirare i fili". Di sicuro, quelli a cui era attaccato suo padre, o almeno così pare.

«Io ero pagata direttamente dal signor Steele» spiega Paulette. «In contanti. E occasionalmente dal signor Thompson.»

«Il signor Thompson?» le fa eco lui. «E chi sarebbe?»

«Stephen Thompson. Era il loro socio.»

«Il loro socio» ripete. Gli sembra di essere in un poliziesco, in cui lui è il nuovo arrivato, al primo giorno di lavoro, e cerca di capire come funzioni. «Ha il numero di questo signor Thompson, almeno?»

«Ce l'ho» risponde lei. Poi osserva la punta incandescente della sigaretta.

«Paulette, io...»

«Il signor Thompson è morto» taglia corto Paulette. «Era il pilota.»

«Era il pilota» ripete ancora Cash. «E la terza vittima, la donna del posto... lei e mio padre... avevano una relazione?»

«Non mi sento a mio agio a parlarne» dice Paulette.

«Ho trovato una foto in cui sono ritratti insieme» spiega Cash. «Era nel cassetto del comodino.»

Paulette esala una nuvola di fumo e abbassa gli occhi.

«Come si chiama?»

«Senta, signor Steele, io non...»

«Paulette» la interrompe. «La prego. *La prego.*» Gli si spezza la voce, sente che potrebbe piangere e non gli va. Vorrebbe tornare all'ultimo dell'anno, o anche a Capodanno, alla mortificante ma inevitabile conversazione con Glenn, il commercialista. Vorrebbe che suo padre fosse ancora vivo. Confesserebbe il fallimento dei negozi e non andrebbe a Breckenridge per sprecare gli ultimi anni proficui che lo separano dalla piena maturità. Si iscriverebbe alla University of Colorado, a Denver. Prenderebbe una laurea e diventerebbe qualcuno. Ma rivuole suo padre. La disperazione gli inasprisce il palato, inducendolo a fare un respiro profondo – il sentore di miele dei frangipani misto al fumo passivo dovuto alla vicinanza di Paulette.

Lei lo sta guardando. Deve avvertire il suo dolore, perché gli occhi castani traboccano di lacrime. «Rosie» dice. «Rosie Small. Era la figlia di LeeAnn Powers, che era sposata con il capitano Huck. LeeAnn è morta cinque anni fa.» Paulette scuote la cenere della sigaretta sulla buganvillea sotto di loro. «Le esequie saranno domani alla chiesa Episcopale, con un ricevimento al Chester's Getaway. Se andrà alle esequie o al ricevimento, troverà gente in grado di dirle qualcosa di più. Ma le consiglio di agire con discrezione. E di andarci con la mente e il cuore aperti. Erano davvero in tanti, su quest'isola, ad amare Rosie Small. E quasi nessuna di queste persone conosceva suo padre. Come le ho detto, preferiva non dare nell'occhio.»

Cash si gira a guardare la casa. «E potremo trattenerci qui qualche giorno?»

«Per tutto il tempo che vorrete» risponde Paulette. «È vostra, adesso.»

«Okay. Grazie, Paulette. Grazie davvero.»

«Dio benedica voi ragazzi e vostra madre.»

Huck

I genitori di Joanie, Jeff e Julie – la famiglia "J", come si autodefiniscono – si presentano sul vialetto di accesso alle sei in punto. In qualche modo, Huck è riuscito a mandare via tutti, tranne Ayers che siede al bancone torcendosi le mani e fissando una bottiglia di rum Flor de Caña invecchiato diciott'anni come se stesse annegando e quella fosse una zattera di salvataggio. Huck è quasi sul punto di suggerire di farsene entrambi un bicchiere per ritemprare i nervi, ma poi ci ripensa.

Come soleva dire suo nonno, le cose difficili sono difficili. E lui di cose difficili ne ha fatte tante, nella vita. Subito dopo le scuole superiori era stato arruolato per la guerra in Vietnam. Essendo nato e cresciuto a Islamorada, nelle Florida Keys, al tempo pensava che la US Navy facesse al caso suo, ed era contento perché in marina non si beccavano pallottole volanti. Ma potevano scegliere solo quelli che si presentavano volontariamente, non chi veniva chiamato, e lui era finito nel corpo dei Marine. Aveva trascorso il suo primo anno in Vietnam con la faccia nel fango, nella giungla, tra le risaie, costretto a temere ogni istante per la propria vita e a sviluppare una dipendenza dalla nicotina che non è ancora riuscito a scrollarsi di dosso.

In seguito, diversi anni dopo essere tornato a casa, aveva dovuto portare quella che allora era sua moglie, Kimberly, in un centro di recupero per alcolizzati e presentarle le carte per il divorzio.

Aveva sepolto sua sorella Caroline, morta di tumore al cervello a quarantun anni, sua madre, morta di crepacuore per la scomparsa della figlia, e infine il suo amato padre, il capitano Paul Powers, che per cinquant'anni aveva gestito un charter di pesca al largo di Islamorada, portando gente come Jack Nicklaus e Frank Sinatra. Era da lui che aveva imparato tutto quello che sapeva sulla pesca e sul modo di essere un uomo.

Era stato dopo la morte di suo padre che Huck si era trasferito alle Virgin Islands, dove per lungo tempo la vita era stata semplice. Aveva comprato la sua barca, messo in piedi la sua attività e conosciuto e sposato LeeAnn Small, una vera perla isolana. Huck avrebbe detto che seppellire LeeAnn era stata la cosa più difficile che gli fosse toccato fare, ma solo perché l'aveva amata così tanto.

Questa era più difficile.

Maia entra in casa saltellando, la pelle brunita da un giorno intero all'aria aperta, per quanto Jeff e Julie siano esigenti riguardo alle protezioni solari e ai repellenti per gli insetti. Il sorriso sul suo volto gli dà ragione: ha trascorso una giornata felice. Forse l'ultima della sua infanzia.

Non ha voglia di dirglielo.

Maia vede Ayers e va dritta da lei per abbracciarla. Da sopra la sua spalla, Huck coglie l'espressione di Ayers, il luccichio degli occhi. Non gli rimane che qualche istante prima che lei ceda.

Si sarebbero dovuti concedere quel bicchierino di rum. Sta tremando, adesso.

«Maia» dice. «Siediti, per favore.»

Lei si scosta da Ayers e lo guarda con gli occhi spalancati. «Sei *arrabbiato*?» gli chiede. «Sei stato *tu* a dirmi che potevo andare.»

«Non sono arrabbiato. Ma mi faresti la cortesia di sederti? Io e Ayers dobbiamo dirti una cosa.»

«Che cosa?» domanda. È ancora in piedi, e ha assunto una postura diffidente.

Ayers si allunga per prenderle una mano.

«C'è stato un incidente in elicottero a nord di Virgin Gorda» racconta Huck. «Maia, tua madre è morta.»

C'è un vuoto sul volto di Maia e questo, così pensa Huck, è il momento che le distrugge l'anima: il momento in cui recepisce le parole e dà loro un senso.

Poi comincia a urlare. Un suono grezzo, primitivo, il verso di un animale. Ayers la attira a sé, mentre Huck sente le lacrime rigargli il viso e pensa: "Le cose difficili sono difficili" e "Ti prego, Dio, non farmi mai fare qualcosa più difficile di questo".

Poi le urla diventano un pianto, singhiozzi profondi e fin troppo sonori per quel corpicino. Huck recupera dei fazzoletti, un bicchiere di acqua ghiacciata e un cuscino, nel caso in cui abbia voglia di menare pugni. Ha stretto un patto con Ayers: nessuno dei due avrebbe zittito Maia, né le avrebbe detto che sarebbe andato tutto bene. Non le avrebbero *mentito*. Le avrebbero lasciato assimilare ciò che poteva e poi avrebbero risposto alle sue domande con la massima onestà.

Alla fine, il pianto si spegne. Ayers accompagna Maia fino al divano e Huck affonda sulla poltrona, a portata di mano. Era stato all'ospedale Schneider con LeeAnn quando Rosie aveva messo al mondo Maia. Ed era stato il terzo in ordine cronologico a tenerla in braccio, mentre si dimenava tutta rossa e già assolutamente affascinante. A essere sinceri, avrebbe dovuto ammettere di aver provato un pizzico di delusione alla notizia che il nascituro non sarebbe stato un maschietto: si era già immaginato un nipotino da portare a pesca. Ma a Maia era bastato quel primo istante tra le sue braccia per rubargli il cuore e per indurlo a decidere che sarebbe stata anche migliore. Nella famiglia di LeeAnn, gli uomini erano tutti deboli o assenti. La forza era una prerogativa delle donne.

Maia si soffia il naso e ritrova una respirazione normale. Il volto, così radioso al suo arrivo, ora è chiazzato e, se

Huck non lo sta immaginando, i suoi tratti così delicati sono cambiati in un colpo. All'improvviso, sembra avere diciassette anni, o forse venticinque.

«Elicottero» dice. «Era con mio padre, allora. È morto anche lui?»

«*Padre?*» esclama Ayers.

«Tesoro» interviene Huck. «Era con il suo... il suo amico. Quello che viene a trovarla.» L'uomo si chiama Russell Steele. Rosie gli aveva detto il suo nome quando era entrato in scena, qualche mese dopo la morte di LeeAnn; per il resto, però, teneva nascosta la relazione. Il tizio compariva una o due settimane al mese, da novembre a maggio; possedeva una grossa villa sulla costa nord. Huck si era fatto un'idea della strada, benché non fosse mai stato invitato alla villa e non avesse mai conosciuto personalmente quell'uomo. Maia, invece, c'era stata qualche volta, quando lui era sull'isola, sebbene in un sacco di occasioni Rosie gliel'avesse affidata per poter godere di un po' di privacy con il suo amante misterioso.

Inutile prendersi in giro: quella situazione lo aveva turbato. Si era aspettato una *presentazione*, come minimo. Se non un barbecue settimanale, almeno un invito per una birra, ecco. Ma Rosie era sempre cocciuta e mortificata, quando si trattava dell'Uomo Invisibile. Le dispiaceva tanto – e l'espressione del suo viso era sincera –, ma voleva che la sua relazione rimanesse assolutamente riservata. L'isola era piccola, lei era nata e cresciuta lì, e tutti non facevano che cercare di intromettersi nei suoi affari, perciò voleva che almeno una cosa non venisse discussa e dissezionata dall'intera comunità.

Lui aveva sempre sospettato che non fossero i suoi veri sentimenti. Aveva sospettato, cioè, che fosse una richiesta dell'Uomo Invisibile.

E questo, naturalmente, voleva dire soltanto una cosa: che era sposato. O che era uno di quei bastardi che avevano una ragazza come Rosie in ogni porto. Si occupava di finanza internazionale, gli aveva spiegato lei. E questo, naturalmente, voleva dire soltanto una cosa: era anche un criminale. Vuoi un lavoro onesto? Prendi il mare su una barca, tira su un pesce e mangialo per cena.

Ma l'Uomo Invisibile non va confuso con il Pirata, come sta facendo ora Maia. Il Pirata era un altro tizio bianco che, arrivato a bordo dello yacht del suo compare, si era invaghito di Rosie – all'epoca, faceva la cameriera al Caneel Bay – e, dopo averla messa incinta, era scomparso senza lasciare traccia. Rosie lo chiamava "il Pirata" perché le aveva rubato il cuore.

«E la dignità» aveva aggiunto LeeAnn una volta soli.

Rosie si era presa una bella cotta per il Pirata, nel corso di quei quattro giorni che avevano trascorso insieme. Era durata il tempo di un week-end lungo di febbraio, in occasione del Presidents' Day. Maia era nata il 15 novembre.

«Se per "amico" intendi Russ, allora sì, è mio padre. Era mio padre. Russell Steele. Sono morti entrambi, quindi?» Maia regge il suo sguardo. «Sono morti *entrambi*?»

«Sì» risponde Huck, e si domanda se c'è qualcosa che non sa. Si domanda se a un certo punto Rosie abbia convinto l'Uomo Invisibile a adottare Maia senza dirlo a nessuno. Nemmeno a lui. È al corrente del fatto che l'Uomo Invisibile paga le spese di Maia, compresa la retta alla Gifft Hill, ma Huck era sempre stato convinto che si trattasse di una galanteria, magari anche di una forma di risarcimento per la discrezione di Rosie. Lei aveva un lavoro, pagava le sue spese e viveva a casa di Huck quando l'Uomo Invisibile era via, che era comunque tanto tempo. Possibile che gli avesse nascosto qualcosa di *così* grosso? Come c'era riuscita da un punto di vista legale, senza che nessuno spifferasse la cosa dagli uffici del tribunale di Charlotte Amalie? Alla fine, le voci lo avrebbero raggiunto.

Impossibile, si dice Huck. Più facile che a un certo punto avessero iniziato a chiamare "padre" questo signor Steele.

«Così, adesso sono un'orfana» conclude Maia. «Non ho più nessuno.»

«Hai me» interviene Ayers. «Io ci sarò sempre.»

«E hai me» le fa eco Huck. Si inginocchia davanti a Maia, un gesto più che mai appropriato, visto che negli ultimi dodici anni non ha fatto altro che adorarla. Sa che è ancora troppo piccola per comprendere la qualità di questa devozione – ed è meglio così, forse. Non ha bisogno di qualcuno che la adori. Ha bisogno di qualcuno che la ami, che la vesta, che la sfami e le insegni a distinguere il bene dal male, qualcuno che stabilisca dei limiti e le fornisca opportunità, qualcuno che creda in lei e che sia il suo campione.

E quel qualcuno sarà lui, Huck. La amerà senza riserve. Sempre e comunque.

Baker

Prima che partisse, Anna gli aveva fatto un favore, prescrivendo una confezione di Lorazepam a sua madre.

«Scommetto che non le prenderà» gli aveva detto. «Ma sarà meglio averne una scorta, non si sa mai.»

Era venuto fuori che Anna conosceva Irene meglio di quanto lui immaginasse. All'inizio, aveva rifiutato le pillole.

Ma il giovedì sera, mentre il sole si tuffava come un tizzone ardente nel mare dei Caraibi, dopo aver declinato per tre volte l'invito di Baker a mangiare qualcosa, alla fine gli aveva detto: «Penso che proverò a dormire. Posso dare un'occhiata a quelle pillole?».

«Vuoi la camera padronale, mamma?» le aveva chiesto Cash.

«Santo cielo, no. Userò una delle stanze degli ospiti di sopra.» Aveva rivolto a entrambi un flebile sorriso. «Perché è quello che sono, in effetti. Un'ospite in casa di vostro padre.»

Cash aveva aiutato Irene ad ambientarsi al primo piano, mentre Baker dava un'occhiata alla cucina. Paulette aveva detto che era "ben fornita", prima di aggiungere che, se lo avessero desiderato, avrebbe potuto cercare un cuoco.

«Niente cuoco» aveva risposto Baker. «Non credo che mia madre voglia estranei per casa.»

«I giardinieri vengono tutti i venerdì...» li aveva avvertiti Paulette.

«Per favore» aveva replicato Baker. «Se potesse dire a tutti di lasciarci tranquilli per una settimana...»
«Ma certo. Chiamate, se avete bisogno di qualcosa.»

Ora Baker sta ispezionando il frigorifero e gli armadietti. "Ben fornita" è riduttivo. Il frigo è pieno di bistecche, hamburger, insalata di pasta, affettati, ortaggi, latte e uova. C'è persino una ciotola gigante di macedonia di frutta tropicale. Il ripiano inferiore è stipato di quattro diverse varietà di birra locale. Nei pensili ci sono scorte di pasta, cereali e scatolame – comprese, curiosamente, sei confezioni di SpaghettiOs – sufficienti perché una famigliola possa sopravvivere a un fallout nucleare. A Baker, gli SpaghettiOs fanno venire in mente Floyd, perciò pensa di uscire in terrazza per chiamare a casa. Ma poi, onestamente, si dice che l'unico aspetto positivo di questo viaggio surreale sta proprio nel fatto di essersi lasciato dietro tutti i suoi problemi. O meglio: i "suoi problemi", adesso, sono le cose che stanno accadendo lì. Suo padre è *morto*, no? Non è ancora riuscito a considerare la cosa nella sua concretezza, tuttavia, e questo perché *niente di quanto sta vivendo sembra avere senso.*

La cantina, per esempio: Russell Steele amava la sua Leinenkugel's, la sua Bud Light e il suo scotch. Baker non ricorda di avergli *mai* visto bere un bicchiere di vino. Champagne, forse, il giorno del suo matrimonio con Anna. Giusto un sorso. In famiglia, l'amante dei vini era sua madre. Beveva chardonnay californiano. Kendall-Jackson per tutti i giorni, Simi e Cakebread quando era in vena di follie. Stranamente – oppure no? – Baker ha trovato lì una cassa dell'uno e dell'altro, quasi che aspettasse la visita della moglie.

Proprio mentre sta aprendo la sua meritata birra, vede Cash scendere le scale e torna al frigo per prendergliene una. Lui la accetta e poi indica la piscina con un cenno del capo.

«Si è addormentata» dice. «La pillola l'ha stesa. Il che è un bene, perché ho bisogno di parlarti.»

Raggiungono la piscina e si siedono, immergendo i piedi nella parte meno profonda. Nel caso in cui la madre dovesse arrivare, il gorgoglio della fontana confonderà le loro voci. «Allora?» domanda Baker.

«Aveva un'amante» risponde Cash. «Una caraibica. Ho trovato una foto di loro due insieme in camera.»

Baker beve un sorso di birra. È buona, certo, ma non abbastanza da sovrastare una notizia così soverchiante. Proprio *nessuno* è come sembra? Possibile che *tutti* debbano custodire qualche atroce segreto? Okay, era ovvio che con suo padre bollisse in pentola qualcosa, e quello della "donna del posto" a bordo dell'elicottero, ora che ci pensa bene, era forse un dettaglio incriminante. Forse, però. Perché poteva essere anche la ragazza del *pilota*, per esempio, o una guida turistica, o una cliente del padre.

«Fammi dare un'occhiata» dice.

Cash scompare all'interno della casa, per riemergere con una foto incorniciata del padre sdraiato su un'amaca insieme a una caraibica davvero splendida.

Una foto che non lascia spazio ad alcun fraintendimento.

Quello che più lo colpisce è l'aspetto di Russ. Indossa un paio di occhiali da sole, perciò è un po' difficile da capire, ma l'uomo che lui conosce da una vita – il tipico venditore goffo del Midwest sempre propenso a qualche battuta di spirito – sembra aver lasciato il posto a un uomo dall'aria sofisticata, mondana e, soprattutto, sicuro di sé. Quando lui e Cash erano ancora piccoli, il padre non era stato niente di più che un grosso san bernardo impaziente che affrontava ogni giorno con la stessa richiesta di attenzione, amore e rassicurazioni. Aveva tutto un elenco di progetti fai-date a cui amava dedicarsi nei fine settimana. Il sabato mattina cercava di svegliarli chiamando lui "compare" e Cash "socio", e così aveva fatto per tutta la loro infanzia senza che loro si muovessero. Allora, si sedeva alla sua scrivania e rimaneva ad aspettare, per poi saltare su con un entusiasmo da bambino appena loro, finalmente, si alzavano. Per come la vedeva lui, l'atteggiamento accondiscendente del padre, sempre così restio ad agitare le acque, dipendeva dalla sua infanzia. Costretto a trasferirsi ogni diciotto mesi, era costantemente impegnato a cercare di risultare simpatico e di farsi accettare. Ma bisognava essere sinceri: lui e suo fratello Cash trovavano la sua ossequiosità sgradevole, oltre che imbarazzante. Tra l'uno e l'altro era un continuo levare gli occhi al cielo.

Il nuovo lavoro gli aveva conferito tutto un altro lustro, certo: dall'oggi al domani era arrivata una valanga di soldi. Ma la sua attenzione era ancora così intensa – anche più di prima, se possibile, dal momento che stava meno in casa – che a volte non potevano evitare di sfuggirla. Benché lo considerassero una brava persona, in ultima analisi preferivano la presenza più fredda e riservata della madre.

L'uomo della foto, con quella sua camicia a collo aperto rosso pomodoro e quel sorriso tipo "Tengo il mondo per le palle", è un perfetto estraneo.

«La mamma l'ha vista?» chiede.

«No.»

«Bene.»

Cash si alza. «Vado a nasconderla di nuovo.»

«E prendi altre due birre» dice Baker. «Per favore.»

Baker griglia sei cheeseburger e poi, insieme al fratello, si tuffa sul cibo come erano soliti fare da ragazzi: senza pensare, senza parlare. Infine, una volta ripuliti i piatti, si siedono a guardare le luci scintillanti di Tortola, in lontananza. Baker si domanda se sia il caso di parlare di Anna con Cash. Lui è pur sempre suo fratello, benché non siano vicini, benché non si confidino l'uno con l'altro. Per lungo tempo, Baker ha visto il fratello come un piccolo delinquente – cosa sicuramente vera durante l'adolescenza – perché Russ e Irene lo viziavano. E ora, da adulto, Cash viveva senza una sola preoccupazione, ovvero, per lo più, a scrocco: dormendo sui divani degli amici a Breckenridge, facendo il maestro di sci per una miseria perché gli garantiva lo skipass gratuito per tutta la stagione, e campando del cibo che recuperavano gli amici che lavoravano nei ristoranti.

Lui e i suoi genitori erano poco entusiasti della situazione. Allora con cosa se n'era uscito, il padre? Aveva messo in piedi addirittura un'attività per Cash, dandogli in mano le chiavi di ben due negozi di attrezzature per le attività all'aria aperta! E lui, Baker, davanti a una dimostrazione di favoritismo così palese, così oltraggiosa, si era tenuto a distanza. Non aveva mai avuto difficoltà a parlare in modo franco con suo padre, e poco c'era mancato che gli dicesse che investire duecentomila dollari in una qualsiasi impresa da affidare a Cash era come mandarli a un principe nigeriano.

L'unica volta in cui, in tempi recenti, Baker aveva visto Cash sotto una luce più favorevole era stata quando aveva portato Anna a sciare a Breckenridge e loro avevano appena iniziato a uscire insieme. Anna era stata insolitamente calorosa nel tessere le lodi di Cash. Aveva adorato il fatto che li avesse portati alla scoperta dei sentieri meno battuti. O che avesse flirtato con la proprietaria del ristorante di sushi più "in" del paese per trovargli un tavolo vicino alla vetrata per le otto di sabato sera.

«Tuo fratello conosce tutti» aveva detto. «È come il sindaco.»

Sei mesi dopo, gli aveva chiesto a malincuore di fare da testimone al suo matrimonio.

«È un peccato che non abbiamo un po' d'erba» sta dicendo adesso Baker. «Devo rilassarmi. Ho il cuore che va a mille, da quando mamma ha chiamato. Forse dovrei prendere una delle sue pillole.»

Cash emette un sospiro distintamente udibile, come se lo avesse appena scosso da uno stato di dormiveglia. «Aspetta» dice. «C'è dell'altro riguardo alla donna con cui si vedeva papà.»

«Giusto.» Aveva lasciato cadere il discorso. La donna della fotografia.

«Ho chiesto di lei a Paulette» continua Cash. «Si chiamava Rosie Small. Il funerale sarà domani, alla chiesa Episcopale. Poi ci sarà un ricevimento in un posto chiamato Chester's Getaway.»

Baker annuisce. Todd Croft aveva dato disposizioni affinché il corpo di suo padre venisse cremato.

Quanto alla cerimonia funebre... Prima di dare la notizia della morte del marito, Irene vuole aspettare di capire cos'è successo e come stanno davvero le cose. D'altronde, è difficile annunciare alla cerchia di conoscenti che Russ è morto in un incidente in elicottero alle Virgin Islands senza disporre delle risposte alle domande che inevitabilmente seguirebbero. Quanto a lui, ha setacciato la rete: nessuna traccia di un incidente che abbia coinvolto un elicottero alle Virgin Islands.

Baker si accorge che suo fratello lo sta fissando. «Che c'è?»

«Dobbiamo andarci» dice. «Se non ai funerali, almeno al ricevimento.»

«Perché?»

«Per capire chi era questa donna.»

«Non sono sicuro che sia una buona idea» ribatte. «A che servirebbe?»

«Ci sono troppe domande. Come l'ha conosciuta papà, da quanto tempo stavano insieme...»

«Chi se ne frega? Pensaci: che cosa comporterà per me o per te saperlo? Quali vantaggi? Era una che papà si sbatteva. Sapere altro ti aiuterebbe in qualche modo?» Poi, chinandosi e abbassando la voce, aggiunge: «E in che modo aiuterebbe la mamma? In nessun modo, te lo dico io. Dobbiamo recuperare le ceneri di papà e andarcene di qui. E mettere in vendita la casa, ammesso che sia nelle nostre possibilità farlo».

«Paulette ha detto che è nostra» gli spiega Cash. «Le chiederò di procurarci l'atto. Mamma dovrà contattare il suo legale e chiedere che si accerti circa un eventuale testamento di papà. Se papà è il proprietario di questa casa e il testamento lascia tutto a mamma e a noi due, allora potremo venderla.»

«Parli come gli avvocati dei telefilm» dice Baker.

«Dobbiamo trovare Todd Croft. E vedere che cosa può dirci riguardo al lavoro di papà. Non era una "piccola società di investimenti", Baker.»

No. Era risultato evidente nel momento in cui avevano imboccato il vialetto di accesso alla villa. Quella proprietà valeva dai dodici ai quindici milioni di dollari. Se apparteneva a titolo definitivo a suo padre, allora il suo giro di affari era ben più grande di quello che aveva sempre dato a intendere. Società di comodo, conti offshore, occultamento e riciclaggio di fondi, il genere di cose che si vedono nei film. Si spostava in elicottero…

«Penso davvero che dovremmo lasciare le cose come stanno» dice.

«Io no» ribatte Cash. «Domani andrò al funerale o al ricevimento, e tu verrai con me. Ti lascio scegliere l'uno o l'altro.»

«Il ricevimento» risponde. «Naturalmente. Almeno ci sarà da bere.»

«E la gente sarà più propensa a raccontarci cose» concorda suo fratello.

"Cose che non vogliamo sapere" aggiunge Baker tra sé.

Il giorno dopo, verso l'una, si ritrovano su una delle Jeep Sahara grigio canna di fucile di proprietà del padre, diretti verso un posto chiamato Chester's Getaway, appena fuori Centerline Road.

A Irene avevano raccontato che si trattava di una missione investigativa top secret.

«Non possiamo spiegarti nient'altro» aveva detto Baker.

«E io non voglio sapere altro» aveva risposto lei. «Fate quello che dovete fare. Anch'io ho una lista di cose da sbrigare.»

A Baker sua madre era parsa in leggera ripresa. Aveva dormito dodici ore e aveva mangiato qualche boccone di ananas fresco e un toast.

«Che cosa c'è sulla tua lista?» aveva chiesto Baker.

Lei aveva sbattuto le palpebre. «Chiamerò Ed Sorley, il

nostro avvocato, e gli chiederò di mandarmi via fax una copia del testamento di vostro padre. Poi devo chiamare Todd Croft e Paulette. Non ero in condizione di farle domande, ieri, ma oggi voglio parlarle da donna a donna.»

Baker le aveva scoccato un bacio sulla fronte. Era una persona forte. Poteva cadere a pezzi, e invece aveva preparato una lista.

«Se hai bisogno di noi, chiamaci» le aveva detto prima di andare.

Ci sono auto parcheggiate per centinaia di metri prima dell'ingresso del Chester's, perciò devono fare inversione per trovare un posto all'inizio della fila. Arrivano al locale mentre un gruppo di persone – un mix di giovani e anziani, bianchi e caraibici, per lo più in abiti scuri – sta scendendo da un autobus.

Il Chester's è un edificio a due piani in legno color avorio e rosa antico discosto dalla strada. Nel parcheggio è stata allestita una tenda, da cui si levano nuvole che profumano di carne alla griglia. Da qualche parte suona una steel band.

«È un bene che ci sia tanta gente» riflette Cash. «Non ci noteranno.»

«Andiamo a bere qualcosa» propone Baker. Si sentono fuori posto. Non conoscevano Rosie Small. Sono i figli del suo amante, l'uomo con cui stava andando ad Anegada e che, quindi, è stato indirettamente responsabile della sua morte. Di sicuro, qualcuno tra i presenti – e forse più di qualcuno – è convinto che, se Rosie non c'è più, la colpa sia di Russell Steele.

Il posto è troppo gremito perché la gente possa mettersi in fila per salutare i parenti della defunta, grazie al cielo (questo era un altro dei motivi che li aveva spinti a scartare il funerale). Cash sembra convinto del fatto che tutte quelle persone non avranno problemi a riferire le informazioni di cui sono in possesso, cosa di cui invece Baker non è affatto sicuro.

Baker chiede a un signore con il cappello dove si trova

il bar, e quello risponde: «Per bere bisogna entrare, ma le consumazioni si pagano. Il cibo, fuori, è gratis. Maiale arrosto e contorni vari, comprese le focacce del Chester's. Ne ha mai assaggiata una?».

Baker scivola via senza rispondere. «Il bar è dentro» comunica al fratello.

«Fa caldo.» Cash ha il viso arrossato e sta sudando. Indossa una camicia a maniche lunghe a quadri e un paio di jeans. Baker, invece, è in polo blu scuro e pantaloncini cachi. Sembrano entrambi così... be', gli verrebbe da dire *bianchi*, anche se non proprio nell'accezione di "caucasici", quanto, piuttosto, di sbiaditi ed estranei, come se li avessero appena paracadutati lì direttamente dal Polo Nord. Solo la metà dei presenti sono caraibici, ma i bianchi sono abbronzati, stagionati dagli eventi atmosferici.

Dentro fa più fresco, e Baker si sente immediatamente meglio perché il Chester's è il genere di bar che andrebbe a cercare se avesse tempo di cercarne uno. Un bancone lungo, pochi tavoli, il pavimento di cemento appiccicoso e una sala sul retro con il tavolo da biliardo e il tirassegno. Il Chester's Getaway deve avere assistito a drammi più interessanti di quello che stanno vivendo lui e Cash, o almeno così vorrebbe credere. Sopra il bancone sono appesi due televisori, ma sono entrambi spenti. Ci sono tre persone in fila, prima di lui, e perciò decide di esercitare il suo privilegio di fratello maggiore.

«Aspetta tu» dice a Cash. «Io vado un po' in giro.»

«In giro dove? Non c'è spazio nemmeno per pensare, qui dentro, figuriamoci per *girare*.»

«Da quella parte» dice, e indica con un cenno vago un cavalletto con sopra delle foto. "In memoria di Rosie" c'è scritto in alto. Poi gli allunga un biglietto da venti dollari, visto che Cash è sempre a corto di contanti. «E prendimi due birre, per favore.»

Cash fa spallucce e poi cerca di farsi strada verso il bancone. Nel frattempo, lui si trascina fino al pannello con le foto, chiedendosi se per caso non ce ne sia anche una in cui Rosie è ritratta con suo padre. In piedi accanto al cavalletto, una ragazza incoraggia i presenti a firmare il libro degli ospiti.

«Salve» gli dice. «Le andrebbe di firmare il libro degli ospiti?»

Baker rimane a bocca aperta. Non tanto perché non sa cosa dire – *no*, la risposta alla domanda è un *no* senza esitazioni, non ha alcuna intenzione di firmare quel libro –, è che quella che ha davanti è la ragazza più bella che abbia mai visto. In assoluto. Ha i riccioli biondi e un sorriso che sa di sole. La sua è una bellezza naturale e, al di là di tutto, ha proprio un'aria *carina*.

Anna è sicuramente una donna che lascia il segno. Negli ultimi otto anni c'erano state volte in cui non era stato capace di toglierle gli occhi di dosso. Ma questa ragazza lo ha colpito in maniera diversa. Ha un'abbronzatura leggera e le lentiggini sul naso, e non ha un filo di trucco. Ha gli occhi azzurri e i denti dritti e bianchi. Indossa cinque o sei braccialetti d'argento e un abitino di jersey nero che ben si adatta alla sua figura esile. Solo a guardarla, Baker si sente pervadere da una gioia senza parole. Qualcosa di simile alla speranza.

"Mi sono innamorato di te" pensa. "Chiunque tu sia."

«Certo» le dice. «Mi andrebbe eccome.»

Prende la penna che lei gli sta porgendo, chiedendosi sotto quale nome dovrebbe firmare. Si blocca, gli occhi fissi in quelli di lei mentre dice: «Posso portarle qualcosa da bere? Sembra che le sia toccata la pagliuzza più corta, rintanata qui in un angolino».

«Oh, sto bene» dice lei. «Chester mi sostiene con il rum punch.» Solleva un bicchiere di plastica con dentro due dita di un liquido rosato, una ciliegia al maraschino e una fettina d'arancia. «E tornerà a breve, ne sono sicura.» Posa il bicchiere e allunga una mano. «Io sono Ayers Wilson, a ogni modo. Ero la migliore amica di Rosie.» Poi inclina il capo. «Ma non sono sicura di conoscerla. Com'è che conosceva Rosie?»

«Io… ehm… non la conoscevo, a dire il vero» confessa

Baker. «Ho accompagnato una persona che la conosceva. Mio fratello. È al bar, in questo momento. E spero mi stia prendendo una birra.»

«Che bravo fratello» dice Ayers ridendo. «E lui come l'ha conosciuta?»

«Ehm… lavoravano insieme» improvvisa Baker.

Gli occhi di Ayers si dilatano. «Davvero?» chiede. «Chi è suo fratello? È Skip? Oh, mio Dio, giusto! Il fratello di Skip di L.A., dico bene? Ma, aspetti un attimo… lui… lei, cioè… sta cambiando sesso. Non è lei, immagino.»

«No» ammette Baker. Perfetto, si è fatto beccare. «Ecco, mio fratello è *davvero* al bar, solo che non lavorava con Rosie.»

Ayers scuote il capo. «Non mi dica. Vi siete imbucati, vero?»

«Qualcosa del genere.»

«Siete qui in vacanza, avete notato la confusione, sentito il profumo di maiale arrosto e vi siete detti: perché no?» La sua occhiata pungente lo fa sentire un idiota. Prima ancora che possa decidere se dirle chi è veramente, lei fa spallucce. «In tutta onestà, non ve ne faccio una colpa.»

«Sul serio?» le chiede Baker. «Io non volevo venire. È stato mio fratello a insistere.»

«In realtà sono felice di conoscere un perfetto sconosciuto che non abbia nulla a che vedere con questa storia» continua Ayers. «Metà delle donne, qui, sono arrabbiate perché sono io a occuparmi del libro degli ospiti, invece che la terza cugina di Rosie o la maestra d'asilo di Maia, e, come se questo non bastasse, laggiù, sulla porta, ci sono il mio ex e la sciacquetta per cui mi ha mollata.»

Baker si gira e vede un tipo atletico con i capelli a spazzola e una ragazza sui venticinque anni che, evidentemente, giudica appropriato presentarsi a una commemorazione con i capelli sporchi e senza reggiseno.

Poi torna a guardare Ayers. Ha ancora in mano la penna.

«Scriva il suo nome e basta» dice Ayers. «La ricorderò come l'intruso e il pensiero mi tirerà su il morale.»

«D'accordo» risponde, e scrive solo: "Baker". Poi le restituisce la penna.

«Baker» dice lei, leggendo. «Be', signor Baker, è stato un piacere conoscerla.»

«Baker è il mio nome di battesimo» chiarisce.

«Capito» dice Ayers. «Ha paura di lasciare il cognome perché teme che io possa chiamare la polizia? Oppure si fa chiamare solo con il nome, tipo Madonna o Cher?»

«La seconda» risponde. *Sta flirtando con me.* Si erge in tutta la sua altezza e raddrizza le spalle.

«Le va di farmi compagnia fuori per una sigaretta?» gli chiede lei. «O la sola idea di una donna fumatrice la fa inorridire?»

Lui la seguirebbe anche in capo al mondo e, per farle piacere, berrebbe persino sangue di serpente, pensa. «Dopo di lei» dice, spostando il tavolino per permetterle di passare.

Ayers si fa largo tra la folla per raggiungere il retro della tenda, dove un caraibico con una bandana arancione in testa è alle prese con un maiale arrosto. C'è un bidone della spazzatura pieno di ghiaccio e birra. Lei afferra due bottiglie e dice: «Ti sei dimenticato di me, Chester. Perciò prendo queste due».

Lui agita il pennello da barbecue in aria.

«D'accordo, bambola.»

Ayers prosegue fino in fondo al parcheggio, dove c'è un albero con un ramo abbastanza basso e robusto perché ci si possa sedere sopra. Poi tira fuori un pacchetto da una borsetta all'uncinetto che porta a tracolla e si accende una sigaretta. «A me la gente che fuma fa inorridire» gli dice. «Ma la mia migliore amica è appena morta, perciò ho intenzione di concedermi un po' di tempo per indulgere in qualche comportamento autodistruttivo.» Gli allunga la sigaretta. «Le va di unirsi a me?»

«Certo» risponde lui. Fa un tiro e subito tossisce. «Chiedo scusa, sono fuori allenamento. Non fumo una sigaretta da quando avevo quattordici anni e volevo farmi notare in fondo alla pista di pattinaggio. Da allora, mi limito all'erba.»

Ayers accoglie le sue parole con una risata. «Allora, Baker, da dove vieni?»

«Io?» chiede. «Da Houston.»

«Houston» ripete lei. «Mai stata. Sei un medico? Perché hai un po' l'aria da medico.»

"No, ma mia moglie lo è" sta quasi per rispondere lui.

«Non sono un medico. Un tempo facevo trading di commodity, ma adesso sono in una fase di transizione. Mi dedico al day-trading e faccio il papà a tempo pieno. Mio figlio, Floyd, ha quattro anni.»

«Floyd» gli fa eco Ayers. «Bel nome.»

«Sta tornando di moda» spiega. «Ma anche tu hai un bel nome.»

«I miei sono dei vagabondi. Girano di continuo, dappertutto. Mi hanno chiamata così per l'Ayers Rock, in Australia. A quanto pare, sono stata concepita lì. Solo che poi è stata rivendicata dagli aborigeni e ora la chiamano Uluru. Così, adesso sono la politicamente scorretta Ayers.»

«Mi piace» dice, ma sta pensando: "*Tu* mi piaci".

«Allora, qual buon vento ti porta qui? Vacanze?»

Come dovrebbe rispondere? «Non esattamente» dice. «Sono qui con mia madre e mio fratello.»

«Una riunione di famiglia?» domanda Ayers.

«Immagino che potremmo definirla così.»

«Sei sposato?» chiede ancora Ayers. Soffia via il fumo e lo guarda con aria innocente. Lui sente agitarsi qualcosa dentro di sé. Un giorno, pensa, sposerà questa ragazza, Ayers Wilson. E insieme torneranno con la memoria a questo giorno, a questa loro prima conversazione seduti sul ramo di un albero fuori dal Chester's Getaway durante la commemorazione della migliore amica di lei che, tra l'altro, era l'amante di suo padre.

«Lo ero» risponde. «Voglio dire: lo sono ancora, tecnicamente. Ma mia moglie si è trovata una ragazza. Due giorni fa mi ha annunciato che ha intenzione di lasciarmi per la sua collega, Louisa.»

«Oh.»

«Non sentirti troppo in pena per me» continua. «Non è nulla rispetto a quello che stai passando tu.»

«Già» conviene Ayers. «Grazie per avermelo ricordato.»

«Ho sentito che la tua amica è rimasta coinvolta in un incidente» prosegue Baker. Vorrebbe tanto rivelarle la sua vera identità, ma teme che così facendo non la rivedrebbe mai più. «Che tipo era?»

«Rosie? Era... era... era semplicemente *lei*» dice Ayers. «Sai quando a volte tra le persone scatta subito qualcosa... a pelle? Senza nessun motivo? Tra me e Rosie è andata così. L'ho conosciuta lavorando a La Tapa.»

«La Tapa» ripete Baker.

«È il miglior ristorante sull'isola. Quando sono arrivata a St John, era l'unico posto in cui volessi lavorare, ma è complicato riuscire a trovare un impiego in posti del genere. Sono stata davvero fortunata a essere assunta, e anche di più per il fatto che Rosie mi abbia preso sotto la sua ala. Lei è nata e cresciuta qui, e così i suoi genitori e i suoi nonni. Non aveva alcun motivo di fare amicizia con me, una ragazza bianca arrivata per tirar su un po' di mance sostanziose e poi levare le tende. Ma Rosie è stata carina con me fin dal primo istante. Era protettiva. Mi ha indicato le spiagge più tranquille, mi ha presentato a un tizio che mi ha venduto un furgoncino a buon mercato. Mi ha portato al mercato di Pine Peace e mi ha presentato a sua madre e al suo patrigno... insomma, mi trattava come una sorella ritrovata dopo tanto tempo.»

«Wow» dice Baker. Toccato dal suo racconto, vorrebbe farle altre domande. Esce con qualcuno? Conosceva suo padre? Ma, in quel preciso istante, solleva il capo e vede Cash diretto verso di loro, due birre per ogni mano.

Baker scuote il capo all'indirizzo del fratello, nel tentativo di trasmettergli un messaggio di fondamentale importanza: "Lei non sa chi siamo!". Ma Cash sembra troppo accaldato e infuriato per badare ai messaggi in codice.

«Per quale razza di motivo sei *sparito* così?» domanda Cash. «Ti aspettavi che venissi a cercarti fin qui?»

«È colpa mia» dice Ayers, infilando il mozzicone di sigaretta nella bottiglia di birra ormai vuota. «Sono stata io a sviare tuo fratello. Mi dispiace.»

Cash porge a Baker due bottiglie e beve una lunga sorsata da una delle altre due. Sembra si stia sforzando di ricomporsi. «Non c'è problema» dice.

«Cash, Ayers Wilson» li presenta Baker. «È un'amica della defunta...»

«La migliore amica» precisa lei. «E tuo fratello ha appena ammesso che vi siete imbucati al ricevimento.»

«Oh, ehm... sì» ammette Cash.

«Ma direi che ci sono modi migliori per trascorrere i vostri preziosi giorni di vacanza che al rinfresco del funerale di una ragazza del posto» dice Ayers. «Anche se il barbecue di Chester non è affatto male.»

«Vacanza?» dice Cash, scoccando un'occhiata interrogativa all'indirizzo di Baker.

Ayers coglie il momento di imbarazzato silenzio che segue – durante il quale Baker implora tacitamente il fratello di "stare semplicemente al gioco" – come un'opportunità per alzarsi. «È ora che io torni al mio posto» dice. «E al mio dolore, anche se Dio sa che non andrà da nessuna parte.» Allunga una mano verso Baker. «Grazie per avermi concesso questa breve fuga. Forse ci rivedremo prima che tu riparta.»

«Lo spero» dice Baker. «Come si chiama il ristorante in cui lavori?»

«La Tapa» ripete lei. «Proprio in centro, accanto al Woody's.»

«Quello del famigerato happy hour» dice Baker.

Ayers si tocca il naso con un dito. «Esatto. A ogni modo, andate a reclamare la vostra parte di arrosto. Se qualcuno dovesse farvi problemi, dite pure che siete con me.» Con queste parole, sparisce tra la folla.

«Che significa?» domanda Cash, non appena rimangono soli. «Le hai detto che siamo qui *in vacanza*?»

Ma Baker è già troppo cotto per rispondere.

Irene

Per lei è un sollievo che i ragazzi escano, perché ha bisogno di tempo e di spazio per pensare, pensare a fondo ed elaborare. Ci sono due questioni importanti da ponderare. Una è la morte di Russ, l'altra la portata del suo inganno.

Perché questa casa, quest'isola non sono che un enorme inganno. E Russell Steele, quello che è stato suo marito per trentacinque anni, è un bugiardo, un manipolatore e, molto probabilmente, un fedifrago. Irene non sa cosa dire – le mancano le parole, non riesce a pensare, e i ragazzi sembrano aspettarsi pensieri e parole, una qualche espressione di dolore e di rabbia. Ma lei è così disorientata che non riesce nemmeno a identificarli. La sua anima è una landa desolata.

Ripensa alla donna che era prima, anche solo poche ore prima della telefonata agghiacciante di Marilyn Monroe. Era angosciata dai problemi di lavoro, il demansionamento, il fatto che la rivista stesse prendendo una nuova direzione, più appariscente, senza di lei. Era andata a cena con Lydia, e Lydia le aveva detto: «Tu fai fatica a capire, perché Russ stravede per te. Ti sta addosso giorno e notte». E lei aveva glissato dicendo: «Quando c'è». Ma in quel momento aveva pensato che Lydia avesse ragione: con un marito affettuoso accanto, non poteva sapere cosa significasse vivere da sola.

Irene Hagen aveva conosciuto Russell Steele in un bar, il Field House, quando era all'ultimo anno di college; quel giorno, la University of Iowa giocava contro la Northwestern durante una tempesta di neve che alla fine era diventata una vera e propria bufera, tanto che avevano dovuto chiudere la I-80, intrappolando tutti i tifosi della Northwestern ad Iowa City. Tra le consorelle della Alpha Chi Omega era circolata la voce che i ragazzi della Northwestern stessero cercando di rimorchiare giusto per rimediare un posto in cui passare la notte.

Solo pochi minuti dopo che questa diceria le era giunta alle orecchie, Irene aveva sentito qualcuno toccarle la spalla. «Mi chiamo Russell Steele» aveva detto Russ. «Mi concederesti l'onore di offrirti qualcosa da bere?»

«No, grazie» aveva risposto lei, girandosi di nuovo verso le amiche.

Russell Steele si era allontanato. Il juke-box, lo ricordava ancora, stava suonando *Little Red Corvette*, e lei e le sue amiche avevano preso d'assalto la pista da ballo. Quando erano tornate al bancone, c'era un drink ad aspettarla. All'epoca, al college, beveva un cocktail chiamato Lemon Drop, perché aveva quest'idea che la vodka facesse ingrassare meno della birra. Ma la vanità aveva il suo prezzo. Al Field House, un Lemon Drop costava cinque dollari, una mezza fortuna.

«Da parte di quel tizio laggiù» aveva detto il barman. «Il nemico.»

Appena lei aveva guardato verso di lui, Russ le aveva rivolto un saluto con la mano.

Poi era rimasto all'estremità opposta del bancone per il resto della serata e, quando era arrivato il momento di rientrare, lei gli si era avvicinata per ringraziarlo.

«Non dovevi» gli aveva detto.

«Lo so» aveva risposto lui. «Ma sei bella e balli molto meglio di tutte le tue amiche.»

«Lo dici soltanto perché ti serve un posto dove passare la notte.»

«Lo dico perché è la verità» aveva replicato lui. «Stanotte me la caverò benissimo su una panchina del parco.»

«Puoi dormire sul pavimento della mia stanza» aveva ceduto lei con un sospiro. «Ma ti voglio fuori prima delle nove e se mi tocchi chiamerò la sicurezza.»

«Affare fatto.»

Russ aveva trascorso la notte sul pavimento della stanza di Irene, al dormitorio – a malincuore, lei gli aveva ceduto uno dei suoi cuscini e una delle sue coperte –, le braccia incrociate sul petto, come se riposasse in un feretro. Una situazione strana, aveva pensato lei, ma anche tenera. Il giorno dopo, alle nove, prima che uscisse in cerca di un passaggio per Evanston, Irene gli aveva allungato il suo numero di telefono. Credeva che non lo avrebbe più sentito, e invece lui aveva chiamato quella sera stessa e poi il giorno dopo, e aveva mandato un mazzo di calle bianche. Si era accorto del poster con le calle appeso nella sua stanza.

"Perché tu ami le calle e io amo te" c'era scritto sul biglietto che accompagnava i fiori che aveva ricevuto il primo dell'anno. Quando i fiori erano arrivati, Russ era già morto.

Irene ripensa al suo matrimonio. Aveva mai avuto motivo di dubitare dell'onestà o della fedeltà di Russ? No. Il tratto dominante di Russ era stato quello della devozione assoluta; non era mai stato il tipo che amava flirtare con altre donne. Tutte le volte in cui lei esprimeva un complimento per l'aspetto o lo stile di una determinata donna, lui si limitava a commentare: «Non ci ho fatto caso». E lei gli credeva.

Un evento aveva diviso in due il loro matrimonio. Per la prima metà erano stati una normalissima coppia di laboriosi abitanti del Midwest impegnati nel duro compito di crescere due ragazzi. Russ vendeva sciroppo di mais e lei era una madre a tempo pieno che aveva preso un lavoro da redattrice freelance non appena i due figli avevano iniziato ad andare a scuola. Vivevano in un'anonima villetta a un solo piano in Clover Street, una via senza uscita a est dell'università, non lontana dalle scuole superiori. Inutile nasconderselo: erano stati anni di ristrettezze. Potrebbe definirli addirittura difficili. Se volevano fare qualcosa di divertente o speciale – persino una sera fuori a cena in una steakhouse alle Amana Colonies –, dovevano mettere i soldi da parte. Quando il suo minivan era morto, avevano dovuto chiedere un prestito a Milly, sua suocera.

Quando Russ aveva accettato l'offerta di lavoro da parte di Todd Croft, era accaduto un miracolo, né più né meno, o un intervento benevolo di Dio, finalmente chinatosi a risollevarli. Tutt'a un tratto, i soldi erano piovuti loro addosso: un sacco di soldi! Avevano potuto mandare Baker alla Northwestern senza ricorrere ai prestiti. E poi avevano acquistato la villa da ristrutturare in Church Street: la sua casa dei sogni. Nemmeno un anno dopo che Russ aveva cambiato lavoro, Irene si era vista proporre una posizione come redattrice a tempo pieno per «Heartland Home & Style». Fra la ristrutturazione e il nuovo impiego, si era sentita così stanca, così *occupata* da non accorgersi quasi dell'altra faccia della loro buona sorte: Russ era sempre meno l'uomo che aveva sposato, e sempre più l'uomo con cui si vedeva quando tornava in città. Ma la cosa non le era dispiaciuta poi tanto, giusto? Non era così male averlo fuori dai piedi, godere di piena autonomia quando c'era da prendere decisioni riguardanti la nuova casa, cosa ancora più apprezzabile dal momento che non doveva più preoccuparsi delle finanze. Lei era stata complice di quel cambiamento nel loro rapporto; aveva preferito la nuova situazione alle fatiche quotidiane della vita matrimoniale. Le amiche e le colleghe non facevano che domandarle come mai non accompagnasse mai il marito nei suoi viaggi di lavoro. Andava in Florida, no? Proprio non le andava di godersi un po' di sole?

Di solito rispondeva: «Una delle prossime volte ci andrò! Devo solo trovare il tempo».

Dentro di sé, nel profondo, sapeva che avrebbe dovuto rivolgere a Russ tutta una serie di domande: gli piaceva il nuovo lavoro? C'erano degli aspetti negativi, delle difficoltà? Avrebbe dovuto sapere dove si trovava, chi erano i suoi clienti. Si sarebbe dovuta organizzare per seguirlo nei suoi viaggi. Ma non lo aveva fatto. Ed è l'unica cosa che può dire, in realtà: non lo aveva fatto.

E dunque, per quanto ora si voglia convincere che Russ fosse un imbroglione malvagio e disonesto con inconfessabili segreti, sa che in parte la colpa è sua.

La disturba il pensiero che Todd Croft abbia deciso da solo di far cremare il corpo di Russ. Avrebbe dovuto chiedere il suo permesso. Avrebbe dovuto lasciare che fosse lei a dare disposizioni.

Baker aveva parlato con qualcuno del controllo frontiere e aveva scoperto che, dal momento che l'incidente era avvenuto in acque britanniche, le autorità britanniche – la Virgin Islands Search and Rescue (VISAR), in collaborazione con la guardia costiera di Sua Maestà – dovevano dare l'autorizzazione all'aviazione federale perché potesse indagare sulle cause dell'incidente. Ma c'erano scappatoie e cavilli, come sempre nella burocrazia.

«Non saprei dire se stiano accampando scuse o se si tratti di normali lungaggini burocratiche» le aveva confessato Baker. «Non ho parlato due volte con la stessa persona, perciò non ho alcun alleato. Ho scoperto che il pilota si chiamava Stephen Thompson e che era cittadino britannico. A quanto pare, l'elicottero era di sua proprietà. Perciò, ricapitolando: un elicottero britannico con un pilota britannico precipitato in acque britanniche.»

In poche parole, sono tenuti in ostaggio lì, in attesa delle ceneri e dei risultati delle indagini sul luogo dell'incidente. L'unico lato positivo di tutta la situazione è che le dà modo di fare un po' di lavoro di investigazione. Adesso è seduta alla scrivania dello studio di Russ. Nei cassetti non c'è altro se non qualche penna e alcune graffette. Sugli scaffali, solo un blocchetto per gli appunti. Qualcuno era passato e aveva portato via tutto il resto.

Il telefono sulla scrivania è funzionante e, non appena i ragazzi sono usciti, Irene digita il numero da cui l'aveva contattata martedì Marilyn Monroe. Il prefisso 305, ha appreso, è di Miami. E questo, per lo meno, ha un certo senso.

Il telefono squilla tre volte e Irene sente lo stomaco stringersi. Chiederà di parlare con Todd Croft. Le spettano delle risposte. Le *spettano*! In che tipo di affari era coinvolto Russ? Che cosa succedeva lì? Ma teme che Todd non le dirà nulla.

Un *click* introduce una voce registrata, che le comunica che il numero digitato è fuori servizio.

Fuori servizio.

Per qualche ragione, Irene non è affatto sorpresa.

A questo punto, prova a contattare Paulette, ma la chiamata viene dirottata alla segreteria telefonica. Sul frigorifero c'è un magnete con il numero dell'agenzia immobiliare.

Una donna risponde al primo squillo. «Buon pomeriggio, questa è l'agenzia immobiliare Welcome to Paradise e io sono Octavia. Come posso esserle utile?»

«Sì, salve» dice Irene. «Potrei parlare cortesemente con Paulette Vickers?»

«Oggi Paulette non è in ufficio, mi dispiace. Se vuole può lasciarle un messaggio sulla segreteria.»

«È urgente» dice Irene. «Non è proprio possibile parlarle di persona?»

«Temo di no. È andata a un funerale. Non è previsto che torni in ufficio prima di domattina.»

Funerale.

«D'accordo, la ringrazio» conclude Irene, prima di riattaccare.

Al funerale della donna, pensa poi. La donna del posto che era in elicottero con Russ e il pilota britannico, Stephen Thompson, alle sette della mattina, per un volo da St John ad Anegada, una delle British Virgin Islands. Chi era?

Irene non è un'ingenua. Non c'è possibilità alcuna che Russ vivesse in quella casa da solo, senza una compagna, senza una donna. Ripensa al giorno prima, a quando Cash si era messo a frugare nella stanza da letto. Le aveva detto di non aver trovato nulla, ma lei sapeva che stava mentendo.

Winnie irrompe rumorosamente nello studio, ansimando e scodinzolando. Irene le accarezza la testa color caramello. «Andiamo» le dice.

Insieme, entrano nella stanza da letto. «Che cosa stiamo cercando, Winnie?» chiede Irene. «Che cosa stiamo cercando?» Poi, ferma in mezzo alla stanza, fa un respiro profondo, come per concentrarsi a percepire qualcosa, qualsiasi cosa, facendosi guidare dall'intuito. Qualcuno si era introdotto in casa e l'aveva ripulita dalle porcherie di Russ.

Ma Cash aveva trovato qualcosa. Aveva quell'espressione di finta innocenza, la stessa di quando nascondeva la pipetta nella giacca della squadra di calcio della scuola e, ancora prima, di quando mangiava tutta una confezione di biscotti delle Girl Scout – Caramel deLites – e poi nascondeva la scatola in fondo al bidone della spazzatura.

In fondo al bidone della spazzatura.

Irene si guarda intorno in cerca di nicchie e anfratti nascosti. Dà un'occhiata al cassetto del comodino: vuoto.

Vede Winnie annusare il letto. Ha fiutato una traccia?

Winnie sembra interessata, persino insistente nel cercare di infilare il naso tra il materasso e la rete.

«Che stai facendo?» domanda Irene. Solleva il copriletto bianco in matelassé – deve ammettere che la freschezza del design di questa villa rappresenta una apprezzabile alternativa al pesante mobilio scuro di casa – e infila la mano sotto il materasso. Bingo! Sente il bordo di qualcosa.

Tira fuori una cornice. C'è una foto, dentro.

Oh.

Oh, no. Dio, no.

Si siede sul letto, le mani tremanti.

Nella foto c'è Russ con una splendida giovane donna caraibica. Sono sdraiati su un'amaca, braccia e gambe intrecciate. La ragazza ha la pelle color caffelatte e, al suo fianco, Russ è luminoso, dorato. Scoppia di salute.

E sembra felice.

Irene si lascia sfuggire un gemito. Nemmeno lei può credere all'angoscia che sta provando. Russ aveva un'altra donna, un'amante. Più di un'amante: si vede dalla disinvoltura e dalla familiarità del loro atteggiamento, dal sorriso di Russ, dallo scintillio negli occhi di lei. Stavano insieme. Erano una coppia. Erano innamorati.

Irene vorrebbe rompere il vetro. Vorrebbe affacciarsi dalla terrazza e scagliare quella foto offensiva più lontano che può nella vegetazione tropicale.

Ma ne ha bisogno. È una prova.

E la mortifica pensare che Cash l'abbia vista, che Cash abbia trovato la testimonianza della vita segreta di suo padre. È l'immagine di un fallimento: di Russ, naturalmente, ma anche suo. Perché lei non era sexy, non era desiderabile né seducente abbastanza da far sì che il marito fosse felice della propria vita. Quella fotografia ne è la prova.

Irene grida finché non sente la propria voce rompersi. Sembra fin troppo poco, infantile, ma è lo sfogo liberatorio di cui ha bisogno. Russ la *tradiva*, viveva con una donna giovane e bella, ci faceva sesso, rideva con lei, la baciava, mangiava con lei, le si rannicchiava accanto su un'amaca e si addormentava al suo fianco. Da quanto tempo? Da anni, deve supporre. Ogni singola volta che le diceva che stava "lavorando" in Florida o Dio sa dove, lui era lì, in quella casa, con quella ragazza. L'abisso delle bugie di Russ le toglie il fiato. Centinaia di bugie, *migliaia* di bugie. E dire che le dichiarava il suo amore ogni giorno, ogni volta che le telefonava. Le aveva detto che l'amava così tante volte che ormai aveva smesso di ascoltarlo. Ripensa all'aeroplano noleggiato perché svolazzasse sui cieli di Iowa City con quello striscione per il suo cinquantesimo compleanno. All'epoca, quello sfoggio così sfacciato di devozione l'aveva messa a disagio. Quello di cui non si era resa conto, naturalmente, era che Russ stava cercando di compensare. Non aveva noleggiato quell'aeroplano perché l'amava e voleva che tutti lo sapessero; lo aveva fatto perché si sentiva in colpa.

"E questa ragazza lo sapeva?" si domanda. Sapeva che Russ era sposato e aveva due figli? Sapeva che abitava in una casa vittoriana di Iowa City? Russ le aveva mai mostrato qualche sua foto? È un pensiero troppo atroce per poterlo anche solo prendere in considerazione. Irene piange, *geme* e non riesce a smettere neanche quando Winnie comincia ad abbaiare. È un sollievo che i ragazzi siano fuori, almeno può lasciarsi andare. Che ingenua.

Ripensa alle tantissime ore spese a consolare Lydia quando aveva scoperto che il marito Phil, il libertino Phil, la tradiva. Phil era il capo della sicurezza della University of Iowa. Una notte, aveva risposto alla chiamata di una matricola di nome Natalie Mercer, che riceveva telefonate sul numero della stanza del dormitorio. Una voce continuava a ripetere che la teneva d'occhio, che poteva vedere che cosa indossava e che sarebbe venuto a prenderla quando meno se lo fosse aspettato. Lydia le aveva riferito tutti questi dettagli terrificanti quando ancora questa Natalie Mercer era una studentessa senza volto. Alla fine, comunque, Phil aveva messo le mani sul colpevole, un dottorando in psichiatria, tra l'altro. Il tizio era stato espulso e questo, in teoria, era il lieto fine della storia. La pace era stata ristabilita. Ma poi, circa un anno dopo, avvertendo che la temperatura del suo matrimonio aveva raggiunto dei minimi allarmanti, Lydia si era messa a ficcanasare un po' e aveva scoperto cosa? Che il cellulare di Phil documentava una losca relazione con Natalie Mercer a partire dal giorno in cui aveva individuato l'autore delle chiamate.

Irene ripensa a come si era sentita disgustata da Phil, ma anche – nell'intimità dei propri pensieri – per certi versi incredula del fatto che Phil avesse potuto mandare avanti una tresca per oltre un anno senza che Lydia se ne accorgesse.

A confronto di quello che aveva fatto Russ, la storiella di Phil con una studentessa sembrava quasi una barzelletta. Lei e Russ si erano sposati alla First Presbyterian Church di Iowa City nel 1984, appena finita l'università. Erano stati insieme per meno di un anno e mezzo, da quella partita di football nella tormenta. Il padre di Russ, pilota della marina, era già morto, e in rappresentanza della famiglia c'era Milly. Loro due si erano trovate sulla stessa lunghezza d'onda sin dal primo istante. Essendo cresciuto in posti sempre diversi, Russ non aveva amici d'infanzia, vicini di casa o altri conoscenti presenti al matrimonio, a differenza sua. Dalla sua parte c'erano solo Milly e le sue due sorelle – Bobbie e Cissy, ovvero le "ziette", come le chiamava lui – e un gruppetto di amici e colleghi di confraternita della Northwestern. Nel passato di Russ non c'era nulla che sembrasse insolito e, men che meno, sinistro.

Davanti all'altare, lei e Russ si erano scambiati la loro promessa e un bacio.

Al ricevimento, all'Elks Lodge, avevano mangiato filet mignon, tagliato la torta e ballato sulle note di *Little Red Corvette*. Dopo di che, sotto una pioggia di riso, avevano raggiunto l'auto e guidato fino alla Hancock House, un bed-and-breakfast di Dubuque, Iowa, dove avevano una suite con una biblioteca e una vasca con i piedini di fronte al caminetto, ed era stato in quel preciso istante che lei si era innamorata degli interni in stile regina Anna. «Voglio vivere con te in una casa come questa» gli aveva detto.

Lui aveva reagito con una risatina nervosa. All'epoca vivevano in affitto in un bilocale alla cittadella universitaria. Erano due ragazzini. E si conoscevano appena, adesso può dirlo con certezza, i novelli signore e signora Steele.

Aveva imparato a conoscerlo nell'unica maniera possibile: con il tempo. Aveva scoperto come beveva il caffè, come mangiava le uova, il modo in cui si spazzolava i denti, il suono che emetteva quando russava, quali abitudini degli altri automobilisti gli davano sui nervi, gli attori che ammirava o che trovava divertenti, la maniera in cui fischiettava *Penny Lane* – solo quel pezzo, nessun altro – mentre si dedicava a qualche piccola miglioria in casa. Conosceva la misura delle sue scarpe e delle sue giacche, della vita e del cavallo dei pantaloni. Sapeva come votava a ogni singola elezione. Quali erano (e in che ordine) i suoi tre gusti di gelato preferiti. Sapeva che non riusciva a leggere più di quaranta pagine di un libro, a prescindere da quanto fosse interessante o ben scritto. Sapeva che aveva vissuto un'infanzia da emarginato, a causa dei continui trasferimenti. E anche che era convinto di non essere mai stato amato da suo padre. Il padre di Russ era un militare, una fortezza con un cuore e una mente impenetrabili. Irene sapeva che Russ non aveva mai voluto avere nulla a che fare con la carriera militare proprio per via del padre. In effetti, se avesse dovuto svelare il segreto più grande di suo marito, questo sarebbe stato il fatto che aveva sabotato le proprie possibilità di entrare alla US Naval Academy mancando volutamente il colloquio.

Solo che, evidentemente, non era quello il suo più grande segreto.

Irene si lascia sfuggire un gemito che sembra un ululato. Sono così tanti i pensieri che la tormentano, non ultima la consapevolezza della propria cecità, della propria miopia, di quanto fosse patetica la sua idea (molto classe media, oltreché molto americana) secondo cui i matrimoni sono fatti per durare per sempre, per superare i momenti difficili come quelli di noia. L'idea che loro due fossero Russ e Irene Steele, genitori di Baker e Cash, nonché proprietari della splendida casa vittoriana in Church Street. Gente semplice, perbene, timorata di Dio. Gente senza segreti scandalosi.

Finalmente smette di piangere, esausta. E deve aver fiaccato anche Winnie, che nel frattempo si è addormentata su uno spicchio di pavimento inondato di sole.

Irene dà un'altra occhiata alla fotografia. Russ e la sua amante, l'isolana. Sembra già meno tremendo di come le appariva solo quaranta minuti prima. Se c'è una lezione che ha appreso nei suoi cinquantasette anni di vita è che, per quanto una cosa possa sembrare spaventosa o ripugnante, con il passare del tempo subentrano l'abitudine e l'accettazione. Quello che le sta succedendo è assolutamente abominevole. Ma il mondo è pieno di inganni e tradimenti – quasi ogni vita finisce per conoscerne – e il sole non cessa per questo di sorgere e tramontare: tutto continua come sempre.

Raddrizza la schiena. Fuori dalla finestra, l'acqua sembra

ammiccare, ma non in maniera perfida, più tipo: ho sedotto tuo marito. Con una sorta di benevolenza, ecco.

Cosa aveva detto Paulette? Ottanta gradini fino alla spiaggia privata. Benissimo.

Irene decide di andarci a piedi scalzi. I gradini in pietra cedono il passo a una scalinata in legno, snodandosi giù lungo il fianco della collina, fino a che la vegetazione non si dirada e lei non si ritrova su una sottile e perfetta mezzaluna di sabbia bianca. Sabbia soffice come zucchero, come farina, come talco. Si china a raccoglierne una manciata da stringere tra le dita. È reale? Così pare.

Sulla spiaggia ci sono tre sedie a sdraio in teak con cuscini di un arancione brillante. Irene si sforza di immaginare Russ disteso su una delle sedie, accanto alla sua ragazza. "E per chi era la terza sedia?" si domanda.

Ora è per lei. Si stende al sole, assorbendo quel tepore che, dopo il vento gelato di Iowa City, sembra avere qualcosa di miracoloso. Non può trattenersi a lungo, solo un altro minuto; a ogni secondo che passa, ne è sicura, le rughe si moltiplicano sul suo viso. Il respiro è quasi tornato alla normalità. Gli occhi sono doloranti ma asciutti.

Russ aveva un'amante.

Un respiro profondo.

Okay.

Irene si alza e raggiunge il bagnasciuga. Il colore dell'acqua è a metà tra l'azzurro e il verde; un colore che non si trova da nessun'altra parte in natura, se non in pochi, straordinari casi negli occhi di qualcuno. Onde gentili le accarezzano i piedi. L'acqua è delicata e della temperatura perfetta per risultare rinfrescante. Mentre faceva le valigie, in Iowa, per un breve istante l'idea di portarsi anche un costume da bagno le era passata per la testa, come punto di una qualche lista mentale, ma non era riuscita a immaginare una circostanza in cui avrebbe potuto averne bisogno. Si guarda intorno. La spiaggia è protetta alla vista. Ci sono alcune barche all'orizzonte, ma nessuno può vederla.

Si toglie i vestiti e rimane nuda sulla spiaggia. È invisibile? Il contrario, piuttosto: si sente allo scoperto. Che il mondo veda il suo seno cadente, l'avvallamento sulle cosce, i venti centimetri di cicatrice dovuti al cesareo sulla parte inferiore dell'addome.

Quando entra in acqua, l'unica cosa che riesce a pensare è quanto sia bello sentirsi avvolgere da quella frescura. Si allontana a nuoto di qualche metro.

È la stessa acqua che ha fatto suo Russ. Russ è morto. Questa è l'altra enormità con cui deve misurarsi. Se n'è andato. E non tornerà. Non lo rivedrà mai più. Non potrà chiedergli perché ha fatto quello che ha fatto, dov'è che entrambi hanno sbagliato. Non potrà urlargli contro e lui non avrà più modo di chiederle scusa. Non c'è alcun bersaglio per la sua rabbia e nessuno in grado di rispondere all'unica domanda che conti sul serio: *perché*.

Irene galleggia sulla schiena, gli occhi puntati verso il cielo azzurro e senza nuvole, e pensa – ci pensa *davvero* – a cosa deve aver provato Russ a bordo di quell'elicottero. Lei non c'è mai stata, su un elicottero, ma ha una vaga idea del frastuono. Con tutta probabilità, Russ indossava un paio di cuffie. Avrà visto la tempesta avvicinarsi? E il bagliore dei lampi? Avrà sentito il fragore dei tuoni? Ha avuto paura? E quando l'elicottero è stato colpito, quando è precipitato in caduta libera? È stato terrificante? Russ ha avuto quei due secondi per rendersi conto che stavano per finire in mare? Il suo cuore ha smesso di battere? Ha pensato a qualcosa? A lei e ai ragazzi? E com'è stato l'impatto? È stato avvolto dalle fiamme? Ha perso conoscenza? È annegato?

Posa i piedi sul fondo sodo e sabbioso, e torna verso riva finché le dita non toccano una superficie solida. Si china e raccoglie un ciottolo grigio e levigato grande quanto un uovo per poi lasciarlo cadere guardandolo affondare.

Il corpo di Russ si era depositato sul fondo del mare come quel ciottolo. Il cuore si frantuma in mille pezzi. Le lacrime che piange adesso non sono di rabbia né di indignazione, sono lacrime di pura tristezza. Russ è morto e così quella ragazza, la sua amante, il suo amore. Morti. Spariti senza ritorno.

"Li perdonerò" pensa. "Mi costringerò a perdonarli, fosse anche l'ultima cosa che faccio."

Si asciuga al sole, si rimette i vestiti e guarda gli ottanta gradini che dovrà risalire per fare ritorno alla villa.

La donna nella fotografia è giovane, trenta o trentacinque anni. Avrà una famiglia, dei genitori. E lei scoprirà chi sono.

Ayers

Si sveglia il giorno dopo con i postumi della sbronza presa al funerale, nessuna sorpresa. Deve andare a La Tapa per le quattro, e il giorno dopo la aspetta un'escursione alle British Virgin Islands sulla *Treasure Island*. La sua migliore amica è morta, ma questo non la esime dal dover pagare le bollette.

Maia, a quel che sa, ha coraggiosamente deciso di tornare a scuola lunedì. La Gifft Hill è un nido accogliente, e tutti i suoi amici sono lì. I suoi insegnanti si prenderanno cura di lei e la terranno occupata. Se avrà bisogno di fare una pausa, la farà. Se avrà bisogno di piangere, piangerà. Non ha alcun senso restarsene a casa a commiserarsi, ha detto, dimostrandosi molto più matura dei suoi dodici anni.

"Non ha alcun senso restarsene a casa a commiserarsi" si ripete Ayers, mentre allaccia gli scarponi da trekking e getta un paio di bottiglie d'acqua e un sacchetto di frutta secca nello zaino, prima di montare sul suo furgone.

Imboccata Centerline Road, parcheggia dopo la quinta pietra miliare. Oggi ha in programma di affrontare il Reef Bay Trail, prima in discesa e poi in salita. Non è la sua escursione preferita sull'isola – è molto popolare e, quindi, spesso invasa dai turisti –, ma in fondo al sentiero ti ricompensa con la vista dei petroglifi, e Ayers ha voglia di posare gli occhi su qualcosa che dura da tremila anni.

La prima volta che aveva affrontato quel percorso, quasi

dieci anni prima, era in compagnia di Rosie. Era stata anche la prima volta che erano uscite insieme.

Mentre si accinge alla discesa, ripensa a quando le aveva chiesto: «Allora, qual è la tua storia? Da dove vieni e com'è che sei finita qui?».

Come sempre, lei aveva esitato prima di rispondere. Provava invidia per la gente che era "cresciuta" da qualche parte: Missoula, Montana; Cleveland, Ohio; Little Rock, Arkansas. Ayers aveva studiato a casa con i genitori, entrambi affetti da una forma acuta di voglia di viaggiare. Aveva vissuto in otto paesi diversi e ne aveva visitati decine di altri. La maggior parte delle persone trovava che fosse una cosa fantastica, e per certi versi, Ayers lo sa benissimo, lo era davvero, almeno in parte. Ma dal momento che gli esseri umani tendono a bramare ciò che non hanno, lei desiderava tanto vivere in America, possibilmente nel solido, immutabile, prevedibile Midwest, e di frequentare una vera scuola, tipo quelle che si vedono nei film, con tanto di squadra di football, ragazze pompon, feste, laboratori di chimica, elenchi di titoli per le letture estive, permessi di uscita, balli di fine anno, punizioni, assemblee, raccolte fondi, armadietti, club di spagnolo, bande musicali e campanella a segnalare l'inizio e la fine delle lezioni.

Che cosa aveva risposto a Rosie? La verità nuda e cruda.

«I miei genitori erano hippy, vagabondi, viaggiatori; vivevamo con lo zaino in spalla. Mio padre faceva lavoretti negli ostelli in cambio di un posto gratis, e mia madre serviva ai tavoli in cambio di soldi. Abbiamo vissuto a Kathmandu; a Hôi An, in Vietnam; a Santiago, in Cile. Abbiamo trascorso un anno viaggiando attraverso l'Australia e, quando siamo arrivati a Perth, finalmente, ai miei genitori è piaciuta così tanto che ho sperato potessimo fermarci. Ma poi mia nonna si è ammalata gravemente e perciò siamo tornati a San Francisco, dove viveva lei, e a quel punto ho pensato che ci saremmo trasferiti a San Francisco perché mia nonna aveva lasciato a mio padre dei soldi – un sacco di soldi. Ma l'unica cosa che i miei genitori hanno deciso di fare con tutti quei soldi è stata viaggiare, così ci siamo spostati in Europa – prima Parigi, poi l'Italia, quindi la Grecia. Quando ho compiuto diciott'anni, vivevamo in Marocco, e a loro insaputa ho fatto domanda per entrare all'università – la Clemson University, in South Carolina – e sono stata ammessa, solo che dovevo pagarmi tutto da sola, perciò, oltre a studiare, facevo due lavori, e questo non mi lasciava tempo per divertirmi. Detestavo quella vita e così, alla fine, ho mollato gli studi e ho cominciato a lavorare nel circuito stagionale. Trascorrevo l'estate nel New England – Cape Cod, Newport, Martha's Vineyard –, e anche l'inverno. Quello scorso, invece, sono stata ad Aruba, e un tizio che ho conosciuto lì mi ha parlato di St John. Ed eccomi qui.»

«Merda!» aveva detto Rosie.

«Lo so» aveva risposto lei. «Lo so.»

In men che non si dica, Ayers raggiunge la collina. Il sentiero è ripido e roccioso, ma è ben tenuto e ombreggiato da una fitta chioma di foglie che il sole penetra qua e là, tingendo l'aria di smeraldo. Ayers è così disidratata dalla sera prima da far fuori una delle bottiglie d'acqua in un unico, lungo sorso. Se ne sarebbe dovute portare di più. A cosa stava pensando? Prende in considerazione la frutta secca. Non ha mangiato granché, da quando le hanno dato la notizia; nemmeno il barbecue di Chester l'ha invogliata più di tanto.

Rosie è morta. Quando andrà a lavorare, alle quattro, non la troverà al suo posto. Il suo nome non figurerà più sul prospetto dei turni. Entro lunedì ci sarà una nuova assunzione. A La Tapa, Rosie è sostituibile. Per lei, invece, no.

Ayers si inerpica fino a una piccola sporgenza nella roccia per ammirare i petroglifi. Le piogge recenti – come il nubifragio in cui ha perso la vita Rosie – hanno reso più evidenti i segni sulla roccia. Ayers si avvicina e li osserva con attenzione. Sono così antichi. Così durevoli. Se lasciasse St John oggi per farvi ritorno tra cinquant'anni li troverebbe ancora lì, al loro posto.

Aveva sempre ammirato il tatuaggio dei petroglifi che Rosie aveva sulla caviglia. «Fattene uno anche tu» le ripeteva. «Così saremo in pendant.» Ma lei si sentiva in imbarazzo all'idea di appropriarsi di quel simbolo. Non era *cresciuta* lì; ci era semplicemente *capitata*. Pensava di non meritarselo, in un certo senso.

Ma forse, adesso...

Uno dei pensieri ribelli in cui si era crogiolata negli ultimi giorni riguardava la possibilità di partire, di andarsene. Che senso aveva rimanere, si domandava, senza Mick e Rosie?

Il senso, suppone, è che St John è più casa di tutti i posti in cui ha vissuto prima.

Inoltre, adesso deve pensare a Maia. Non può abbandonarla. Se deve intraprendere un cambiamento, non può che essere in direzione opposta rispetto all'idea di andarsene. Deve restare per tutto l'anno, sopportando la calura dell'estate e pregando durante la stagione degli uragani.

C'è soltanto un'altra persona davanti ai petroglifi, un tipo con una folta zazzera bionda e un magnifico golden retriever. Ha un'aria da escursionista irriducibile: indossa pantaloncini cargo e un paio di scarponcini Salomon. L'uomo sta contemplando i petroglifi con un'intensità tale da scoraggiare qualsiasi conversazione, ma il cane le corre incontro per affondarle il naso all'altezza dell'inguine.

«Oh, che amore!» esclama Ayers. Poi tira fuori il muso del quadrupede dalle gambe.

«Winnie!» grida l'escursionista. Quando Ayers alza lo sguardo, si accorge che sta sorridendo. «Mi dispiace. L'ho mandata a scuola, ma non ha ancora imparato le buone maniere.»

«Nessun problema» risponde lei. «È il massimo dell'azione che sperimento da qualche settimana a questa parte.»

L'escursionista arrossisce e lei non può che congratularsi con se stessa per essere stata così inappropriata. Poi lo guarda meglio. Lo ha già visto prima, da qualche parte, ma dove?

«Ci conosciamo?» gli chiede.

«No, credo di no» risponde lui. «Sono qui solo da un paio di giorni...» La voce gli si smorza in gola. «Oh, un attimo.»

Un attimo, pensa Ayers. Ha dato per scontato che fosse un cliente del ristorante o della *Treasure Island*, invece no, lo ha conosciuto *il giorno prima* al ricevimento. «Sì» gli dice. «Io... eri al Chester's, giusto? Con...?»

«Mio fratello» continua lui. «Baker.»

«Ecco» conferma. «Baker.» Non le era dispiaciuto affatto, Baker. Era proprio bello, così alto e affascinante. Le era venuto da pensare che aveva conosciuto un *vero uomo* al rinfresco del funerale di Rosie. E che forse era un dono della sua amica.

Ma Baker è un turista, e lei sta bene attenta a tenersi alla larga dai turisti. Era un consiglio che aveva ricevuto dalla stessa Rosie. Tredici anni prima, Rosie aveva rimorchiato un tipo, arrivato a bordo di uno yacht e poi sparito dopo quattro giorni. *Il Pirata*: così lo chiamava. Non lo aveva più rivisto. Era il padre di Maia.

«A ogni modo, io sono Cash» dice l'escursionista, porgendole la mano. «Come Johnny.»

«Ayers» replica lei. «Come Rock.»

«E questa è Winnie» prosegue Cash. «Come Pooh.»

«Così, sei riuscito a trovare i petroglifi» commenta Ayers. «E Baker? Non è venuto?»

«Non è un grande camminatore. Era a bordo piscina, quando sono uscito.»

«Piscina? Dove soggiornate? Al Westin? Al Caneel?»

«In una villa» dice Cash.

«Bello» risponde Ayers. «Sulla costa nord?»

«Non saprei dirtelo con certezza.» Poi richiama Winnie con un fischio. «Mi sa che dobbiamo andare, adesso.»

«Prendi la barca?» domanda Ayers. «Oppure risali il sentiero?»

«Risalgo il sentiero. Non sapevo nemmeno ci fosse una barca.»

«Devi prendere accordi con l'ente del parco» gli spiega. «O forse passa di qui a orari stabiliti. Una volta lo sapevo, non me lo ricordo più.» Scuote il capo e, con suo grande dispiacere, comincia a piangere. «La mia migliore amica è morta qualche giorno fa in un incidente con l'elicottero. Quello in cui tu e Baker vi siete imbucati era il ricevimento per il suo funerale...»

«Lo so» dice Cash. Dallo zainetto che ha con sé tira fuori una bandana blu scuro e una bottiglia d'acqua ghiacciata. Gliele porge entrambe.

Lei le accetta con gratitudine. «Mi dispiace. Avevo sentito dire che sarebbe stato così: ti senti bene e poi ecco che, un attimo dopo, non stai bene per niente. È solo che... Sono venuta qua giù per vedere i petroglifi, perché a Rosie piacevano tanto. Se li era tatuati...» Fatica a prendere aria. «Era così carina e così speciale... un'amica, la mia unica amica, in realtà, l'amica migliore che io abbia mai avuto. I miei genitori... noi non stavamo mai *fermi* in un posto. Se facevo amicizia a Chiang Mai o a Isla Holbox, ecco che subito dopo dovevamo *ripartire*...» Si asciuga gli occhi con la bandana e beve un sorso d'acqua. «Sto delirando. Quello che è successo è spaventoso, orribile, e adesso mi lamento della mia vita.» Si sforza di sorridere. «E tu sei un perfetto sconosciuto.»

«È tutto okay» le dice Cash. «Credimi, capisco benissimo cosa si prova a essere sotto shock.» Sembra sul punto di aggiungere qualcosa, invece si limita a scuotere il capo. «È così... ti capisco *eccome*.»

Benché non lo ritenga probabile, Ayers non ha intenzione di discutere. «Ti va se torniamo insieme? Devo rientrare anch'io. Alle quattro lavoro.»

«Ma certo.»

«Bene. Tra l'altro, rischio di svenire sulla via del ritorno. Mi sono portata dietro solo un'altra bottiglia d'acqua.»

Cash sorride. «Ah, ecco che la verità viene a galla. Hai bisogno di me per sopravvivere.»

È proprio carino, decreta Ayers. Non bello come una rock star, alla maniera del fratello, ma carino. Compatto, forte, solido.

Ma, anche lui, è un turista.

Cominciano a risalire il sentiero, con Cash a fare strada

e Winnie che gli trotta accanto. La salita è molto più complicata e il mal di testa le serra la fronte come una cuffia da bagno. A un certo punto deve fermarsi e, quando si gira a controllare come sta – è molto tenero da parte sua –, Cash fa lo stesso.

«Hai l'aria di essere abbastanza esperto come escursionista» gli dice.

«Abito in montagna» risponde lui. «Breckenridge, Colorado. Non sono abituato a essere al livello del mare. E, detto onestamente, potrei non stancarmi mai: è incredibile come si vive bene con un'adeguata scorta di ossigeno.»

«Sì» risponde Ayers. «Probabilmente, lo do troppo per scontato.» Anche se non era stato sempre così. Insieme ai suoi genitori, all'età di tredici anni aveva raggiunto a piedi il campo base dell'Everest. L'aria, sull'Himalaya, era estremamente rarefatta; Ayers aveva fatto sogni così assurdi che li ricorda ancora. Sempre con i genitori, aveva trascorso settimane intere facendo escursioni in Patagonia. Si ricorda di come affondava fino alle ginocchia nel ghiaione, di come cercava di inerpicarsi sulla roccia, o dei salti giù da qualche sporgenza nelle braccia di suo padre, del ramen cucinato su un fornellino da campo, giorno dopo giorno e, alla fine, della sveglia alle tre del mattino per vedere l'alba incendiare le Torres del Paine. Quando erano venuti giù dalle montagne, si erano fermati in una cittadina chiamata San Carlos de Bariloche, dove si erano fatti una doccia calda e per colazione si erano concessi dei pancake innaffiati di cioccolato e una generosa porzione di fragole.

«Allora sai sciare?» chiede Ayers. Cash è troppo lontano per una vera conversazione, ma lei vuole fargli capire che è una persona normale e non un caso clinico.

«Certo, e tu?» replica lui.

«Sì. Adesso è un bel po' che non scio, ma io e i miei genitori abbiamo trascorso un inverno a Gstaad, perciò ho imparato abbastanza bene. E mi manca.» Alza gli occhi verso gli alberi. «Potrei non pensarci, vivendo qui, ma la neve mi manca davvero.»

«A me manca già e sono arrivato qui solo tre giorni fa.»

«Perciò tu vivi in Colorado e tuo fratello in Texas?» domanda Ayers. «E siete qui per una riunione di famiglia?» Averlo ricordato la rende fiera di se stessa.

«Riunione di famiglia?» ripete Cash. «È così che ti ha detto Baker?»

Le ha detto davvero così? Sì, ne è abbastanza sicura. «Ehm...?»

«Ma in qualche modo è pur vero» prosegue lui. «Ha ragione.» Così dicendo, sembra allungare il passo, e Ayers coglie il sottotesto: non gli va di parlarne. Ci può stare. Meglio risparmiare le energie per affrontare la salita.

Che idea stupida.

Una volta raggiunta la strada, comunque, Ayers beve tutta l'acqua che le è rimasta e manda giù una manciata di frutta secca, avvertendo un istantaneo senso di soddisfazione. Non è rimasta a casa a commiserarsi. Ha affrontato il Reef Bay Trail nonostante il feroce cerchio alla testa.

«Vuoi un po' di frutta secca?» chiede a Cash.

Lui ne prende una manciata. «Grazie.» Anche lui sembra rianimarsi un po'. «Non voglio ficcanasare ma... la tua amica... si è scoperto che cosa è successo?»

«Un incidente in elicottero.»

«Lo avevo sentito dire» ammette Cash. «Ma hanno capito come mai? O dove fosse diretta?»

«Stava andando ad Anegada con il suo... uomo. L'elicottero è stato colpito da un fulmine.»

«Sono morti entrambi?» domanda Cash.

Lei annuisce. «E il pilota.»

«Si sa qualcosa sul conto dell'altro passeggero?» chiede ancora Cash. «Ha una famiglia?»

«Non mi importa niente di lui» risponde Ayers. «E sarebbe stato meglio che Rosie non lo avesse mai incontrato.» Il tono è più tagliente di quanto avrebbe voluto. «Mi dispiace, è un brutto argomento. Senti, ma per quanto vi tratterrete?»

Cash abbassa lo sguardo. «Un paio di giorni, immagino.»

«Be', se domani sei libero, faccio parte dell'equipaggio di una barca che si chiama *Treasure Island*. Faremo un'escursione in giornata alle British Virgin Islands: la spiaggia dei Baths di Virgin Gorda, poi snorkeling e pranzo a Cooper Island. È divertente, e posso portarti a bordo come mio ospite. Hai il passaporto?»

«Certo» risponde Cash. «Mi vergogno di ammettere che pensavo mi servisse per venire qui. Non ero sicuro. È stato un viaggio improvvisato, diciamo.»

«Se hai il passaporto, allora devi venire per forza» dice Ayers. «Hai mai fatto snorkeling?»

«No» ammette Cash. «Mi piacerebbe. Ma mia madre potrebbe avere bisogno di me, domani.» Si china ad accarezzare Winnie sulla testa.

«Be', se vieni, porta il passaporto e il costume e fatti trovare alle sette e mezzo al molo dall'altra parte della strada rispetto a Mongoose Junction. Di tutto il resto mi occuperò io.»

«Okay» dice Cash. «Ci penserò.» Le rivolge un cenno mentre fa salire Winnie sul retro della Jeep.

Ci penserà ma non verrà, Ayers lo sa benissimo. Deve pensare che sia fuori di testa.

E forse non ha tutti i torti.

Cash

Benché le possibilità di andare a fare snorkeling alle British Virgin Islands siano pari a zero, Cash non riesce a smettere di pensare ad Ayers e al suo invito.

Ayers è proprio bella, non c'è dubbio, e stava facendo trekking da sola, cosa che lo eccita alla grande. Aveva pensato che Denver e Breckenridge pullulassero di donne che amavano la vita all'aria aperta – trekking, corsa e sci – e, se anche questo poteva in qualche modo essere vero, nessuna delle donne sportive che aveva conosciuto era stata capace di toccare le corde giuste.

Nessuna di loro assomigliava lontanamente ad Ayers.

E Winnie sembrava andasse matta per lei. Buon segno.

Cash non dice dov'è stato e chi ha visto né a Baker né a sua madre, e loro non gli chiedono nulla. Sua madre ha preso l'altra Jeep ed è andata a Cruz Bay. Lui non ha la minima idea del perché, ma, sicuro come la morte, non avrà in mente di acquistare braccialetti d'argento o bottiglie di rum. Quanto a Baker, la sua presenza sembrerebbe del tutto inutile. Erano bastate due o tre telefonate alle autorità britanniche perché si dichiarasse vittima di ostruzionismo e passasse il resto della giornata "aspettando di essere richiamato", il che significava starsene ad ammirare il panorama spettacolare da bordo piscina. Non gli sembra nemmeno triste. O forse nasconde di esserlo, che poi è quello che sta facendo anche lui. Cash avrebbe voglia di piangere, di dare pugni contro un muro o di spaccare un vaso, di perdere la testa ed esorcizzare i sentimenti negativi. Il punto, però, è che le sue emozioni sono torbide. Non è semplicemente triste per aver perduto suo padre. Né semplicemente arrabbiato perché suo padre era un maestro dell'inganno. I suoi sentimenti sono una combinazione tossica delle due cose, e, per evitare una scenata, sta ricorrendo alla cara, vecchia negazione. Ecco spiegato il motivo della camminata da cui è appena tornato.

Cash si fa una doccia all'aperto. Il muro è incrostato di conchiglie – strombi, buccini, cipree – e una cascata viola di buganvillea lo drappeggia dall'alto. L'acqua è calda e scorre abbondante, senza per questo impedire la vista del mare. Con ogni probabilità, si dice, è la doccia più soddisfacente che abbia mai fatto in vita sua. Si veste mentre il sole sparisce sotto l'orizzonte, poi si offre di cucinare delle bistecche alla griglia.

Sua madre gli dice che non ha fame. «Penso che me ne andrò a dormire.»

«Vuoi che chiami Milly, mamma?» le chiede Cash. «Solo per vedere come sta, intendo.»

Irene si gira quando è ormai sulle scale e gli rivolge un'occhiata malinconica. «Ti dispiacerebbe?» dice. «Io non riesco a fingere, con lei. Non ci riesco proprio. Sai, ha fatto un ottimo lavoro con tuo padre. Non è colpa sua. E non voglio che lo pensi.»

«Io non lo penso» ribatte Cash. «Papà era un uomo adulto.»

«Comincio a chiedermelo» commenta Irene.

«Ci penso io a Milly» conclude Cash.

Digita il numero della casa di riposo Brown Deer, ma l'infermiera che risponde gli dice che Milly è troppo debole per parlare.

«Che cosa intende con troppo *debole*?» le chiede. «È tutto a posto?»

«Ha novantasette anni» replica lei. «Il suo corpo sta cedendo.»

«Be', d'accordo» concorda Cash. «Ma...»

«Richiami domani, signor Steele» prosegue l'infermiera. «E si goda la vacanza, nel frattempo.»

Cash e Baker mangiano bistecca e insalata di patate in terrazza. Cash sa che dovrebbe raccontare al fratello di aver incontrato Ayers, che dovrebbe dirgli che Milly non era abbastanza in forma per rispondere al telefono e, soprattutto, che dovrebbe parlargli di come ha perso i negozi. Ma prima che abbia modo di affrontare uno qualsiasi di questi argomenti, Baker esordisce: «La mamma mi ha detto che domani ha un appuntamento».

«Un appuntamento? Con chi?»

«Non lo so» risponde suo fratello. «Quando è rientrata dalla città e le ho chiesto com'era andata, si è limitata a dirmi che era stata un'uscita produttiva e che domani ha un appuntamento.»

«A che ora?» chiede Cash.

«Di mattina. Ma non ha saputo dirmi quanto tempo le servirà.»

«Sei preoccupato?»

«No, stiamo parlando della mamma.»

Già, si dice Cash. La mamma non li ha mai fatti stare in pensiero. Ma ora... le cose sono cambiate, no?

«E tu che programma hai per domani?» chiede.

«Lo stesso di oggi» risponde Baker. «Aspettare che il telefono squilli, anche se domani è domenica e sono sicuro che non succederà nulla. Ma di sera vorrei uscire. Che ne pensi? Voglio andare a mangiare a La Tapa.»

«La Tapa?» ripete Cash.

«Hai presente quella ragazza, Ayers? Ieri, al rinfresco?»

Cash sente che il cuore accelera. Come no: Ayers. Certo. Si sforza di mantenere un'espressione neutra. «Sì, perché?»

«Perché lavora lì» dice Baker. «E voglio rivederla.»

«Per quale motivo?»

«Perché era la migliore amica di Rosie. Avrà informazioni preziose.»

Cash sistema i piatti. Ayers *era* la migliore amica di Rosie e probabilmente sì, *ha* informazioni preziose, ma lui ha come la netta sensazione che *non* sia questa la ragione per cui Baker vuole rivederla.

"Sei *sposato*!" vorrebbe replicare. "Con *Anna*!"

Invece, prende una decisione: andrà a quella gita in barca alle British Virgin Islands.

Cash si tiene alla larga dai tour di gruppo per una ragione precisa: trasformano anche le esperienze più autentiche in una gita a Disneyland. È inevitabile, suppone. La *Treasure Island*, che conduce un gruppo di venti persone in un'avventura in tre tappe in un altro paese, dovrebbe garantire che l'esperienza sia sicura, accessibile e divertente!

«Soprattutto,» dice Ayers al microfono della cuffia, parlando alle persone che ha davanti, dopo aver spiegato dove si trovano i salvagenti, come sbarcare a Virgin Gorda (bisogna saltare giù dalla barca e raggiungere la spiaggia a nuoto) e come disappannare la maschera per godere di una maggiore visibilità durante lo snorkeling «vogliamo che vi divertiate. Ecco perché il bar è aperto: così potrete fare scorta di painkiller.»

"Painkiller" si dice Cash. "Magari." In ogni caso, si ritrova in fila al bar dietro un grassone che indossa una maglietta con la scritta: HARLEY-DAVIDSON OF SOUTH DAKOTA. Non c'è nulla che non vada in questo tizio né in una sola delle coppie o delle famiglie a bordo, se non il fatto che richiedono il tempo e l'attenzione di Ayers. È come se gestisse un asilo, pensa Cash. Non ce n'è uno che non abbia una domanda: e se non riuscisse a raggiungere a nuoto la spiaggia di Virgin Gorda? Sono previste opzioni gluten-free a pranzo? È vero che i Baths sono stati rovinati dal turismo di massa? Ci sono squali in circolazione? E barracuda?

Ayers risponde a tutti i quesiti, e lui ascolta furtivamente ogni singola parola che pronuncia, mentre sorseggia il suo painkiller (rum, crema di cocco, succo di ananas e di arancia, con un pizzico di noce moscata). Per capire anche solo cosa *fossero* i Baths di Virgin Gorda, ha dovuto cercare in rete – quando Ayers gliene ha parlato, il giorno prima, si è immaginato un edificio cavernoso popolato da uomini slavi in sovrappeso –, perciò adesso sa che si tratta di una formazione rocciosa che ha creato diverse "sale" visitabili. Dopo i Baths, si fermeranno a Cooper Island per il pranzo e infine, lungo la via del ritorno, faranno snorkeling in un posto chiamato "the Indians".

«Come va?» Ayers lo ha sorpreso in fila per un secondo painkiller, dato che il primo è andato giù troppo liscio, per uno stomaco vuoto. Dopo questo, in effetti, sarebbe meglio concedersi qualche fetta di papaya, anguria e ananas, oltre che una fetta di banana bread al cocco. Altrimenti rischia di rientrare nel gruppo di quelli che non riescono a nuotare fino a riva.

"Quand'è stata l'ultima volta che ho nuotato davvero?" si domanda. Alla lezione di educazione fisica al terzo anno delle superiori, quando viveva ancora ad Iowa City?

«Bene» risponde. Sa che dovrebbe parlare con qualcuno dei suoi compagni di avventura – c'è una coppia di gay suoi coetanei che sembrano simpatici –, così che Ayers non lo consideri snob o socialmente inadeguato. Ma è troppo occupato a sentirsi geloso per il rapporto che lei intrattiene con i due membri maschi dell'equipaggio: James, il capitano, e Wade, il secondo. James è un caraibico con un fisico da divinità greca e Wade sembra un ex modello di Hollister. Entrambi la chiamano "piccola", e quando è arrivato sul molo Cash ha visto James abbracciarla, salvo poi rendersi conto del fatto che le stava facendo le condoglianze. A ogni modo, si sente sconcertato dall'avvenenza fisica dell'equipaggio: sembra scelto apposta per far sembrare lui e i suoi compagni di viaggio anonimi.

«Scusami, ora non posso dedicarti molto tempo» gli dice Ayers. «Ma al ritorno sarà diverso.»

«Non preoccuparti» risponde lui. «Sono grande e grosso.»

Ayers gli rivolge un sorriso che gli arriva dritto al cuore. Ha mai reagito così davanti a una donna? Caspita, non dai tempi della prima superiore, con Claire Bellows, che poi sarebbe stata la sua ragazza fino all'università, quando, dopo essersi iscritta alla Northwestern, aveva cominciato a uscire con Baker. Suo fratello. Una cosa devastante, che lo aveva portato a odiare lui e a diventare estremamente sospettoso nei confronti delle donne. Da allora, la sua vita sentimentale era consistita di storie di una settimana, robe da una notte e via, solitamente con ragazze dei suoi corsi di sci.

Cash porta il suo secondo painkiller sul ponte superiore e si siede accanto alla coppia gay. Il sole è piacevole e qualcosa, in quell'esperienza sull'acqua, gli ricorda la sensazione che si prova in cima a una montagna. È la forza della natura, suppone, una forma di comunione con la terra. Ayers racconta alcuni cenni storici: gli insediamenti danesi, la piantagione di canna da zucchero, la rivolta in cui gli schiavi africani di St John avevano raggiunto a nuoto le British Virgin Islands, riconquistando la libertà. Indica Lovango Cay, dove un tempo c'era un postribolo per i pirati (il nome, infatti, è una contrazione del loro modo di dire: "*love and go*", e questa storia suscita una risata generale). Ayers sposta la propria attenzione su Jost Van Dyke, dove si trova il Soggy Dollar, un locale famosissimo (Cash non ne ha mai sentito parlare), poi su Tortola, alla loro sinistra, e sulle così dette "Sister Islands", Peter, Norman, Cooper, Salt e Ginger, alla loro destra. Cash torna di sotto per un nuovo painkiller e, quando risale sul ponte, dice a uno dei due gay (quello alto, pelato e pallido): «Allora, è la prima volta che venite alle British Virgin Islands?».

«Affermativo» risponde l'altro membro della coppia (basso e scuro). «I genitori di Chris hanno appena comprato una multiproprietà al Westin, perciò abbiamo pensato di venire a dare un'occhiata. E tu?»

Cash ha bisogno di pensare a una storia a cui attenersi. «Sono qui per una settimana con mia madre e mio fratello. Riunione di famiglia.»

«Sono venuti con te?» domanda Chris.
«No» risponde Cash.
«Queste sono le riunioni di famiglia che mi piacciono!» esclama il tizio basso e con i capelli scuri. Poi brindano.

Grazie a un altro painkiller – o forse ad altri tre (possibile che ne abbia già bevuti cinque? Non sono neanche le dieci del mattino) – il tempo trascorre velocemente, con i margini smussati, sbavati. Una volta raggiunta Virgin Gorda, Cash sente evaporare tutta l'ansia che aveva riguardo al salto dalla barca e alla traversata a nuoto. Ha un fisico atletico, è in buona forma – la cosa dovrebbe avere un suo peso – e di fatto la affronta senza problemi. Ayers guida il gruppo attraverso i Baths. Cash non ha mai visto niente di simile: enormi massi di granito che danno vita a una serie di sale e formazioni che ospitano piscine naturali di acqua calda e turchese. Cominciano ammirando la Galleria dell'Orca, una roccia che ricorda un'orca che spruzza l'acqua, per poi passare alla Tana del Leone e alla Pietra Lunare. La sala che più colpisce Cash si chiama "la Cattedrale" per il modo in cui la luce si riflette sull'acqua, screziando le pietre così da farle assomigliare alle vetrate di una chiesa. Oltre a intrattenere tutti con interessanti commenti, Ayers si mostra attenta alle esigenze dei membri più anziani e meno agili della comitiva, quelli che hanno difficoltà sui gradini di legno grezzo e ad affrontare i passaggi più stretti. Cash presta aiuto quando può, porgendo la mano e consentendo a una bambina – avrà avuto cinque o sei anni – di saltargli tra le braccia. Si sente un po' un boy-scout, ma, d'altra parte, un tempo lo è stato *davvero*.
«Ti andrebbe di lavorare qui?» gli sussurra Ayers all'orecchio.
Gli andrebbe? Solo cinque giorni prima ha preso quella che pensava fosse una decisione di vitale importanza, ovvero tornare alle sue montagne. Ora suo padre è morto e la sua "vita", o quel che ne resta, è completamente stravolta. Che cosa rimane di solido e affidabile? Winnie. Sua

madre. In caso di necessità, suppone, suo fratello. Non c'è nulla che possa impedirgli di trasferirsi lì e lavorare sulla *Treasure Island*. Potrebbe vivere nella villa del padre. Per quanto assurdo, il pensiero ha un suo fascino. Certo, Ayers sta solo scherzando, ma... e se così non fosse?

È brillo, deve darsi una calmata; ma quando Chris e Mike gli chiedono se vuole farsi una birra insieme a loro – naturalmente, all'uscita dai Baths c'è un bar –, accetta senza esitazioni.

Non si era mai reso conto del fatto che bere di giorno avesse il suo perché. C'è un sacco di gente che beve mentre scia; in tanti, ma proprio tanti, fanno una o due piste e poi puntano il bar. Lui preferisce che le ore diurne siano produttive, perciò rimanda le bevute alla sera, abitudine che probabilmente è un lascito della sua educazione puritana del Midwest. Ora, comunque, capisce appieno quanto sia liberatorio ubriacarsi sotto il sole. È decadente nella migliore delle accezioni. Il mondo sembra a tratti gentile, clemente, assurdo e spassoso.

«Non puoi bere tutto il giorno, se non cominci al mattino» dice a Chris e Mike. «O sbaglio?»

Lasciata Virgin Gorda, si dirigono verso Cooper Island, su cui sorge un eco-resort con un ristorante in grado di accogliere gruppi numerosi come il loro. Cash ordina un sandwich di pesce affumicato con le patatine, e Chris e Mike seguono il suo esempio. Poi, con una certa solennità, gli comunicano di essere entrambi "pescetariani", solo che lui capisce male e risponde: «Pure io sono presbiteriano, anche se ormai non vado più in chiesa». Questa sua sparata li fa piegare dal ridere, lasciandolo sconcertato finché non gli spiegano che "pescetariano" significa che non mangiano carne rossa o bianca, ma soltanto pesce. A quel punto, è Cash a scoppiare a ridere così forte da non riuscire a smettere. Ogni volta che solleva il capo per prendere aria, si ritrova costretto a piegarsi nuovamente in due.

«Si direbbe che tu ti stia divertendo» dice Ayers. Poi gli prende il rum punch dalle mani e ne beve un piccolo sorso. «Non posso bere prima dello snorkeling.»

Cash prova a tornare sobrio, almeno un po'. Le presenta Chris e Mike, poi servono loro da mangiare e viene fuori che c'è un sandwich di pesce anche per Ayers, che si affretta a innaffiarlo di salsa piccante.

«Dio, sono perdutamente innamorato...» azzarda Cash. Sta quasi per dire: "di te", ma poi si trattiene. «Delle donne che apprezzano il cibo piccante.»

«Anche Rosie amava il cibo piccante» ricorda Ayers. «E lo sapeva cucinare. Preparava il miglior pollo piccante che abbia mai mangiato in vita mia. Mmm.»

Cash sa che dovrebbe cogliere al volo l'argomento Rosie, visto che è stata la stessa Ayers a nominarla; ma è troppo annebbiato per fare strategia e sente che sarebbe inopportuno coinvolgere Chris e Mike in quella conversazione, e scortese tagliarli fuori. Perciò addenta il suo sandwich. È delizioso.

Ha bisogno di mangiare, pensa.

Dopo pranzo fanno rotta verso le Indians, tre torri di roccia che svettano dal mare, e si fermano per fare snorkeling. A stomaco pieno, Cash sente di aver recuperato il controllo sulle proprie facoltà, ma continua a bere per evitare il rischio che si manifestino i postumi della sbronza.

Ayers riprende il microfono per spiegare dove possono andare e dove no e cosa vedranno. «Questo è il miglior punto per lo snorkeling di tutte le Virgin Islands» dice. «Potrete osservare pesci pappagallo, pesci angelo, aquile di mare maculate, tartarughe e forse anche lo squalo elefante. Gli squali non sono pericolosi per gli esseri umani, ma vi consiglio comunque di non importunarli. L'unica cosa a cui dovete prestare davvero attenzione è il corallo di fuoco: è facilmente identificabile per via delle ramificazioni di un colore arancione acceso. Se solo lo sfiorerete, avrete un rash cutaneo dolorosissimo. L'altro pericolo sono i ricci, perché sono pieni di spine nere acuminate. Vi prego di non toccare i coralli e, Dio non voglia, di non andarci sopra. Io, James e Wade non siamo qui solo per racimolare qualche soldo. Siamo qui per farvi conoscere le bellezze naturali di queste isole e per sensibilizzarvi su quanto sia unico e prezioso il loro ecosistema.»

"La amo" non può impedirsi di pensare Cash. Ha tutto quello che ha sempre voluto in una donna.

Indossate le pinne, con la maschera sulla testa e il boccaglio a qualche centimetro dalla bocca, si sente un idiota di prima categoria. È una sensazione condivisa dagli altri? La gente sembra entusiasta, forse un pelo in ansia – niente più di un salto collettivo in acque infestate dagli squali può inspirare il cameratismo –, ma nel complesso l'umore è festoso, di trepidante attesa.

Tutto quello che può fare è evitare di buttarsi dal fianco della barca invece che aspettare il proprio turno per scendere dalla scaletta. Una volta in acqua, se la caverà. Ripensa a tutte le persone – centinaia e centinaia – a cui ha insegnato a sciare. Ricorda una ragazza poco più che ventenne – faceva la baby-sitter per una delle famiglie facoltose con casa sul Peak 7 – che, guardandolo dritto negli occhi, con la paura più cristallina che avesse mai visto, gli aveva detto: «Sono terrorizzata».

E poi aveva affrontato la discesa nel migliore dei modi.

Cash aspetta dietro Chris e Mike, che sembrano un perfetto incrocio tra rana e anatra. Quindi si cala dai gradini nelle acque turchesi. Addenta il boccaglio, inspira un paio di volte – tutto a posto – e abbassa la testa per nuotare sulla scia dei compagni d'avventura.

Come descrivere quello che vede?

Non riesce a credere che sia tutto reale. C'è un intero universo sotto la superficie dell'acqua. I coralli – viola, arancione, verdolino tendente al giallo – sono come edifici o montagne. E pesci, pesci ovunque: i pesci pappagallo sono arcobaleni scintillanti, i pesci angelo hanno strisce blu elettrico. Banchi di pesci argentati, piatti come monete, nuotano tutt'intorno, mangiucchiando qua e là tra i coralli. È un paradiso incontaminato, e Cash trova stupefacente che gente normale come lui, senza particolari capacità o conoscenze, possa goderne. Perché tanta *bellezza* non è sulla bocca di ogni singola persona al mondo? Perché una sessione di snorkeling alle Indians non è in cima alla lista dei desideri di tutti? Cash è sbronzo, inutile negarlo, ma sperimenta anche una sorta di nuova lucidità. È vivo, sul pianeta Terra, al cospetto di una meraviglia della natura.

Alza la testa. Sopra la superficie, la vita è quella di sempre. Vede la costa di St John, in lontananza, e la barca a poche decine di metri da dove si trova. Gli piace la spinta che gli danno le pinne. Spostando appena l'acqua, non ha problemi a stare a galla.

Tutt'a un tratto si ritrova accanto qualcuno con una maschera nera. È Ayers, capisce subito dopo. Indossa una muta verde, semplicissima e, sul suo corpo, incredibilmente sexy. Gli afferra la mano. Si stanno tenendo per mano? Oppure no, vuole soltanto che le nuoti a fianco. Vuole mostrargli qualcosa. Che cosa? Nuotano per quello che sembra un discreto lasso di tempo – lontano da tutti, lontano dalla barca – poi lei indica un punto ben preciso. Sul fondale sabbioso, Cash vede un gigantesco piatto d'argento con ali che ondeggiano elegantemente. È una manta. È enorme, di gran lunga più grande di quello che Cash si sarebbe aspettato.

Ayers si ferma per tirare fuori la testa dall'acqua, e lui la imita.

«Quello è Luther» gli dice, spostando il boccaglio. «È l'esemplare più grande di manta nelle acque delle Virgin Islands. Un metro e sessanta di apertura. Vive in questa zona.»

«Luther è... wow» commenta Cash.

«Seguiamolo.»

Gli vanno dietro per un po', poi Ayers fa una brusca inversione – deve aver visto qualcosa – e Cash scalcia come un pazzo per tenerle dietro. Sta inseguendo quello che sembra essere uno squalo: slanciato, argenteo, minaccioso. Lei si sfila un braccialetto d'argento e lo agita finché lo squalo non viene loro addosso, poi lo nasconde alla vista, lasciando che il predatore le sfrecci accanto.

Cash riemerge con la testa. «Che stai *facendo*?»

«Barracuda» dice lei con una risata. «È un cucciolo. Del tutto innocuo.»

Poi torna indietro, e lui la segue di nuovo.

Risaliti sulla barca, prendono la via del ritorno. Cash è sfinito ma, al tempo stesso, galvanizzato. Che giornata fantastica. Una giornata trasformativa. È un convertito: ama i tropici.

«Ora puoi bere?» chiede ad Ayers. Lei annuisce e lui prende due rum punch dal bancone e la segue fino a una panchina, sul lato in ombra della cabina di comando. L'ombra è un sollievo. Potrà anche essersi convertito nel cuore e nell'animo, ma la pelle rimane pur sempre quella degli avi scozzesi e norvegesi. Benché ogni ora applichi la crema protettiva, è abbastanza sicuro di essersi scottato.

Dà il punch ad Ayers e brindano. Lei indossa un paio di Aviator con la montatura argentata e le lenti blu. Ha poggiato i piedi sul parapetto. Sembra sfinita.

«A un ottimo lavoro» dice Cash, alzando il bicchiere. Beve un sorso, il ventesimo della giornata. «Sai, non è molto diverso da quello che faccio io come istruttore di sci.»

«Se non fosse che è completamente diverso, sarebbe praticamente la stessa cosa» dice lei. Guardano entrambi la gente stanca, bruciata dal sole e felice sul ponte sotto di loro: c'è chi schiaccia un pisolino e chi, invece, è impegnato a stringere legami che dureranno fino al bancone del Woody's o per il resto della settimana o, chissà, per una vita intera. Lui, Chris e Mike si sono scambiati i numeri, e ha promesso di chiamarli se mai dovesse capitargli di passare da Brooklyn, un'eventualità che spera segretamente non si verifichi mai.

Ayers finisce il punch. Sembra al tempo stesso rilassata e su di morale. «Ti è piaciuto, no?»

«È stato fantastico» risponde lui. «Non potrò mai ringraziarti abbastanza.»

«Be', ieri mi hai praticamente salvato la vita condividendo l'acqua. E poi mi hai dato la tua bandana. E sei stato gentile con me quando ero triste.»

«Come ti ho già detto, posso capire.»

Ayers gli poggia la testa sulla spalla. Nello stesso istante in cui quel contatto gli procura un'estasi assoluta, Cash si rende conto del fatto che lei sta piangendo di nuovo.

Le porge il suo tovagliolo da cocktail, benché umido: è tutto quello che ha.

«Aspetta, ti do la mia maglietta» le dice.

Lei ride tra le lacrime. «Mi dispiace. È sempre in agguato, sotto la superficie. Ma devo sfogarmi. Questo lavoro esige che io sia sempre allegra. Non posso mostrarmi nella mia umanità, per quella che sono: una donna di trentun anni che ha appena perso la sua più cara amica.» Ayers tira su col naso prima di soffiarselo nel tovagliolo. «Con l'altro lavoro è diverso, perché Rosie lavorava lì, perciò la sua perdita ci coinvolge tutti, e gli altri sanno quanto noi eravamo legate. Anche se mentre servo devo comunque essere sorridente, quando ho bisogno di una pausa posso sempre rifugiarmi in cucina a piangere e farmi un bicchierino di tequila con i cuochi.»

Cash sente montare un'ondata di gelosia pensando ai cuochi. Vorrebbe chiederle se ha un ragazzo o se è sposata. Potrebbe essersi lasciato andare senza un motivo. Invece, le chiede se ha una foto di Rosie.

«Una foto di Rosie?»

«Sì» conferma lui. «Mi piacerebbe vedere che aspetto aveva.» Durante la conversazione del giorno prima, gli era venuto in mente che questa Rosie potesse non essere la stessa della foto con suo padre. Sarebbe meglio, di gran lunga meglio, se Rosie Small non fosse stata la sua amante. Nessuno potrebbe riportarli in vita: morti sono e morti rimarranno, ma almeno come semplici amici o colleghi. Semplificherebbe di molto le cose.

Ayers tira fuori il cellulare. «Ecco» dice. «È il mio screen saver.» Glielo porge.

Sulla sinistra c'è Ayers. È su una spiaggia, accanto a un albero che sostiene un'altalena, e indossa un bikini giallo canarino. A destra c'è Rosie, la stessa donna della foto che ha visto. Ha un bikini bianco e guarda raggiante l'obiettivo.

«È proprio bella» dice Cash. «Anche se non quanto te.»

«Oh, per favore» dice Ayers. Poi rimette il cellulare nella tasca dei pantaloncini. «Sai, volevo chiederti scusa per aver troncato il discorso, ieri... quando mi hai chiesto dell'amico di Rosie.»

Cash trattiene il fiato. "Non dobbiamo parlarne" vorrebbe dirle. Quando si era registrato per l'escursione, aveva accolto con un sospiro di sollievo il fatto che a chiedergli i documenti fosse stato Wade e non Ayers, perché non voleva che lei, leggendo il cognome, potesse fare dei collegamenti.

Deve dirle chi è, ma non vuole che lei lo sappia. E in ogni caso non può dirglielo proprio *ora* che sta *lavorando*.

«Non hai nulla di cui scusarti...»

«Era ricco» dice Ayers. «Un bastardo pieno di soldi che si presentava qui ogni due settimane e monopolizzava completamente il suo tempo. Non che fosse questo, il problema. Il problema era il velo di segretezza che lo ammantava. Sono stati insieme quasi sei anni e non l'ho mai conosciuto. Ed ero la sua migliore amica. All'inizio la accusavo di inventarsi tutto, dicendole che era un caso disperato. Ma lui continuava a farle regali... braccialetti d'argento, soldi, una Jeep nuova. Non usciva quasi mai dalla sua proprietà e non ci invitava mai nessuno.»

«Magari nascondeva qualcosa» dice Cash. «Forse era sposato.»

«Forse?» dice Ayers. «*Certo* che era sposato. Ma l'unica volta che ho sollevato la questione, Rosie ha dato di matto e non mi ha rivolto la parola per tre giorni. Perciò da quel momento ho evitato di tornare sull'argomento. Era come se in lei convivessero due persone diverse, in realtà. Sapeva essere una donna forte e indipendente – di una combattività feroce, addirittura. Ma quando c'era di mezzo l'Uomo Invisibile era fritta. Era così... cieca con quell'uomo. Così innamorata, immagino dovremmo dire.»

«Be'» commenta Cash. «Allora non doveva essere poi tanto male.» Azzarda un sorriso. «Dico bene?»

Huck

La domenica Huck cancella entrambe le sue escursioni. Le riprogrammerà più avanti. Oggi vuole andare in mare da solo, magari per vedere se c'è qualcosa di vero nella storia di Cleve sul banco di mahi. Ha ancora le coordinate che si era appuntato l'ultimo dell'anno.

Quando Rosie era ancora viva.

È uno scherzo crudele del mondo: una persona è viva e vegeta, convinta che non le succederà niente di male, e un attimo dopo non c'è più.

Non può uscire presto quanto vorrebbe, perché prima deve accompagnare Maia a casa di Joanie. Stanno pensando di fabbricare bombe da bagno con essenze tropicali e di venderle ai turisti.

«Sei sicura di non voler venire a pescare?» le chiede Huck.

La sua compagnia è l'unica che apprezzi, e d'altra parte si preoccupa del fatto che Maia stia tornando alla sua routine da dodicenne troppo presto. Lunedì, infatti, rientrerà a scuola.

«Sicurissima» risponde lei.

Huck deve ricordare a se stesso che ognuno elabora il lutto alla propria maniera. Dopo la morte di LeeAnn, lui aveva attraversato un periodo difficile – bevendo, fumando e passando anche una disdicevole notte con Teresa, la cameriera del Jake's che, lo sapevano tutti, andava a letto con chiunque. Rosie, da parte sua, aveva gestito la scomparsa della madre iniziando a frequentare l'Uomo Invisibile, prima di andarci a convivere.

La lascerà in pace. Se vuole provare a vendere bombe da bagno insieme a Joanie, allora sarà il loro primo cliente.

Ma oggi se ne andrà a pesca. E *prenderà* qualcosa, maledizione.

Carica la *Mississippi* con l'attrezzatura per la traina leggera, una cassa di ghiaccio, una seconda cassa piena d'acqua e una terza di Red Stripe, oltre a due sandwich cubani acquistati al Baked in the Sun e a una delle loro teglie di "junk food", un affare carico di caramello, pretzel e patatine fritte, perché erano il cibo preferito di Rosie. Sta mollando l'ormeggio quando sente qualcuno chiamare il suo nome.

«Signor Powers? Sam Powers?»

Alza lo sguardo e vede una donna avanzare lungo il molo agitando il braccio come nel tentativo di fermare un taxi. È slanciata, con una bella acconciatura: una spessa treccia color castagna le scende su una spalla. Porta un paio di occhiali da sole rotondi, perciò non può vederla bene, ma man mano che si avvicina si accorge che è meno giovane di quanto pensasse e la sua espressione non fa sperare niente di buono. Questo, insieme al fatto che lo chiama "signor Powers", lo fa sentire come se fosse sul punto di beccarsi una lavata di capo dall'insegnante di inglese delle superiori. Com'è che si chiamava? Lemon. Una volta, la signorina Lemon lo aveva sorpreso a scrivere poesiole sconce. Invece di strappargli la pagina, come si aspettava che facesse, lo aveva obbligato a leggerle a voce alta davanti a tutta la classe.

La cara vecchia signorina Lemon, responsabile del più umiliante momento della sua vita da adolescente.

E adesso rieccola qui, reincarnata, anche se in una versione più attraente. La signorina Lemon originale, come diceva il nome, aveva la faccia che era tutta una grinza.

La reincarnazione della signorina Lemon percorre tutto il molo. Huck ha la cima in mano. Non deve fare altro che sganciarla e filarsela.

«Lei è Sam Powers?» gli chiede la donna.

«Tecnicamente sì» risponde lui. «Ma tutti mi chiamano Huck.»

Lei annuisce una volta.

«Così mi hanno detto. Signor Powers, potrei parlarle un minuto? È importante.»

Ha un minuto per parlare? No. Sono quasi le nove, ormai. Per andare al largo ci vorranno tre quarti d'ora circa. E bisogna che sia di ritorno per le quattro e mezzo al massimo, perché alle cinque deve andare a prendere Maia a casa di Joanie. Vuole pescare tutto il giorno. E per pescare tutto il giorno, deve salpare subito. «È importante» insiste la reincarnazione della signorina Lemon, e per qualche motivo lui sa che non si vuole lamentare del rinvio delle escursioni a data da destinarsi. Il volto della donna ha una certa tensione che crede di riconoscere. Si è fatto un'idea, ma spera con tutto il cuore che sia sbagliata.

Spegne il motore e porge alla donna la mano offesa dal barracuda. Lei, da parte sua, non batte ciglio vedendo che gli manca mezzo mignolo. Il che è un buon segno, si dice lui.

«Vuole che salga a bordo?» domanda lei.

«Ha bisogno di parlarmi?»

Senza che le venga richiesto, lei si sfila i sandali – è una tipa da barca, pensa un po' – e, afferrata la sua mano, sale con disinvoltura.

Huck apre il frigorifero. «Ho acqua e birra.»

«La ringrazio, ma sono a posto.»

Quando Huck si allunga per prendere una bottiglia d'acqua per sé, però, la donna si corregge. «Anzi, una birra. Grazie.»

Huck alza un sopracciglio, ma la reincarnazione della signorina Lemon sembra non accorgersene. I suoi occhi scrutano il molo. Cosa sta guardando? Be', la risposta è: tutti e nessuno. I tassisti – Pauly, Chauncey e Bennie – sono in fila dall'altra parte della strada. Huck stappa due Red Stripe: non lascerà certo che una signora beva da sola. E se lei ha bisogno di bere, probabilmente ce l'ha anche lui.

Le passa la birra.
«Che cosa posso fare per lei, signora...?»
«Steele» dice lei. «Irene Steele.»
Huck chiude gli occhi per quello che è appena più di un battito. Irene Steele. Il suo cattivo presentimento si è dimostrato corretto.
«Credo che questo risponda alla mia domanda» dice lui. Poi le indica uno dei sedili imbottiti. Lo preoccupa un po' il pensiero di possibili fraintendimenti. L'acustica, sull'acqua, fa scherzi strani. Si siede a rispettosa distanza, ma si china verso di lei. "Potrebbe essere una ex moglie" si dice. "Volesse il cielo."
«Russell Steele era mio marito» gli dice invece, infrangendo immediatamente le sue speranze. «E mi pare di aver capito che lei è il padre di Rosie Small. Che era l'amante di mio marito.»
Huck non può evitare di trasalire alla parola "amante", anche se è consapevole del fatto che avrebbe potuto scegliere opzioni peggiori.
«Sono il suo patrigno» dice. «*Ero* il suo patrigno. Ho sposato sua madre, LeeAnn, quasi vent'anni fa. Ma lei è morta cinque anni fa.»
«Ma siete ancora legati, con Rosie? Voglio dire... *eravate*... viveva con lei?»
«Vedo che ha fatto le sue ricerche» commenta Huck. «Come l'ha saputo?»
«Non è stato facile» ammette Irene. «Non conosco nessuno, qui, a parte Paulette dell'agenzia immobiliare...»
"Paulette Vickers" si dice Huck. L'ha vista al funerale e al rinfresco, il giorno prima. Come ha visto tutti gli altri, in effetti.
«Solo che ieri Paulette non era in ufficio.» Irene ha un attimo di esitazione. «Perciò ho dovuto chiedere in giro, senza grossi risultati, a dire il vero, finché non mi sono imbattuta in quella donna che vende manghi vicino al Cruz Bay Landing.»
«Henrietta» interviene Huck.
Irene fa spallucce. «Mi ha detto l'essenziale. Quando le

ho domandato se la donna morta nell'incidente avesse i genitori, mi ha fatto il suo nome e quello della sua barca, spiegandomi che di solito è ormeggiata qui.»

«Mi dispiace per suo marito» dice Huck. Invece non gli dispiace – nemmeno un po' – che quel figlio di puttana sia morto. L'unico suo pensiero è per Rosie. Ma prima che possa aggiungere altro, Irene dice: «No che non le dispiace. Né dovrebbe, d'altronde. Quindi può dirmi la verità, signor Powers».

«La verità?» le fa eco Huck. «Non mi piace che mi chiamino "signor Powers". Inoltre, sono in lutto proprio come lei, e oggi ho in programma di prendere il largo da solo per pescare, bere birra e scrutare l'orizzonte chiedendomi cosa succede quando moriamo.»

«Vuole che scenda? Mi sta dicendo questo?»

"In pratica" pensa Huck. Ma è troppo gentiluomo per dirlo. «Le sto solo dicendo che non so cosa vuole da me. Con tutta probabilità, ne so esattamente quanto lei su ciò che è successo. Stavano andando in elicottero ad Anegada, nelle British Virgin Islands.»

«Perché?» domanda Irene.

«Un giro?» suggerisce Huck. «Anegada è piuttosto particolare. Non è che uno sputo di sabbia bianca, in realtà. Sembra un po' l'isola di Gilligan. Non c'è quasi nulla: qualche casa, un paio di alberghetti, un paio di bar e ristoranti, una popolazione indigena di fenicotteri…»

«Fenicotteri?» ripete Irene senza particolare entusiasmo.

«E aragoste» aggiunge Huck. «Anegada è famosa per le aragoste. Per questo immagino ci stessero andando. Arrivi lì, ammiri gli uccelli, fai una passeggiata sulla spiaggia, mangi un paio di aragoste e torni a casa. È quello che fa la gente. L'ho fatto anch'io. Naturalmente, quasi tutti ci vanno in barca.» Finisce la sua birra e avverte il desiderio improvviso di una sigaretta. Non vede l'ora di liberarsi di questa donna. Si alza, prende la bottiglia vuota dalle mani di Irene e la butta, insieme alla sua, nel cestino dei rifiuti. Vediamo un po': che altro potrebbe chiedergli?

«Lei conosceva Russ?» domanda Irene.

«No.» La sua risposta è netta, senza esitazione. «Mai avuto il piacere. Rosie era... diciamo così: protettiva. Sapevo della sua esistenza e sapevo che aveva i soldi... e una villa da qualche parte...»

«Villa» ripete Irene con una risata.

«Io non l'ho mai vista. Non sono mai stato invitato e non conosco l'indirizzo. Rosie teneva tutto per sé. Mi ha detto il suo nome solo una volta, tempo fa. Da quel momento in poi, però, ogni volta che parlava di lui lo chiamava l'Uomo, e basta, e per tutti gli abitanti dell'isola è diventato l'Uomo Invisibile. Perché nessuno lo ha mai visto.»

«L'Uomo Invisibile?» ripete Irene. «Che ironia. Avrei potuto dargli lo stesso nome.» Quando lei si alza, Huck si sente pervadere da un dolce sollievo – *Se ne va, finalmente!* –, ma poi lei apre il frigo, prende un'altra birra e gliela porge.

Lui non sa bene se piangere o ridere. Deve prendere il largo. Deve andare a pesca.

«Non potremmo proseguire la conversazione un'altra volta?» le chiede. «Voglio andare a pescare.»

«Mi porti con lei. Posso pagarla.»

«Avevo due escursioni, oggi. Le ho annullate entrambe» replica Huck.

«Ma nessuna di quelle persone era la vedova dell'amante della sua figlioccia.»

Gli scoppia la testa. Ha voglia di una sigaretta e, maledizione, questa è la sua barca, perciò adesso ne fumerà una. Stappa la birra di Irene e si accende una sigaretta.

«Lei pesca?» le chiede. «Di dov'è?»

«Iowa City» risponde Irene.

«Dubito che abbia il fisico per una giornata in mare aperto» commenta lui ridacchiando.

«Ce l'ho eccome. Andavo a pescare con mio padre su un lago del Wisconsin. Lui mi chiamava...» Si ferma un istante, gli occhi pieni di lacrime. «Mi chiamava ranocchietta pescatrice.»

Ranocchietta pescatrice: questa non l'aveva mai sentita.

«Mi dispiace» prosegue Irene. «Non è mia intenzione intromettermi nella sua giornata di solitudine e riflessione. È solo che ho bisogno anch'io di una giornata come quella che sta per concedersi. Pescare, bere birra, scrutare l'orizzonte e chiedermi che cosa succede quando moriamo.»

"Perché non va in spiaggia a Frank Bay?" vorrebbe dirle. "Guidi fino a East End: non c'è *mai* nessuno, a East End. Si faccia un giro a Salomon Bay. Si sieda al bancone del Quiet Mon. St John è piena di posti in cui starsene in pace."

Invece chiede: «Pensa davvero di farcela?».

«Ne sono sicura.»

«D'accordo, allora.» Huck avvia il motore e molla gli ormeggi, prima di virare verso l'uscita del porto. Una brezza si fa subito loro incontro e, tra il vento e il rumore del motore, il bisogno di conversare evapora. Tuttavia, Huck osserva Irene Steele, la sua clandestina, la moglie dell'amante di Rosie e – che *diavolo* gli viene in mente? – dice: «Ranocchietta pescatrice, eh?».

«Lo scopriremo, immagino» replica lei.

Huck punta la prua della *Mississippi* in direzione sud-sudest, verso le coordinate che ha dato Cleve. La navigazione è tranquilla e, nonostante la passeggera inattesa e indesiderata, Huck ne sente l'effetto rilassante. È sorpreso che l'abbia trovato? Sì, non può negarlo. Per certi aspetti, però, non lo stupisce affatto. Perché ne ha sempre supposto l'esistenza, benché non lo abbia mai detto a voce alta. Aveva preventivato, in effetti, che di lì a qualche mese potesse comparire qualcuno dalla vita segreta dell'Uomo Invisibile.

O forse la vita segreta dell'Uomo Invisibile era proprio quella che conduceva sull'isola?

"Già" conclude Huck.

Anche lui potrebbe rivolgere qualche domanda a Irene. Magari, scoprendo qualcosa su Russell Steele, capirà meglio Rosie. Ma lui conosceva Rosie. Sapeva *tutto* di lei. Si era innamorata di un uomo che aveva una moglie altrove, e adesso quella moglie è sulla sua barca e si aspetta che risponda alle sue domande come se glielo dovesse.

Ma glielo deve *davvero*? È una domanda a cui non ha voglia di rispondere, al momento.

In ogni caso, la sua presenza a bordo lo infastidisce meno di quanto dovrebbe. Come mai? Perché anche lei è ferita. Perché ha perso qualcuno nello stesso momento in cui l'ha perso lui. E perché deve sentirsi come se qualche divinità la strizzasse tenendola per la testa e per i piedi.

Ma basta, adesso. È arrivato il momento di pescare.

Avvicinandosi alle coordinate che gli ha suggerito Cleve, Huck rallenta. Poco fuori rotta, vede qualcosa galleggiare sul pelo dell'acqua. Vira leggermente, finché non si accerta di cosa si tratti. Un ritaglio rettangolare di moquette. Huck si china e lo raccoglie.

«Ce lo ha buttato qualcuno?» domanda Irene.

«Ce lo ha *lasciato* qualcuno» replica lui. «Come indicazione. Questo è il punto in cui si trovano i pesci. O dove si trovavano. Chi può dirlo, adesso? Mi avevano segnalato il posto l'ultimo dell'anno.»

«Prima» commenta Irene.

Abitano lo stesso spazio emotivo. Non c'è altro modo di pensare all'ultimo dell'anno se non come a "prima".

Huck annuisce e prende due canne, una per sé e una per Irene. Prima di consegnargliela, controlla esca e lenza.

«Sa come si lancia?» le chiede.

«Naturalmente» risponde lei.

«Le andrebbe una birra?»

«Se è per farle compagnia...»

Certo che è per fargli compagnia: è la sua giornata e perciò ne berrà un'altra. Tra l'altro, è sua precisa convinzione che la birra richiami il pesce. Ne stappa due e ne piazza una nel portabevande accanto alla gamba sinistra di Irene. Poi si ritrae dall'altro lato della barca e la guarda con discrezione.

Lei porta la birra alle labbra e beve un lungo sorso. Poi afferra la lenza, ribalta il guidafilo ed esegue un validissimo lancio laterale. *Fiiiiiiiu!* La lenza vola via.

Fantastico, deve ammettere Huck. Non vedeva una donna – che diamine, una qualsiasi *persona* – lanciare in questo modo da… be', nemmeno lui sa da quanto tempo.

Appena inizia a richiamare la lenza, la canna si inarca.

«Qualcosa ha abboccato» dice. La sua voce è calma, sicura di sé. La maggior parte delle donne – che diamine, delle *persone* – quando prendono un pesce strillano come aquile. La canna si sta proprio flettendo: il pesce dev'essere anche bello grosso. Huck avverte una sorta di brivido. È a zero da Halloween. E adesso è pronto. Più che pronto.

«Ha bisogno di aiuto?» le chiede.

«Non ancora» risponde lei.

«Venga a sedersi sul sedile da combattimento» dice Huck. «Penso che le servirà.» Conduce Irene verso la sedia e la aiuta a sistemarsi, mettendo la canna nel supporto. Nel frattempo, lei sta facendo la cosa giusta, ovvero concedere un po' di lenza al pesce per poi avvolgerla quando la preda riposa. In un'altra situazione, Huck sarebbe lì a dare istruzioni, ma Irene si sta muovendo con un tempismo perfetto. Stavolta non può essere accusato di fare la maestrina, comportamento che in passato gli era costato il trattamento del silenzio da parte di Rosie e Maia.

Huck sposta la birra di Irene in modo che lei possa raggiungerla, cosa che a un certo punto fa per bere un sorso al volo, prima di ricominciare a recuperare. È un bel tipo. Probabilmente c'è una specie di mostro, all'altro capo della lenza, e Huck ha visto uomini grandi il doppio di lei darsi per vinti con l'attrezzatura leggera. Sarebbe complicato per chiunque.

«Sta andando alla grande» le dice. Si sente stranamente inutile, un po' come al capezzale di Rosie mentre Maia stava per venire al mondo. «Mi faccia sapere se le serve aiuto, però.»

«Me la cavo.»

E lo fa davvero, dando lenza, poi riavvolgendo, due passi avanti, un passo indietro, che è quello che richiede un pesce di questo tipo, senza mai perdere la pazienza. Passano quindici minuti, poi venti. Il modo in cui recupera la lenza si sta facendo via via più aggressivo, come le avrebbe consigliato di fare lui, se ce ne fosse stato bisogno. Il pesce si sta stancando.

«Chiunque altro, al suo posto, avrebbe già passato il mulinello» dice Huck.

«Ne dubito» commenta Irene.

«Era solo un modo per dire che sta andando benissimo» spiega Huck. Non riesce a crederci nemmeno lui, ma non può fare a meno di pensare all'Uomo Invisibile, a Russell Steele. "Hai una moglie che pesca così e le fai le corna?"

Dovrebbe lanciare anche la sua, di lenza, ma ormai è coinvolto in questa battaglia e vuole vedere come andrà a finire. Irene dà lenza e poi la riavvolge con un grugnito – è umana, dopotutto –, e in quell'istante Huck intravede il luccichio di pinne dorate sotto la superficie dell'acqua.

«Ci siamo, bello» dice. Poi, rivolto a Irene: «Non molli proprio ora. Lo tiri su».

Lei si lascia sfuggire un gemito che ha una certa connotazione erotica, e Huck – come negarlo? – sperimenta una mezza erezione. Ma non c'è tempo per soffermarsi su questa cosa, grazie al cielo, perché il pesce è vicino ormai. Huck afferra l'arpione e si sporge oltre il fianco della barca, lo trafigge e lo issa a bordo, sul ponte della *Mississippi*, dove continua a dimenarsi con un trambusto tremendo. Ha magnifiche scaglie verdi e oro, il colore preferito di Huck, e la fronte sporgente.

«Mahi mahi» dice. «Più di dieci chili, direi, e circa un metro di lunghezza.»

Irene beve un sorso di birra. «Possiamo mangiarlo?»

«Per giorni» risponde Huck. Senza pensarci, solleva la mano per darle il cinque e Irene gli centra il palmo con una solidità quadrata. Lui le afferra la mano.

«Congratulazioni» dice. «Proprio un lavoro di lenza ad arte, ranocchietta pescatrice.»

Lei lo guarda e si apre in un sorriso. Lui la imita e, per un istante, sono solo un uomo e una donna sotto il sole dei tropici con ai piedi un magnifico esemplare di mahi che si dibatte. Per un istante, dimenticano di avere il cuore a pezzi.

Non finisce qui, nemmeno per idea. Huck mette il mahi nel ghiaccio e lancia la propria lenza, e così fa Irene. Altri due mahi. Nuovo lancio. Huck sente uno strappo praticamente subito, Irene qualche istante dopo. Ancora due mahi. Irene chiede se c'è una toilette e Huck risponde: «Di sotto. Niente carta nella tazza, per favore». Irene riemerge pochi minuti più tardi, stappa una Red Stripe e lancia la lenza. Ne prende un altro.

È una cosa folle. Meravigliosamente folle. Pescano sei mahi, otto, dodici. A un certo punto, Huck tira su un barracuda, che ributta in acqua, e Irene la metà di un mahi.

«Uno squalo» commenta Huck. Sgancia il mezzo pesce dall'amo e lo riconsegna al mare.

«Sul serio?» dice Irene. Quando lui pensa di averla intimorita, ecco che lei rilancia la lenza.

Quattordici, sedici, diciassette mahi.

"Grazie, LeeAnn" pensa. Negli ultimi cinque anni, ogni volta che ha preso un pesce ha ringraziato la moglie, perché è convinto che lei lo aiuti da lassù. È un pensiero sciocco, lo sa.

Fanno una pausa. Quando le offre uno dei sandwich cubani, che lei accetta di buon grado, Huck pensa che forse è arrivato il momento di parlare, ma Irene prende il suo sandwich e si dirige a prua, all'ombra. Lui decide di lasciarla in pace, benché non possa impedirsi di chiedersi a cosa stia pensando. Sta scrutando l'orizzonte, domandandosi che cosa succede quando moriamo?

Vorrebbe spiegarle fino a che punto è straordinaria la giornata che stanno vivendo. *Diciassette mahi!* Forse se ne rende conto, o magari pensa che questa sia la norma, quando si pesca con lui. In ogni caso, lei ritorna a poppa e riprende a pescare.

Alle tre e mezzo del pomeriggio, le annuncia che è arrivato il momento di tornare indietro.

«Certo» dice lei. «Sono sicura che i miei figli si staranno chiedendo che fine ho fatto.»

"Figli?" si dice lui. Ha dei figli. Vorrebbe chiederle quanti sono e quanti anni hanno, ma non c'è tempo. Deve andare a prendere Maia. È stata una giornata magica, quasi soprannaturale e rigenerante nella maniera che aveva sperato. Purtroppo, però, la vita vera incalza.

Tre quarti d'ora dopo, Huck accosta al molo, nei pressi dell'edificio giallo canarino del National Park Service. Ormeggia la barca e porge una mano a Irene per aiutarla a scendere.

«Oh, aspetti» le dice. «Devo darle un po' di pesce.»

«Non si preoccupi» replica lei.

«No, no» insiste lui. Non ha il tempo di sfilettarne uno, ormai, e darle un mahi intero non sarebbe molto pratico. «Posso portargliene un po' alla villa, domani. Oppure possiamo incontrarci da qualche parte in centro?»

«Non deve darmi nessun pesce» dice Irene. Poi fa un respiro profondo. «Fatico ancora a credere quanto sia stato terapeutico, oggi. In qualche modo… sono riuscita a… estraniarmi da me stessa. E questo è stato possibile solo perché mi ha permesso di venire con lei. Perciò le sono grata. Non dimenticherò mai questa giornata e la sua gentilezza.»

Suona un po' come un addio, e per qualche motivo Huck non riesce ad accettarlo. «Sta per… partire? Presto, intendo? Lascia l'isola per… tornare a casa?»

«Prima o poi, immagino» dice Irene. «La mia vita non è qui. Ho una casa, un lavoro, e la madre di Russ, Milly, è ancora viva e io sono la sua… persona di riferimento, quella che prende le decisioni per lei. Anche i miei figli hanno la loro vita. Non possiamo rimanere per sempre. Ma siamo ancora in attesa delle ceneri e di un rapporto delle autorità che ci spieghi come sono andate le cose di preciso…»

«L'elicottero è stato colpito da un fulmine» dice Huck.

«Ma immagino debbano confermarlo» replica Irene. Stringe le labbra, e Huck si accorge che sta cercando di ricacciare indietro le lacrime.

«Stia a sentire. Che ne dice se ci vediamo domani da qualche parte? Potremmo bere qualcosa e, con la scusa, le porterei dei filetti di mahi.» Il giorno dopo è lunedì ed è anche il giorno della gita annuale con pernottamento della Gifft School al campeggio di Maho Bay. I ragazzi dormiranno in tenda e passeranno la notte a raccontarsi storie di fantasmi. Maia ha detto di volerci andare, e lui non è particolarmente impaziente di passare una serata da solo.

«Ha detto di non essere mai stato alla villa» dice Irene. «È vero?»

«Verissimo» risponde Huck. «Non so nemmeno dove sia.»

«Non lo so neanch'io. Ma perché non porta un po' di quel pesce, domani sera? Potremmo fare una grigliata. Vedo di capire qual è l'indirizzo e glielo mando. Lei usa i messaggi, vero?»

«Certo che sì» risponde Huck. «Ho una nipote di dodici anni.»

Irene lo fissa per un istante e poi tira fuori il telefono. «Mi dia il suo numero» conclude.

Huck guarda Irene allontanarsi. Non è affatto male, come donna. Anzi. E accidenti se ci sa fare con la canna da pesca! Se fosse un'altra, le chiederebbe di uscire. A quanto sembra, comunque, hanno una sorta di appuntamento per la sera dopo.

Sempre che lei si ricordi di scrivergli.

Cosa che probabilmente non farà.

Perché dovrebbe?

"Però potrebbe" si dice. "Chissà."

Baker

Sua madre e suo fratello rientrano alla villa nel tardo pomeriggio. Sono entrambi arrossati e nessuno dei due pare abbia intenzione di dirgli dov'è stato. Lui è rimasto a casa, sdraiato a bordo piscina, in attesa che il telefono squillasse e che gli comunicassero qualche notizia su... qualsiasi cosa. Aveva contattato quelli della VISAR, ma per tre volte la sua chiamata era stata trasferita, perciò alla fine si era dovuto limitare a lasciare un messaggio. Poi aveva chiamato il Peebles Hospital di Tortola, nella speranza che potessero dargli qualche informazione riguardo alle ceneri di suo padre, ma la donna con cui aveva parlato, una certa Letitia, gli aveva detto che non avevano i resti di qualcuno che rispondesse al nome di Russell Steele.

«Sul serio?» aveva chiesto lui. «È mio padre... era a bordo dell'elicottero precipitato al largo di Virgin Gorda il primo dell'anno.»

«La settimana scorsa ero in ferie per le feste» aveva spiegato Letitia. «Tutto quello che posso dirle, signore, è che quel nome non figura nel database dell'ospedale.»

«Il nome del contatto potrebbe essere quello di Todd Croft» aveva aggiunto. «Le dispiacerebbe controllare se per caso c'è?»

«Nessun problema.» L'aveva sentita digitare. «Mi dispiace, non c'è nemmeno questo nome. Può provare con gli ospedali americani.»

A quel punto, Baker aveva chiamato la Hurley-Davis Funeral Home di St Thomas e aveva parlato con una certa Bianca, che però si era rivelata ancor meno utile.

«Sto cercando i resti di mio padre. Il suo nome è Russell Steele. È rimasto ucciso nell'incidente che ha coinvolto un elicottero a nord di Virgin Gorda il giorno di Capodanno.»

«Virgin Gorda?» aveva detto Bianca. «Allora deve contattare il Peebles Hospital, a Tortola.»

Dopo aver riattaccato, confuso e in preda all'agitazione, aveva provato a rintracciare Todd Croft al numero rimediato da sua madre, che però risultava essere inattivo. Poi aveva recuperato il portatile e aveva cercato il sito web di Ascension, ma non c'era stato verso di caricare la pagina. Non avrebbe saputo dire se il problema riguardasse la scarsa connessione sull'isola o il sito in sé. Ma poi, digitando su Google i nomi "Russell Steele" e "Todd Croft", aveva capito che il problema non era la connessione che, di fatto, funzionava. Solo che nessuno degli uomini selezionati dal motore di ricerca corrispondeva a quelli che stava cercando. Poi aveva provato con Stephen Thompson – c'erano probabilmente solo cinquanta o sessantamila persone al mondo con quel nome –, aggiungendo "pilota" e "British Virgin Islands" per affinare la ricerca, ma anche questo era stato un buco nell'acqua. C'era uno Stephen Thompson, di stanza alle Isole Cayman: non esattamente una scoperta fruttuosa, ma, non avendo nient'altro in mano, aveva digitato il numero che compariva nel sito. Ma anche quello risultava inattivo.

Una semplice coincidenza? O forse si trattava proprio dello stesso Stephen Thompson che pilotava l'elicottero? Era come se qualcuno stesse cercando di cancellare le tracce di quella storia, iniziava a pensare.

Prima di poter proseguire nelle sue indagini, Baker aveva ricevuto un messaggio di Anna, che gli chiedeva quando pensava di rientrare a casa. "Floyd sente la tua mancanza" scriveva. Baker avrebbe voluto risponderle che quell'occasione le era utile per trascorrere un po' di tempo di qualità con suo figlio, ora che stava per diventare un genitore single. Invece, aveva incanalato la parte migliore di sé – un compito reso più semplice dal ricordo di cosa aveva provato quando aveva messo gli occhi su Ayers – e aveva risposto: "Qui le cose sono in evoluzione, perciò non lo so. Di' a Floyd che gli voglio bene".

Al che, piuttosto che concludere con il suo solito "Okay", Anna gli aveva chiesto: "Pensi che sarai ancora lì, mercoledì?".

"Sì" aveva risposto lui. "Sicuramente. Se hai bisogno di una baby-sitter, chiama Kelsey."

"Non mi serve una baby-sitter" aveva replicato lei.

"Sì, giusto" aveva pensato Baker. Nelle sue elucubrazioni su Anna e Louisa, naturalmente, si è chiesto da quanto tempo stessero insieme, come fosse iniziata e che progetti avessero per il futuro. Normalizzeranno la loro condizione di coppia lesbica, immagina, per quanto si possa normalizzare nel caso di due cardiochirurghe così richieste.

L'esperienza personale ha però smussato il turbamento e il dolore. Gli è bastato vedere Ayers per sapere all'istante che era amore. Perché lo stesso non poteva valere anche per Anna? Magari stava discutendo di un caso con Louisa quando aveva pensato: "*Ecco* che cosa voglio".

Suo fratello e sua madre vanno a fare la doccia in due zone opposte della villa. Nessuno dei due ha espresso il minimo interesse per la cena e, a dirla tutta, entrambi sembravano un tantino spenti, come se avessero bevuto.

Bene, pensa alla fine Baker. Con tutta evidenza, non sono così uniti nel loro dolore. Se loro possono uscire, allora può farlo anche lui. Afferra le chiavi di una Jeep: andrà a cena a La Tapa.

Baker procede lentamente: il volante è a sinistra, come a casa, ma lì tutti guidano tenendo la sinistra, invece che la destra, e le strade sono ripide e poco illuminate. Arrivato in città, è quasi sorpreso da quanta gente ci sia in giro a godersi la vacanza ai Caraibi. Avverte l'impulso di afferrare un padre che passeggia lungo il Powell Park tenendo per mano la moglie e il figlioletto dell'età di Floyd sulle spalle. "Hai idea di quanto sei fortunato?" vorrebbe chiedergli. Ma la sua invidia non ha come oggetto solo quel tizio. *Chiunque* non si ritrovi impantanato in una crisi emotiva dovrebbe dirsi grato alla vita. Lui stesso, quel pomeriggio, mentre era al campetto con Floyd, si sarebbe dovuto mostrare riconoscente, invece di lamentarsi dello stato in cui versava il suo matrimonio. Perché non lo aveva fatto?

Non è per nulla difficile trovare il La Tapa: è proprio accanto al Woody's, davanti al quale sono ancora raccolti quelli che hanno fatto l'happy hour. Baker parcheggia in fondo alla strada e raggiunge il ristorante tornando indietro a piedi. Ben presto, il suo umore passa dall'autocommiserazione al nervosismo. È da un bel po' che non ha mire romantiche su una donna. Ma è un tipo interessante, forse ha un po' di pancetta, a causa della vita da papà casalingo e di tutti i gelati che mangia di notte, ma nulla che non si possa risolvere con un po' di esercizio. Tanto per cominciare, decide che l'indomani andrà a correre.

Si ritrova in una sala rustica e arredata con gusto. Un ambiente reso accattivante dalle luci delle candele, dalle tovaglie di lino bianco, da un bancone di legno grezzo e da tanti fiori freschi. E il profumo, poi: la fragranza stratificata e corposa di burro, carne arrosto ed erbe aromatiche.

Baker trova una sedia libera all'estremità del bancone vicino alla cucina, proprio accanto al passaggio di servizio dei camerieri. Ma Ayers? Dov'è Ayers?

«Ehi, amico, benvenuto a La Tapa» gli dice il barman. «Io sono Skip. Cosa vuoi bere?»

Benché sia diventato un grande estimatore delle birre locali, alla fine Baker opta per un vodka tonic. È fuori casa, il posto è davvero carino e vuole atteggiarsi a uomo maturo. Mentre arriva il suo cocktail, sfoglia il menu cercando Ayers con la coda dell'occhio. Accanto al bancone, intenta a flirtare con Skip, c'è una ragazza alta e snella, i capelli corti e scuri. E poi ci sono due camerieri. Di Ayers, nessuna traccia.

«Vuoi ordinare qualcosa da mangiare?» gli chiede Skip.

Baker dà un'altra occhiata al menu. Sembra tutto squisito, ma non può concentrarsi sul cibo se prima non trova Ayers. È nel posto giusto: è stata lei a dirglielo, *chiedendogli* di fare un salto...

«Che cosa mi suggerisci?» domanda lui, impotente. Se lei non c'è, forse dovrebbe andarsene e ritentare il giorno dopo. Magari si porterà dietro Cash.

«Abbiamo le cozze più buone del mondo, e il mahi è di oggi, se ti piace il pesce fresco. Lo serviamo con carciofi stufati e una salsa al burro e timo.»

Baker solleva il capo e lo guarda negli occhi. «Per caso stasera Ayers è di turno?»

Skip inarca le sopracciglia. «Ayers? Oggi è il suo giorno libero. È domenica, e la domenica lavora sulla *Treasure Island*. Sarà qui domani sera. Vuoi lasciarmi un messaggio per lei?»

«No, no...»

Skip si sporge sul bancone e abbassa la voce. «Ti capisco, amico, è proprio uno schianto. Un po' stramba, forse, ma come tutte le ragazze, d'altronde. A volte passa di qui anche quando ha la sera libera per un bicchiere di Schramsberg, perciò è meglio se resti nei paraggi, non si sa mai.»

Il cuore di Baker si sente rinfrancato, ma la testa continua a frullare. Andarsene o rimanere? "Rimani" si dice infine. A volte passa per un bicchiere di quello che è, nelle sere libere. Ma che cosa intende Skip, ormai il suo nuovo migliore amico, con "un po' stramba"? Le sue mogli della scuola chiamano stramba un'altra mamma, Mandy, perché è fissata con gli Houston Astros, e soprattutto con Justin Verlander. Indossa gadget degli Astros ogni santo giorno, e la sua Volvo ha una targa personalizzata che recita JV-35. Forse Skip ci ha provato con Ayers e lei lo ha rimbalzato, e così lui l'ha etichettata come "un po' stramba" per acquietare il proprio ego ferito. Tipico degli uomini. Tanto per fare un esempio, lui stesso sarebbe tentato di definire "un po' stramba" la dottoressa Anna Schaffer perché lo ha mollato per Louisa, e questo benché sia la persona più stabile sotto il profilo mentale che abbia mai conosciuto. Può darsi che Ayers abbia dei difetti. Ma certo, li avrà di sicuro, ce li hanno tutti. E lui giura a se stesso che saprà amarli.

«Prenderò le cozze» dice. «E il mahi, come mi consigli.»

«Sei un uomo saggio» replica Skip. Poi, rivolto alla ragazza alta con i capelli corti, dice: «Ehi, Tilda, il mio amico, qui, è passato a trovare Ayers. Sai se per caso ha intenzione di venire per un drink?».

Tilda si gira a guardare Baker. Scuote la testa incredula. «Tu l'hai *capito* che la migliore amica di Ayers è morta tipo cinque giorni fa, vero?»

«Ehm» balbetta Baker. «Sì...»

Poi Tilda ringhia verso Skip: «E no, non penso proprio che verrà per un bicchierino, visto che era una cosa che faceva solo *quando era di turno Rosie*!». Ha alzato la voce così tanto che tutto il locale si è fatto silenzioso.

Skip le riempie un bicchiere di birra e lei, dopo averlo respinto senza aggiungere una parola, si allontana come una furia.

«Ti chiedo scusa, amico. Così hai conosciuto Tilda. È un po'...»

«Stramba» conclude Baker. «Afferrato.»

Le cozze arrivano e sono davvero notevoli, le migliori che abbia mai mangiato, e il mahi è addirittura più buono, fresco e umido, cotto a puntino e condito alla perfezione. La salsa, poi, è così deliziosa da stordirlo.

Di Ayers, però, nemmeno l'ombra.

«Com'era?» chiede Skip mentre porta via i piatti.

«Incredibile. Così buono che penso di ritornare domani sera con mio fratello.»

«Figo, amico. Vi terrò due posti al bancone e, ehi, non lo faccio mai per nessuno.»

«Fantastico, grazie mille.» Al momento di pagare il conto, Baker lascia a Skip una mancia generosissima – quasi il quaranta per cento –, perché non vuole correre il rischio che racconti ad Ayers del tipo che era passato di lì a trovarla e che sembrava un po'...

Il giorno dopo, Baker si alza di buon mattino per andare a correre. Ai tempi del liceo era uno sportivo, praticava i classici tre – football, basket e baseball –, e una volta alla Northwestern aveva giocato per le squadre della sua confraternita. A Chicago frequentava la Lakeshore Sport & Fitness, dove andava principalmente per conoscere le ragazze. Da quando si era trasferito a Houston, però, non si era più dedicato granché all'attività fisica. Aveva preso imprudentemente parte a una cinque chilometri a Memorial Park; e aveva temuto di avere un infarto – il che suonava decisamente ironico, perché in teoria Anna sarebbe dovuta andare a fare il tifo per lui, ma era stata chiamata al lavoro; così, mentre la visione gli si oscurava, costringendolo a fermarsi di colpo e a piegarsi sulle ginocchia, non aveva potuto evitare di pensare che Anna poteva salvargli la vita.

Ma stavolta sarà diverso, decide Baker. Stavolta è motivato. Ha una missione: farà innamorare Ayers. Si allaccia le stringhe delle sneaker e raggiunge la fine del vialetto di accesso alla villa.

Se la discesa ombreggiata non rappresenta un problema, non appena arriva in fondo e svolta a destra Baker si ritrova sotto il sole e subito in salita. E, come se non bastasse, un grosso taxi arriva sfrecciando da dietro un angolo cieco, facendolo quasi finire oltre il guardrail, giù per la scarpata a picco sul mare. Baker deve fermarsi per mostrare il dito medio al conducente.

"Ayers" pensa. Continua a correre, le spalle all'indietro, la schiena dritta, un'espressione stoica sul volto. Il sole è bollente, fa più caldo che a Houston in agosto e, all'improvviso, sente agitarsi nello stomaco il vodka tonic, le cozze e il mahi della sera prima. La collina si fa sempre più ripida. Per non mollare, Baker punta lo sguardo un metro più avanti dei suoi piedi.

"Ayers" pensa. "Fallo per Ayers." Sente tre note squillanti, come se fossero emesse da una sirena antinebbia. Appena alza lo sguardo, vede un'enorme autocisterna lanciata giù dalla collina verso di lui. È costretto a spostarsi di lato con un salto.

"Basta così" pensa. "Fine della faccenda." Gira sui tacchi e fa dietrofront.

Al ritorno, però, finisce per perdersi. Com'è possibile, se ha seguito soltanto una strada? Il vialetto d'accesso alla villa di suo padre è nascosto e non segnalato, ma quand'era in macchina lo aveva trovato perché è pochi metri dopo il palo del telefono, contrassegnato da due strisce gialle. Dov'è il palo? Baker non sa più se lo deve ancora raggiungere o se lo ha già superato. Non si è portato dietro il telefono e il sudore gli va negli occhi.

Un furgoncino verde lucertola gli si ferma accanto.

«Si è perso?» domanda la voce di una donna.

«Forse...» risponde lui. Si ripulisce la faccia dal sudore con il bordo della maglietta e scoppia in una risata che – ne è cosciente – lo fa sembrare uno squilibrato. Ma, sul serio: che diavolo *ci fa* lì? E poi il pensiero lo colpisce come se fosse improvviso: *suo padre è morto.*

Ecco che comincia a piangere.

«Baker?» dice la donna.

Lui alza la testa di scatto. Guarda attraverso il finestrino abbassato sul lato del passeggero. Al volante di quel ridicolo furgoncino non c'è una donna a caso. C'è Ayers.

No. Non è possibile. E invece sì, è proprio lei ed è ancora più adorabile di come la ricordasse. Ha i capelli raccolti in uno chignon disordinato, un top largo e un paio di pantaloni da yoga. A quel che vede, sta guidando scalza. Piedi nudi e insabbiati.

«Ehi» le dice asciugandosi gli occhi. «Come stai?»

«Sopravvivo. Senti, posso darti un passaggio? Dove stai andando?»

«Oh... no. È tutto okay. Stavo solo rientrando da una corsetta e a quanto pare ho perso un attimo l'orientamento. O forse no. Non ne sono certo, insomma. Ma me la caverò.»

«Sei sicuro?» domanda Ayers. «Ho appena fatto yoga sulla spiaggia a Maho e non devo andare al lavoro prima delle quattro. Ho tutto il tempo di portarti da qualsiasi parte.»

«Sono a posto. In ogni caso, grazie.»

«Eri tu il tipo che si è presentato ieri sera a La Tapa? Devo averti mancato per un pelo. Skip mi ha detto che eri appena andato via.»

«Oh... sì» esclama Baker. «Sì, ero io. Il cibo era eccellente. Grazie per il consiglio.» Si rende conto che probabilmente sta dando l'impressione di volersi sbarazzare di lei. Perché in effetti *è* quello che vuole. Non riesce a *credere* che l'abbia sorpreso proprio lì, e nel suo momento di massima vulnerabilità. Come ciliegina sulla torta, le sue viscere hanno preso a rumoreggiare. Ha bisogno che Ayers si allontani. Perché proprio lei, tra tutte le persone possibili? È stato forse lui a evocarla a furia di ripetersi così tante volte il suo nome? Oppure su quest'isola vivono davvero cinque persone in tutto?

«Figurati» risponde Ayers. «Ehi, ma sei proprio sicuro che vada tutto bene?»

Baker si raddrizza a dispetto dell'importuna contrazione all'intestino. Si sforza di sembrare il conquistatore del mondo che vuole darle a credere di essere. «Va tutto alla grande, grazie. Ehi, ascolta, che ne dici se...» Vorrebbe chiederle se può tornare al ristorante insieme a Cash, la sera, ma proprio in quel momento sopraggiunge un taxi alle spalle di Ayers e il conducente va giù pesante sul clacson.

«Okay, allora ciao!» dice lei, e se ne va.

Ci mette un po' di tempo, ma alla fine ritrova il palo con le due strisce gialle e l'anonima strada sterrata che porta alla villa. Quando arriva a casa, finalmente, si sente svuotato, sia sotto il profilo emotivo sia sotto quello fisico. Che cosa penserà di lui Ayers? Dovrà presentarsi al ristorante, quella sera, e mostrarsi nella versione migliore di sé.

Entra in cucina e trova sua madre davanti al frigorifero aperto, intenta ad annusare il contenitore dell'insalata di pasta, e si sente rispedito indietro di una decina d'anni.

«Mamma?» È sorpreso di trovarla in cucina: da quando sono arrivati, sua madre non ha manifestato il minimo interesse per il cibo.

Irene si raddrizza e chiude lo sportello del frigorifero. L'espressione sul suo viso è imperscrutabile. A Baker sorge quasi il sospetto di avere interrotto qualcosa.

«Devo chiederti un favore» gli dice.

Lui va al lavandino per prendere un po' d'acqua. «Qualsiasi cosa. Di che si tratta?»

«Ho bisogno che tu e tuo fratello usciate, stasera. Avrò un ospite per cena. Arriva alle sette e vorrei avere un po' di privacy.»

A Baker serve qualche istante per elaborare la frase. Sua madre aspetta un *ospite per cena*? Dev'essere Todd Croft, si dice. Chi altri, se no? Sua madre non conosce nessuno sull'isola. Poi si rende conto del fatto che una tale richiesta cade proprio a fagiolo. In questo modo, lui e Cash potranno andare da soli a La Tapa senza dare l'impressione di abbandonarla.

«Sarà fatto» le dice.

Sua madre sembra sollevata, non solo per la sua risposta ma anche perché non le ha fatto domande. "Ha un segreto" si dice lui. È venuta a sapere qualcosa che loro ignorano. Il che lo riporta al senso di colpa assillante che prova per non averle detto della situazione con Anna. Sembra irrilevante, dopo tutto quello che è successo.

Sua madre riprende a frugare nel frigorifero.

«Oh, guarda» dice. «Camembert.»

Baker accoglie la notizia dell'ospite a sorpresa di sua madre molto meglio di quanto non faccia Cash, il quale, invece, a stento riesce a nascondere l'indignazione. Baker deve ammettere che è un tantino sconcertante vedere sua madre con addosso un abito nero leggero, i capelli sciolti appena lavati (in tutta onestà, non ricorda nemmeno l'ultima volta in cui l'ha vista senza treccia). Il vestito non è nuovo – almeno crede: sembra più qualcosa che avrebbe potuto indossare quando, insieme al marito, ospitava i Dunn e i Kinsey a bordo piscina nella casa di Iowa City.

Baker la vede affondare una bottiglia di chardonnay Cakebread in un secchiello per il ghiaccio. Impossibile descrivere quanto fosse contorto il fatto che suo padre conservava il vino preferito della moglie – un'intera *cassa* – in una casa di cui lei non sospettava nemmeno l'esistenza. Quando saluta entrambi i ragazzi con un bacio, sembra una versione più controllata della donna che era poco prima. Ma è evidente che li vuole congedare. Sono le sette meno un quarto.

Non appena montano sulla Jeep, Cash non riesce a trattenersi. «Che diavolo sta *succedendo*? Formaggio e *cracker*? Vino? E hai visto com'è *vestita*? E cos'è tutta questa segretezza? Davvero non ha intenzione di dirci chi viene a cena?»

«Dev'essere Todd Croft» risponde Baker. «No? Per forza. Il che è positivo, visto che sembrava irreperibile e che persino il sito di Ascension è offline. In ogni caso, c'è sotto qualcosa di strano.»

«Ma perché non *dircelo*, se è lui?» obietta Cash. Sta per avere una delle sue crisi di nervi "in cinque gusti diversi", come loro padre definiva le sue bizze infantili. Non ha alcun senso il fatto che Cash – il quale non ha un solo grammo di ambizione o competitività – sia così sensibile sotto il profilo emotivo, mentre Baker, che invece vive sempre in tensione, tenda a essere ottimista in qualsiasi situazione. Eppure, è così. Forse Cash ha preso di più dagli impulsivi antenati scozzesi, mentre Baker ha ereditato il sangue freddo di quelli norvegesi. Forse Cash ha ricevuto un trattamento diverso, durante l'infanzia, proprio perché era il "piccolo" di casa. O forse è semplicemente uno dei misteri della natura umana: il modo in cui due fratelli, nati dagli stessi genitori e cresciuti sotto lo stesso tetto, possano essere l'uno l'opposto dell'altro. Cash è completamente impazzito per il comportamento della madre; a Baker, invece, sembra non importare più di tanto. Quello che gli importa davvero – e tanto, anche – è rivedere Ayers.

Forse Baker è solo dolorosamente egocentrico.

«Ti fidi di mamma?» chiede al fratello.

«Sì. Ma mi fidavo anche di *papà*, se è per quello...»

«Stiamo parlando di mamma» taglia corto Baker. «Pensi che possa fare qualcosa di avventato o di autolesionista?»

«No.»

«No» concorda. Irene Steele è la quintessenza della competenza e dell'equilibrio. Il comportamento cui hanno appena assistito rimanda al modo in cui aveva agito quando, per il giorno del Ringraziamento del suo ultimo anno alla Northwestern, aveva portato a casa il suo amico Donny Foley di Skagway, Alaska. Lui e Donny si stavano divertendo con qualche placcaggio di football – come da tradizione – nel cortile della loro casa vittoriana, insieme a Cash e ad alcuni vicini. Dopo un contrasto particolarmente duro, Donny si era messo a strillare sostenendo di essersi lussato una spalla. Sua madre si era precipitata fuori di casa in grembiule – stava cucinando un tacchino con vari contorni per venti persone – e, con una torsione ben assestata, gli aveva rimesso a posto la spalla. L'intero episodio era durato al massimo trenta secondi, ma la compostezza e la rapidità di esecuzione con cui aveva agito Irene sarebbero rimasti per sempre impressi nella memoria di Baker.

Nel gergo contemporaneo, sua madre è quella che si direbbe una tipa tosta.

Se ha bisogno di essere lasciata in pace per cena, avrà le sue ragioni.

«Ma pensavo che nemmeno papà avrebbe mai fatto qualcosa di avventato o di autolesionista... e *guarda cos'è successo!*» Le ultime quattro parole vengono fuori come un urlo e, come tutte le volte in cui si trova di fronte alle scenate di suo fratello, Baker chiude la discussione. Non dirà più una parola finché non saranno arrivati al ristorante.

Tuttavia, la frase di Cash continua a riecheggiargli in mente: "Ma pensavo che nemmeno papà avrebbe mai fatto qualcosa di avventato o di autolesionista... e guarda cos'è successo!".

Già... guarda.

A La Tapa, Baker e Cash si siedono all'angolo del bancone, occupando i posti che Skip ha riservato per loro. Il barman si illumina come se Baker fosse un vecchio amico.

«Ehi, carissimo, rieccoti qui. Due sere di seguito: questo sì che è sostegno.» Poi, sporgendosi: «E stasera c'è anche Ayers, amico. Sei fortunato».

«Fantastico» commenta Baker, avvertendo istantaneamente un velo di sudore. In un angolo, un tizio con la chitarra strimpella Cat Stevens e, forse per via della musica dal vivo, il locale è affollato, molto più della sera prima. Dov'è Ayers? Guardandosi intorno, Baker la vede in terrazza impegnata a stappare una bottiglia di vino per una coppia di mezza età. Ha i capelli raccolti e indossa la camicetta nera del locale con sopra il grembiule. Ed è... bella da togliere il fiato. Non ci sono altre parole.

«Ehi, amico, io sono Skip.» Il barman tende una mano a Cash, e Baker si affretta a dire: «Chiedo scusa. Lui è mio fratello, Cash».

Skip gli chiede da dove viene e, quando Cash gli risponde che è di Breckenridge, Colorado, viene fuori che nella sua vita precedente lui faceva lo snowboarder a Telluride. «*To hell you ride!*» esclama Cash (come Baker sapeva che avrebbe fatto, scimmiottando il toponimo). «Non mi dire, amico!» Ed ecco che iniziano a parlare, mettendo a confronto il Peak 7 con il Senior's, mentre Baker aspetta con ansia il momento giusto per interromperli e chiedere a Skip un vodka tonic.

Una mano gli si posa sulla spalla.

«Ehi» dice Ayers. «Sei venuto!» Sembra sinceramente felice quanto sorpresa di vederlo, e Baker sperimenta un'ondata di amore puro simile a una botta di zuccheri o di nicotina. Ma poi Ayers rivolge la sua attenzione a Cash. «Ehi, chi si rivede!»

Cash si alza e la stringe in un abbraccio – è una stretta eccessivamente familiare, eccessivamente affettuosa, a dire il vero – e Baker si sente confuso. Ricorda di averli presentati brevemente al rinfresco, ma si erano scambiati niente più di un semplice saluto.

Ayers si rivolge a Skip. «Offri un giro a questi due.» Indica Cash. «Per lui, un painkiller extra strong.»

«No, grazie» replica lui con una risata.

«Oh, andiamo!» ribatte Ayers. «Che ne dici di un rum punch?»

«Basta, fermati!»

Baker non sa che pesci prendere. Che sta *succedendo*? È lì lì per chiederlo, quando Ayers gli posa una mano sul braccio. Senza volerlo, contrae il bicipite.

«Ti senti meglio?» gli chiede lei.

«Io... ehm... sì, certo» risponde.

«Se ti piace correre, dovresti andare in macchina fino a Maho. C'è un anello di sei chilometri e mezzo fino a Leinster Bay. Skipper può disegnarti una mappa. Non è vero, Skip?»

«Puoi scommetterci» conferma il barman.

«Adesso devo tornare al lavoro. Però passate a salutarmi, prima di andarvene.»

«Grazie per il drink» dice Cash. Poi, rivolgendosi a Skip: «Non darle retta. Prendo una birra. Una Island Hoppin' va benissimo».

«Hai fatto l'escursione con la *Treasure Island*?» gli chiede Skip.

Cash annuisce. «Ieri. Mi sono ubriacato.»

«Succede» commenta Skip. «Sei andato a Jost?»

«Ai Baths, a Cooper Island e poi alle Indians.»

«La prossima volta devi andare a Jost. Non potrai dire di aver vissuto veramente se prima non ti fai un painkiller al Soggy Dollar.»

«Per me un vodka tonic, grazie» interviene Baker. Poi, a

costo di sembrare un perfetto stronzo, aggiunge: «Subito». Gli va male, perché fa davvero la figura del perfetto stronzo. Però ormai ha capito che Skip è un chiacchierone e che si distrae facilmente. E lui ha un disperato bisogno di bere qualcosa, se vuole elaborare quello che sta succedendo.

Skip dà una botta sul bancone con il palmo della mano. «Subito.»

E, in effetti, serve loro da bere in tempi rapidi. Baker manda giù una lunga sorsata prima di girarsi verso il fratello, che sta facendo del suo meglio per fingere indifferenza, facendo roteare la bottiglia di birra e canticchiando sulle note del chitarrista, impegnato in una discreta versione di *Promises* di Eric Clapton.

«Vuoi dirmi che è *lì* che sei stato ieri?» gli chiede Baker. «Sulla *Treasure Island*? In gita alle British Virgin Islands?» Poi abbassa la voce e gli si avvicina. «Nostro padre è morto. E io sono rimasto a casa, ad aspettare notizie dalla dannata guardia costiera di Sua Maestà o quello che è. Mentre io chiamavo il crematorio per tentare di rintracciare le *ceneri*, tu eri a *sbronzarti in barca*?»

«Già» risponde Cash. Un sorrisetto gli solleva gli angoli della bocca, e a Baker viene voglia di tirargli un pugno. Ha passato tutto il giorno a rilassarsi e a bere, in compagnia di Ayers. La prima domanda è: come faceva Cash anche solo a sapere che Ayers lavora sulla *Treasure Island*? Lui non era presente quando ne avevano parlato. Si era trattato di una semplice casualità? Era successo, cioè, che Cash, in cerca di qualcosa da fare, era incappato nella *Treasure Island* e aveva riconosciuto Ayers? O c'era sotto qualcos'altro? Baker sa che per lungo tempo suo fratello aveva avuto in animo di vendicarsi del fatto che lui avesse rimorchiato Claire alla Northwestern. L'aveva incontrata per caso a una festa della Sigma Epi quando lui era al terzo anno di college e lei soltanto una matricola. In tutta onestà, era stata lei a saltargli addosso. Un po' alticcia, gli aveva confidato che per tutto il tempo della sua relazione con Cash aveva avuto una cotta per lui. Baker si era finto sorpreso da questa confessione, benché al tempo non gli fossero sfuggiti i suoi sguardi trasognati e il fatto che, tutte le volte che sua madre la invitava a pranzo, lei scegliesse di sedersi accanto a lui e, sotto il tavolo, gli urtasse "accidentalmente" la gamba. Quando l'aveva vista alla festa, aveva trascorso un paio di minuti a discutere con la propria coscienza. Poteva scoparsi Claire? Non era uno stronzo totale e, sotto sotto, adorava suo fratello. Ma, quella sera, l'attenzione adulatrice di Claire e le molte birre che si era scolato avevano avuto la meglio. Al mattino, consumata dal senso di colpa, lei aveva chiamato Cash.

Il quale si era incazzato al punto da minacciare di salire su un autobus che lo portasse da Boulder a Chicago per prendere suo fratello a calci in culo.

Baker ci aveva riso. «Non posso farci nulla se le ragazze preferiscono me, bello.» E se lui lo aveva inteso a mo' di scuse, Cash l'aveva presa esattamente in senso opposto. Le cose, tra loro, erano cambiate per sempre. "Va bene, amen" aveva concluso Baker. Avrebbe voluto che fossero più vicini o, almeno, che tra loro le cose fossero meno spinose, ma ormai erano adulti. Lui lo era di sicuro, se non altro, dal momento che aveva una casa, una moglie e un bambino. Cash era ancora un moccioso che viveva a scrocco del padre e che rimaneva, in apparenza, incapace di perdere. Era possibile, dunque, che avesse atteso tutti questi anni per vendicarsi.

«Sul serio,» sta dicendo adesso «com'è successo?»

«Ayers mi ha invitato» spiega Cash.

Baker finisce in un sorso il suo vodka tonic, poi solleva il bicchiere vuoto in direzione di Skip, che gli dice: «Subito, amico. Non appena avrò soddisfatto i sedici ordini del servizio bar», risposta che Baker sa bene di essersi meritato.

«Ti ha invitato *quando*?» domanda al fratello.

«Mentre facevo un'escursione.»

«Escursione...»

«Io e Winnie siamo andati sul Reef Bay Trail, sabato» riprende Cash. «E abbiamo incontrato Ayers accanto ai petroglifi. Stava piangendo ed era rimasta quasi senz'acqua.»

«Basta così» lo interrompe Baker. Può immaginarsi la scena fin troppo bene. Con tutta probabilità, Winnie si era precipitata incontro ad Ayers; a Cash piaceva un sacco che il suo cane gli permettesse di conoscere le donne. E poi lui l'aveva corteggiata facendo il boy-scout. «Giusto per essere chiari: ho intenzione di chiederle di uscire.»

«Cosa?» esclama Cash. «Non puoi chiederle di uscire. Sei sposato.»

«Io...» Baker si rende conto di non avergli ancora detto di Anna. Deve aver fatto una figura da bastardo di prima categoria. «Io e Anna ci stiamo separando.»

«*Cosa?*» ripete Cash.

Baker non può spiegarglielo adesso. Né può aspettare venti minuti per un drink. E non può starsene nemmeno seduto a mangiare con suo fratello, che ha frequentato Ayers più di lui e ormai ci scambia anche battutine private.

Si alza e posa le chiavi della Jeep accanto alla birra di Cash. «Vado fuori» dice.

Si aspetta che il fratello protesti, ma Cash si limita a un: «Va bene».

Baker si fa strada tra i tavoli mentre il chitarrista gracchia *Thunder Road*. Passa in rassegna il ristorante con lo sguardo finché non scorge Ayers intenta a prendere un'ordinazione in terrazza. Le si piazza alle spalle, tenendosi a mezzo metro di distanza, e non appena lei ha finito la chiama con un bisbiglio.

«Oh, ciao» dice lei, girandosi. «Vai già via?»

«Ero passato solo a bere qualcosa» risponde lui. Poi raddrizza le spalle. «Senti, a quanto pare rimarrò qui ancora per qualche giorno. Mi piacerebbe portarti fuori.»

«Sei carino» dice Ayers. «Ma sono molto occupata. Devo star dietro a due lavori e ho...»

«Quand'è che sei libera?» le chiede Baker. «Per me possiamo fare a pranzo, a cena...»

Ayers si morde il labbro inferiore e lancia un'occhiata verso il ristorante. "Sta guardando Cash?" si domanda lui. "Impossibile."

«Dico davvero. Possiamo fare per colazione o bere qualcosa sul tardi. Oppure mangiare. Anche stasera, quando finisci: che ne dici?»

Ayers sembra esitare. Sta vacillando. Non è possibile che le piaccia Cash: Baker rifiuta anche solo l'idea.

«Ti prego» le dice. «Dimmi soltanto a che ora.»

«Alle dieci» risponde lei. «Per le dieci avrò finito. Possiamo andare al De' Coal Pot. Servono piatti caraibici.»

«Perfetto. Torno alle dieci.»

Ayers annuisce e poi rientra di corsa. Baker la guarda allontanarsi.

"Ti prego, non invitare mio fratello" pensa.

Irene

Che sta facendo?

Che sta facendo?

Che sta facendo?

Sta gettando al vento il libro delle regole, pensa. E la cosa non le crea alcun problema.

Per i primi cinquantasette anni della sua vita, si è attenuta al copione. È stata una brava figlia, una brava studentessa sia al liceo sia all'università. Si è sposata, ha avuto dei figli, si è trovata un lavoro adatto a lei.

Se l'è cavata nei panni di madre. Abbastanza, almeno. Ha due figli in gamba.

Ed è stata una brava moglie.

Davvero?

È solo nel cuore della notte, dopo aver preso una delle pillole che le ha prescritto Anna, che si concede di crogiolarsi nel dubbio. Dove ha sbagliato? Si sente come se avesse fatto un grosso, terribile torto a Russ, in qualche momento della loro storia; come spiegare, altrimenti, il fatto che lui abbia messo in scena una menzogna di tale portata?

Ma non le viene in mente nulla.

Non sapeva che cosa aspettarsi, venendo qui; per lei, la villa e l'isola sono due mondi lontani quanto Nettuno. A sorprenderla sono i piccoli particolari in cui riconosce il proprio tocco. Vi si imbatte di continuo. Tutti i letti, ha notato, hanno sei cuscini, oltre a un cuscinone decorativo contro la testiera, un altro cuscinetto quadrato davanti e un cuscino cilindrico: è esattamente il modo in cui Irene fa i letti di casa, e non pensava che Russ lo avesse mai notato. Inoltre, suo marito teneva casse intere dei suoi due vini preferiti: Cakebread e Simi. È come se Russ si fosse aspettato, un giorno o l'altro, di vederla comparire lì per un drink.

Benché non possa dire che questi dettagli la facciano sentire a casa, è pur vero che creano una connessione. Era la casa di suo marito. *La casa di suo marito.* E adesso suo marito è morto. Finalmente sta elaborando tutte le informazioni. I pezzi del puzzle.

Questa è la casa di Russ.

Russ è morto.

Inoltre, si sta abituando alla vita qui – la temperatura, il paesaggio, la villa –, un po' come dopo qualche giorno ci si abitua all'aria rarefatta, in altitudine. Irene ripensa a quando, con il marito, andavano a trovare Cash a Breckenridge: all'inizio aveva il respiro affannoso, mal di testa e faceva strani sogni; tutti sintomi che, poco per volta, sparivano.

E questo, secondo lei, sta a dimostrare che ci si abitua a tutto.

Andare a scovare il capitano Sam Powers – Huck – è stata una mossa azzardata, lo sa benissimo. Aveva disperatamente bisogno di dare la colpa a *qualcuno*. Non potendo affrontare Rosie, era stato naturale pensare ai suoi genitori. Ma Huck non era affatto come se lo era aspettato. Prima di tutto, non era nemmeno il padre biologico di Rosie. In secondo luogo, era un uomo gentile: un po' burbero all'inizio, certo, e per nulla entusiasta all'idea di parlare con lei (ma poteva forse biasimarlo?), sembrava però capire che erano entrambi sulla stessa barca (per così dire). Lei si era stupita di aver osato chiedergli di pescare con lui, ma Huck l'aveva stupita altrettanto (e, probabilmente, aveva sorpreso anche se stesso) accettando. Avrebbe potuto dirle senza giri di parole di andarsene e lasciarlo in pace. In fondo, non le doveva niente. Aveva perso una figlia, ed era evidente che soffrisse quanto lei; aveva tutto il diritto di trascorrere una giornata in solitudine sulla propria barca. Invece avevano goduto di un'escursione così catartica e proficua che ne era nata la prospettiva di una cena. Significa che mal comune è mezzo gaudio, suppone. Che non sono avversari ma, piuttosto, vittime delle stesse, sordide circostanze.

Con ogni probabilità, Huck ha tante domande da rivolgerle quante sono quelle che vorrebbe fargli lei. Solo che, ovviamente, lei non ha risposte.

Trovare Huck era stato così semplice, che si mette in testa di rintracciare Todd Croft. Cash aveva tentato attraverso Paulette, che però non aveva un contatto diretto. Paulette si interfacciava soltanto con Marilyn Monroe e con il pilota, Stephen Thompson – un socio, a suo dire, di stanza nelle British Virgin Islands.

Irene prova a richiamare Marilyn Monroe, ma il numero risulta non attivo.

Fa poi un tentativo con il sito di Ascension, che però – come aveva detto Baker – non voleva saperne di caricarsi.

Il cellulare di Russ risulta spento, e Irene ha provato a chiamarlo diverse volte al giorno. Ogni volta che il telefono comincia a squillare, il suo cuore si contrae nella tensione dell'attesa. Sarà finalmente la volta buona che Russ risponde? È vivo, chissà dove? No: dopo due squilli, scatta la segreteria telefonica. Nemmeno il lusso di sentire la sua voce registrata. Meglio così, forse: perché altrimenti si metterebbe a piangere ogni singola volta. Prova ad accedere al registro delle telefonate. Conosce il numero di Russ, ovviamente, ma era Ascension a pagare le bollette, e perciò non ha idea di quale operatore usasse; prova a contattare AT&T, Verizon e T-Mobile, ma senza approdare a niente. Si domanda se per caso non utilizzasse un operatore del posto, e la cosa non può che farla sentire frustrata. Se anche riuscisse a individuarlo, infatti, dubita che le darebbero accesso ai tabulati senza un'ordinanza del tribunale.

Russ diceva di conoscere Todd Croft dai tempi della

Northwestern, perciò Irene contatta l'ufficio degli ex studenti del college nella speranza che possano fornirle un contatto. Ma anche questo tentativo si rivela un buco nell'acqua. In teoria, potrebbe rivolgersi a uno degli altri amici di Russ all'università – Leo Pelusi o Niles Adrian –, ma non li vede da trentacinque anni, ovvero dal giorno del loro matrimonio. Ha i loro indirizzi – si scambiano biglietti di Natale ogni anno –, ma non ha i numeri di telefono né le loro e-mail. Russ non andava mai alle rimpatriate. L'ultima volta che aveva rimesso piede alla Northwestern era stata otto anni prima, in occasione della laurea di Baker.

Una banale ricerca su Google del nome "Todd Croft" abbinato ad "Ascension" e poi, separatamente, a Miami non porta a nulla.

Irene sente montare la delusione. Al giorno d'oggi, chiunque ha un'identità digitale, glielo ha detto qualcuno... ma chi? Mavis Key! Mavis Key aveva spiegato a lei e al suo capo, Joseph Feeney, che con un software di nuova generazione potevano acquisire molte più informazioni sulle abitudini d'acquisto dei loro abbonati.

Irene è così disperata da fare l'impensabile: chiamare Mavis Key.

«Ehi, Irene» la saluta Mavis. Sembra sorpresa e preoccupata a un tempo. «Ho sentito che hai avuto un'emergenza in famiglia. È tutto okay?»

"È tutto il contrario di okay" vorrebbe dirle. "Mio marito è morto e aveva una vita segreta." Si sarebbe dovuta preparare meglio per questa conversazione, prima di digitare il numero. Deve far passare il messaggio che l'emergenza è reale, senza però rivelare nulla di quanto è avvenuto.

«Le cose sono complicate, al momento» dice. «Molto complicate. Ma non posso addentrarmi nei particolari. Ti ho chiamata perché ho bisogno che mi aiuti a rintracciare qualcuno.»

«Rintracciare qualcuno» ripete Mavis. «Sto prendendo un chai alla Java House.» Prima che Irene possa immaginarla in centro, nella zona pedonale, dove si riuniscono tutti gli studenti universitari alla moda, mentre ordina un "chai", qualsiasi cosa sia, Mavis aggiunge: «Dammi solo il tempo di sedermi davanti al portatile. Adoro il lavoro di investigazione».

Irene si tranquillizza: Mavis sembra sicura di sé. Ha trentun anni, più o meno l'età dei suoi figli, e trasuda affidabilità e competenza. E lei apprezza la competenza in chiunque, persino in Mavis Key.

«Il nome della persona che mi interessa è Todd Croft» dice Irene. «Età dai cinquantacinque ai sessanta, diciamo. È un banchiere, un uomo d'affari, e opera in Florida, penso. Miami. La sua società si chiama Ascension. Ha frequentato la Northwestern.»

Mavis verifica l'ortografia di "Croft" e "Ascension", poi Irene sente le sue dita digitare sulla tastiera. «LinkedIn» mormora Mavis. «Tumblr, Instagram, Snapchat, Twitter, Facebook.» Un mondo a cui Irene ha opposto una strenua resistenza. La gente la incoraggiava ad aprire una pagina Facebook sulla ristrutturazione della sua casa, ma lei era così assorbita dal lavoro che non le rimaneva nemmeno un po' di tempo per documentarlo.

«Non lo trovo» dice Mavis. «Sai dove lavorava prima di fondare Ascension? Se ha dei figli e quali scuole hanno frequentato? In quale zona di Miami vive? O se possiede delle proprietà?»

«No» ammette Irene. Si rimprovera per essere stata così precipitosa: non è da lei. Ora Mavis tornerà in ufficio e racconterà a tutti che sta cercando un banchiere di cinquant'anni e rotti che vive a Miami e... cosa *penseranno* tutti?

Be', qualsiasi cosa penseranno, non sarà tremenda quanto la verità.

«Non importa» dice Irene. «Ho chiamato così, per fare un tentativo. Devo contattare questo signore perché è in possesso di informazioni che potrebbero aiutarmi in questa situazione. Ma grazie, in ogni caso, Mavis.»

«Oh» dice Mavis. «Figurati. Quando pensi di rientrare?

L'ufficio non è lo stesso, senza di te. Siamo come un gruppo di adolescenti fuori di testa quando la mamma è via.»

Irene immagina Beyoncé e Drake a tutto volume sull'impianto stereo dell'ufficio, il tappeto della sala comune ricoperto di popcorn, lunghe pause pranzo al Formosa in nota spese e tutto il personale in uscita anticipata per brindare in nome del "team building". In redazione, probabilmente, la considerano tutti come una maestrina che batte il righello sul palmo della mano. Fa una risatina. «La settimana prossima ristabilirò l'ordine» le dice. «Grazie, Mavis.» Non riaggancia in fretta quanto vorrebbe.

I ragazzi escono per cena. Irene chiede loro di non tornare prima delle undici, una richiesta che viene accolta da sguardi persi nel vuoto. Nessuno dei due, però, le domanda cos'abbia in programma. Hanno paura di lei, realizza. Hanno paura che ceda da un momento all'altro, sfogando tutti i sentimenti spiacevoli che reprime. Va bene, che pensino pure quello che vogliono, purché le lascino il suo spazio, stasera.

Tira fuori dal frigo tutte le cose da servire come accompagnamento al mahi grigliato. Camembert e cracker per cominciare, pasta fredda e insalata per contorno. E, per dessert, una macedonia con i biscotti. Il cibo è l'ultima delle sue preoccupazioni.

Si riempie un bicchiere di vino, il primo da quando, sei giorni prima, è uscita dal Pullman Bar & Diner. Il ricordo del Pullman e della Prairie Lights la riporta a Milly. Cash l'aveva chiamata sabato sera, ma non era riuscita ad andare al telefono. Che cosa starà pensando? Che l'hanno abbandonata tutti?

Irene afferra il cellulare e, mentre apparecchia la tavola per due, telefona a Milly. È indecisa sull'opportunità di accendere delle candele. Sono più accattivanti delle luci da esterno, ma non rischiano di trasmettere il messaggio sbagliato? I ragazzi hanno avuto la gentilezza di non chiederle come mai indossasse un abitino e degli orecchini (magari non ci avevano nemmeno fatto caso). Ha voglia di presentarsi bene e di sembrare normale, pur senza dare l'impressione di sforzarsi troppo. Ha lasciato i capelli sciolti sulle spalle, ancora umidi dopo la doccia. Niente trucco: è meglio che Huck la veda per com'è davvero.

Quanto alle candele, sulle prime decide che è meglio di no, ma poi ci ripensa: perché negarsi questo piacere? Intanto, all'altro capo del telefono risponde Dot, la capoinfermiera.

«Dot, sono Irene Steele. So di essere stata un po' negligente, questa settimana...»

«Ah, Irene» dice Dot. «Cash ha chiamato e ci ha detto che eravate tutti in vacanza. Siete rientrati?»

«No» risponde Irene. «Non ancora.» In piedi sulla terrazza, osserva il cielo striato di rosa, mentre il sole tramonta sulla sinistra. L'acqua ha assunto una tonalità violacea, e puntini di luce cominciano a picchiettare le isole vicine. Una vista di questo tipo è probabilmente ciò a cui pensa una come Dot quando immagina una *vacanza*. E già.

«Non vi ho chiamato perché non volevo rovinarvi la festa» dice Dot. «Ma Milly si sta spegnendo, Irene. Nulla di drammatico, ma dal primo dell'anno ho notato un costante declino. Non morirà domani, non voglio che vi precipitiate a casa, ma ritengo giusto che lo sappiate.»

Irene rimane in silenzio. Milly ha iniziato il suo declino il primo dell'anno. Il giorno in cui è morto Russ, il suo unico figlio. È come se lo avesse sentito.

«È sveglia, adesso?» chiede Irene. «Le posso parlare?»

«Dorme da ore» risponde Dot. «Ma le dirò che ha chiamato. È meglio verso ora di pranzo, se vuole riprovare domani.»

Riprovare domani, si dice Irene. Solo per mentire a Milly raccontandole che va tutto bene, che Cash le ha organizzato una vacanza a sorpresa e che i Caraibi sono magnifici.

«Okay, farò così.»

Huck arriva qualche minuto dopo le sette. Dalla finestra della stanza degli ospiti, al secondo piano, Irene vede il suo furgone inerpicarsi su per il vialetto di accesso. Si dà una controllata ai capelli e si affretta a scendere le scale per accoglierlo all'entrata.

Non è un appuntamento, si dice, anche se sente di essere nervosa. Cercherà di fare di Huck il suo alleato. Gliene serve uno sull'isola.

Irene apre la porta. Huck si è dato una sistemata: ha pettinato i capelli rosso-grigi, e la camicia gialla che indossa è stirata. Ha con sé una quantità di pesce ben maggiore di quella che possono mangiare e una bottiglia di... gliela porge... rum Flor de Caña invecchiato diciott'anni.

«Ho pensato che potesse servirci» le dice.

Irene prende la bottiglia, e risolve così il problema di come accoglierlo – se con un accenno di bacio o una stretta di mano. Ora nessuna delle due opzioni è necessaria. «Prego, accomodati» gli dice. «Hai avuto problemi a trovare la villa?»

«Be', vivo qui da vent'anni,» dice Huck «e non sapevo dell'esistenza di questa strada. Ha un nome?»

«Lovers Lane.»

«Sul serio?»

«Così c'è scritto sull'atto di proprietà.» Si tratta di una scoperta recente. Nel pomeriggio, infatti, Paulette Vickers era riuscita a trasmetterle l'atto. La casa, nominata Numero Uno di Lovers Lane, è di proprietà esclusiva di Russell Steele. La notizia era arrivata come un pugno ben piazzato allo stomaco. Irene aveva sperato in segreto che avrebbero scoperto che la villa era intestata a Todd Croft o ad Ascension. Se così fosse stato, avrebbe potuto credere che suo marito era una pedina nelle mani del suo influente capo. Più di una volta, dopo che Russ aveva accettato la proposta lavorativa di Todd, Irene aveva pensato che avesse stretto un patto con il diavolo. Ma lo aveva mai incoraggiato a mollare? No, mai. La seduzione dei soldi era stata troppo potente.

Secondo il suo avvocato, Ed Sorley, il testamento di Russ le lascia tutti i suoi averi, nel caso in cui dovesse sopravvivergli. «Quando lo avrebbe firmato, questo testamento?» gli aveva chiesto lei. Temeva potesse materializzarsi un altro testamento che lasciava ogni cosa a Rosie Small. Ma Ed le aveva riferito che Russ si era presentato da lui a settembre per firmare un nuovo testamento che includeva una nuova assicurazione sulla vita appena stipulata per un valore di tre milioni di dollari.

«Settembre?» aveva ripetuto Irene. Era una novità, per lei. Ricordava di quando avevano firmato insieme i rispettivi testamenti dopo l'acquisto della proprietà di Church Street.

«Sì» aveva confermato Ed. «Perché me lo chiedi? C'è qualcosa che non va?»

«Mai stata meglio» aveva risposto Irene, prima di riattaccare.

«Be'» dice adesso Huck, entrando nell'atrio. «Proprio un bel posticino, però.»

Un bel posticino. Huck segue Irene in cucina. Lei non ha voglia di fargli fare un giro, anche se c'è qualcosa che desidera fargli vedere al piano di sopra, dopo cena.

«Ti prendo qualcosa da bere. Ho del vino in fresco o...» Irene guarda il rum; non sa bene che cosa farne. Nessuno le ha mai portato una bottiglia di rum, prima. «Posso prepararti un cocktail? Dovremmo avere della Coca, penso.»

«Facciamoci un goccetto» propone Huck, versando il rum nei bicchieri. «Poi, da persone civilizzate, possiamo passare al vino.»

Gettare al vento il libro delle regole. «Affare fatto» risponde. Brucia, ma non quanto si sarebbe aspettata; ha una certa setosità, come caramello rovente.

«Mmm.»

«Roba buona» azzarda Huck. «Ora, se mi dai dell'olio, sale, pepe e limone, procederò a marinare il nostro bottino.»

Mezz'ora dopo, Irene è un po' più rilassata, grazie al rum, a un bicchiere di Cakebread e a un uomo sicuro ai fornelli come con la canna da pesca. Siede al tavolo in terrazza mentre Huck sta grigliando e, quando lui porta a tavola il vassoio con il pesce, si scopre affamata per la prima volta dall'arrivo della telefonata di Marilyn Monroe.

Huck si siede accanto a lei e poi si ferma un attimo a considerare il cibo. Sembra sul punto di parlare, magari per proporre un brindisi o per recitare una preghiera di ringraziamento. Hanno qualcosa di cui essere grati?

Be', sono ancora qui.

«A noi» dice Irene. «I sopravvissuti.»

Huck annuisce.

Ayers

Alle dieci meno un quarto, come al solito, il ristorante si svuota, benché al bancone rimangano un paio di avventori, uno dei quali è Cash, il fratello di Baker. O forse dovrebbe pensare a Baker come al fratello di Cash. Le piacciono entrambi. Baker è più sexy, ma lei si sente più a suo agio con Cash.

Pulisce i tavoli, porta via tutti i piatti, si slaccia il grembiule e lo butta nella cesta. Per sostituire Rosie, lo chef ha assunto un signore di una certa età di nome Dominic. Meglio così, immagina Ayers. Skip le riempie un bicchiere di Schramsberg, da bere mentre conta le mance.

«Ayers!» Cash la chiama dal bancone. «Vieni, siediti!» Lui solleva la sua birra e Ayers gira intorno al bancone ma rimane in piedi. Baker le ha detto che sarebbe stato di ritorno per le dieci, e lei ha ancora intenzione di portarlo al De' Coal Pot. È tutta la sera che pensa allo stufato di coda di bue.

Rosie adorava lo stufato di coda di bue del De' Coal Pot. E l'agnello al curry.

«Allora, com'era la cena?» chiede a Cash.

«Era ooottima» biascica Cash. A naso, sembra ancora più ubriaco di quanto non fosse sulla *Treasure Island*. Ayers scorge le chiavi della Jeep accanto alla tovaglietta.

«Un po' d'acqua, per favore» dice rivolgendo un'occhiata a Skip. Si domanda se il suo appuntamento al De' Coal Pot non sia in pericolo. Baker dovrà riportare Cash a casa: non è in condizioni di guidare.

Poi sente una mano sulla spalla e si gira, aspettandosi di vedere Baker, e invece – wow, questa sì che è una sorpresa! – è Mick. Indossa una maglietta blu del Beach Bar e ha i capelli umidi. Sta lavorando, ovviamente, ma quello che le sfugge è perché mai, se proprio doveva sgattaiolare via per un drink, non sia andato da qualche *altra* parte. Perché non al Joe's Rum Hut o al Banana Deck? Perché è dovuto venire proprio *lì*?

«Ehi» le dice. Rivolge un cenno a Skip e, subito dopo, una Island Summer Ale ghiacciata gli atterra davanti.

«Che c'è?» chiede Ayers.

«Sono passato a vedere come te la cavi» risponde Mick. «Ti va di bere qualcosa? Ho appena smontato. E sto morendo di fame, a dire la verità. Che ne dici di un cinese al 420?»

Cinese al 420: il loro vecchio rituale. Il 420 to Center è un baretto accanto al parcheggio dello Slim, dove vanno a fine turno tutti quelli che lavorano nei locali. I proprietari sono due tizi di Boston, e il nome del locale deve fare riferimento al Fenway Park. In tarda serata, improvvisano del cibo cinese decisamente buono. Non molto tempo prima, lei e Mick erano la regina e il re del 420 to Center. Ma quei giorni, ormai, sono andati. In tutta la stagione, Ayers non ci ha messo piede una sola volta. Lo ha evitato dando per scontato che Mick ci andasse con la sua nuova fiamma.

A proposito.

«Dov'è Brigid?» gli chiede Ayers.

Mick fa spallucce.

«Problemi in paradiso?» insiste lei.

«Non è mai stato un paradiso.»

Ayers ci pensa qualche istante. Per lei, quello che avevano lei e Mick era il paradiso. Erano innamorati a St John, entrambi con un buon lavoro e lo stesso giorno libero. E conoscevano tutti: quando uscivano, capitava di rado che pagassero un drink. Amavano entrambi la spiaggia, il sole, il sesso, fare camminate, bere tequila e Gordon, il cane di Mick. L'unica cosa che aveva potuto pensare, quando lui l'aveva mollata, era che quella Brigid – la giovane, seducente Brigid – offrisse qualcosa di *ancora più sublime*. Scoprire che forse non era vero, che la vita con Brigid, in qualche modo, non si era rivelata all'altezza delle aspettative, le dà un'enorme soddisfazione. Ma solo per un fugace momento. Mick *non* è lì per vedere come "se la sta cavando" Ayers. Non si tratta di come sta lei, ma di come sta lui. Ha bisogno di compagnia o di sesso – più il secondo, probabilmente – ma lei non ha tempo da dedicargli.

«Oh, bene» gli dice, prima di tornare a rivolgersi a Cash che, intanto, ha vuotato il bicchiere d'acqua e sembra rinvigorito come le erbe nel suo giardino dopo la pioggia. «Ti senti meglio?»

«Sì» risponde Cash. «Sai che ore sono?»

«Quasi le dieci» risponde. Può sentire la presenza di Mick alle proprie spalle, il modo in cui la sta osservando e, probabilmente, sta valutando Cash. Quando stavano insieme, Mick era ferocemente geloso di ogni cliente, che fosse single o sposato, al ristorante o in barca. Eppure, alla fine, era stato lui a infilare la testa sotto la gonna di un'altra. «Te ne vai a dormire?»

«Magari» risponde Cash. «Non posso rientrare a casa prima di un'altra ora. Mia madre ha un ospite per cena e vuole un po' di privacy.»

«Tua madre... ha conosciuto qualcuno qui? O... conoscevate già gente sull'isola?»

«Ha conosciuto qualcuno. A quanto pare.»

«Allora i tuoi sono divorziati?»

«Divorziati?» ripete Cash. Impiega un bel po' di tempo a considerare la domanda. «No, no.» Un'altra pausa, durante la quale Ayers sente Mick e Skip conversare a proposito di una presunta onda lunga ideale per il surf a Reef Bay. Era la cosa che meno amava di Mick: il fatto che si spacciasse per "surfista" e parlasse in gergo quando poi, l'unica volta in cui lo aveva visto surfare, era caduto dalla tavola rompendosi la clavicola. Aveva dato la colpa alle onde. «Mio padre è morto.»

Distratta dal ricordo delle cinque ore trascorse con Mick nella sala d'attesa del Myrah Keating, con lui che si lamentava e gemeva mentre lei gli accarezzava i capelli e gli portava l'acqua alle labbra, da brava fidanzata devota, le ci vuole un istante per elaborare l'ultima affermazione.

«Morto?» esclama. «Mi dispiace. È successo da poco?»

Cash annuisce. «Da pochissimo. È per questo che siamo quaggiù.»

Quaggiù. Riunione di famiglia, forse la prima vacanza dopo la morte del padre: ecco perché si sono portati dietro la madre.

«Sei ancora qui?» chiede una voce.

Ayers si gira per vedere Baker dietro di lei e anche, naturalmente, dietro Mick. Baker è alto, grosso e imponente come un albero. Sta fissando il fratello dall'alto.

«Mamma ha detto di non rientrare prima delle undici» dice Cash. «Dove sarei dovuto andare, secondo te?»

«Be', non lo so» risponde Baker. «Ma io e Ayers stiamo andando a mangiare e tu non sei invitato.» Il tono è duro, quasi prepotente, e Ayers prova pena per Cash. Adesso capisce che entrambi i fratelli nutrono un certo interesse per lei, e se da una parte le dispiace che non abbiano chiarito la questione a casa, risparmiandole di essere messa in mezzo, dall'altra sta gongolando perché Mick vede che è oggetto di contesa. «Dove andate?» domanda Cash.

«Non sono affari tuoi» risponde Baker, con tanta severità da farla trasalire. Poi, ammorbidendosi, aggiunge: «Ascolta, concedici soltanto un'ora, okay? Torno alle undici per riportarti a casa. Promesso».

«Ma dov'è che andate?» insiste Cash.

«Al De' Coal Pot» risponde Ayers. «Fanno cibo caraibico. Sei il benvenuto se vuoi...»

Cash agita una mano. «Andate, ragazzi. Ho già cenato.»

«De' Coal Pot?» dice Mick. «Be', quasi quasi uno stufato di coda di bue ci sta...»

“Non sta succedendo davvero” pensa Ayers. “Non è possibile.” Si sente investire da un’ondata di dolore devastante. La persona che vorrebbe al suo fianco, in questo momento, non è Mick né Baker o Cash. È Rosie.

“Lo vedi?” le chiede mentalmente. “Ti prego, dimmi che da dove ti trovi puoi vederlo.”

Baker si gira. «E *tu* chi sei?» chiede a Mick.

Saggiamente, Mick alza entrambe le mani. «Nessuno» dice. «Non sono nessuno.»

Baker e Ayers camminano verso il De’ Coal Pot, anche se a lei è passato del tutto l’appetito. Ha bisogno di aria, ha bisogno di spazio.

«Non ho più fame» dice. «Andiamo in spiaggia.»

«D’accordo» accetta Baker. «Andiamo.»

Ayers lo conduce oltre il Beach Bar e fino al limite estremo di Frank Bay, dove regna una pacifica oscurità. In lontananza, sul mare, un traghetto punta verso St Thomas. Ancora oltre, sull’orizzonte, si vede una nave da crociera illuminata come una città galleggiante. Ayers si siede sulla sabbia fresca e Baker fa lo stesso.

«Tuo fratello è abbastanza ubriaco» dice.

«Non sapevo che lo conoscessi così bene» replica lui. «È stata una sorpresa.»

«Non ti ha raccontato che ci siamo incontrati sul Reef Bay Trail? Mi ha salvato la vita. O almeno così mi è parso, in quel momento. Perciò, per ringraziarlo, l’ho invitato sulla *Treasure Island*, ieri. Credevo che non si sarebbe fatto vivo, invece si è presentato.»

«Certo» commenta Baker. «Quando una donna splendida ti invita da qualche parte, ci vai e basta.»

Ayers sorride. È lusingata dal complimento, ma poi si rimprovera: non può lasciarsi conquistare così facilmente.

«Tuo fratello è carino.»

«Molto. E sono estremamente geloso di tutto il tempo che ha potuto trascorrere con te. Quando ti ho incontrata, al rinfresco… Non so come spiegarlo, se non dicendo che mi sono sentito travolgere. Completamente. Ti ho vista e... be', meglio se non aggiungo altro.»

«Nemmeno mi conosci» commenta Ayers. «Gente come te e tuo fratello viene qui in vacanza, se ne sta sulla spiaggia tutto il giorno, fa snorkeling, passeggiate, va a cena fuori ed è tutto fantastico. Ed è quello che dovreste fare anche voi. Ma alla fine risalite sul traghetto per St Thomas, da dove poi prendete l'aereo che vi riporta a casa, alla vostra vita reale. Io, invece, rimango qui.» Allarga le braccia, consapevole di toccare il petto di Baker con il braccio. Lui la cinge dolcemente, avvicinandola a sé, e lei lo lascia fare. Ha bisogno di contatto fisico, per quanto insensato possa essere. Non è affatto giusto che Mick si sia palesato per farle sapere che la vita con Brigid non è il paradiso. E non è giusto che Rosie sia morta per essersi innamorata di un turista – o, se non proprio un turista, allora un visitatore o... Ayers non sa nemmeno *come* definire l'Uomo Invisibile, ma non può che accusarlo di averle rubato l'amica. La migliore amica. Di avergliela *uccisa*, per dirla tutta.

Baker avverte qualcosa nel suo respiro, forse, oppure è in grado di leggere nel pensiero, perché le sfiora il mento e le dice: «Ehi, tutto bene?». Ed ecco che, subito dopo, lo sta baciando. Si dice di fermarsi, e che il suo è un comportamento irrazionale, autodistruttivo; non sa nulla, ma proprio nulla di questo tizio. Ma il bacio è elettrico, proprio come la prima volta che ha baciato Mick. Meglio ancora, forse. La chimica c'è o non c'è, ha imparato. E in questo caso c'è eccome, perché lui sa quello che fa, e lei non può già più fare a meno della sua lingua, di quelle braccia così forti, di quelle mani: a un tratto, ogni cellula del suo corpo desidera di più. Farà sesso con lui, magari anche qui, sulla spiaggia... No, non sarebbe il massimo: se qualcuno li vedesse, nel giro di un giorno lo saprebbe l'intera città. A ogni modo, non le va di rompere l'incantesimo per tornare al furgone e guidare fino a casa sua... è troppo lontano e lei lo vuole subito. Ma lui? Lo vuole altrettanto? Le sue mani sono timide – una dietro la testa, l'altra sul lato del collo. Vuole sentirle sulla pelle, sotto la maglietta. Gli guida una mano finché non le sfiora il capezzolo, facendola gemere. Lei gli sale in grembo, lo sente duro come una pietra, come se i bermuda stessero per strapparsi. "Sì," pensa "sta per succedere."

Invece lui si allontana, a corto di fiato. «Fermiamoci.»

«Non possiamo» replica lei, toccandogli l'erezione attraverso il tessuto, finché lui non emette un gemito soffocato.

«Così mi uccidi» dice. «Ma mi piaci, mi piaci tanto, Ayers, e non voglio che sia così, una cosa veloce sulla spiaggia e poi ognuno a casa sua. Non voglio essere il turista che hai lasciato passare attraverso la rete solo perché sei triste per la tua amica e ho rimesso al suo posto il tuo ex.»

Lei si ritrae. Non ha bevuto che un sorso di Schramsberg, dopo il lavoro, eppure si sente stordita, non proprio ubriaca ma frastornata sì, confusa, su di giri. Anche così, però, sa che lui ha ragione. Ha così tanto ragione, in effetti, da lasciarla sbigottita.

«Sapevi che era il mio ex?»

«Me lo hai fatto vedere al rinfresco» dice Baker. «Era con quella sgualdrinella sciatta.»

«Già. Brigid.»

«Che ne dici se passiamo la giornata insieme, domani» propone. «Ti va?»

«Mi va» risponde Ayers. «Sono libera tutto il giorno, domani. Anche la notte...»

Lui la stringe a sé. «In spiaggia di giorno e...»

«Aspetta.» Deve andare a prendere Maia a scuola e tenerla a casa sua per la notte. È la prima volta da quando Rosie è morta. Non può annullare. E *non lo farà*. «In realtà, domani sono libera solo fino alle tre.»

Lui si irrigidisce. «Un incontro galante?»

«Qualcosa del genere» dice Ayers. Non si prende la briga di spiegare: vuole farlo ingelosire. «Ma possiamo andare in spiaggia. Ci vediamo verso le dieci. Possiamo prendere dei sandwich. Conosco un posto a Coral Bay dove non c'è mai nessuno. Mi piace nuotare nuda.»

«Sì!» esclama Baker. «Ci sto!» Si alza, le porge la mano, la attira a sé e le bacia la punta del naso. «Non voglio che tu ti faccia strane idee sul motivo per cui mi sono fermato... Voglio solo che sia indimenticabile. Voglio che sia perfetto. Perché è quello che meriti.»

Sta dicendo tutte le cose giuste. Ma rimane pur sempre un turista. Un turista! Vive a... Ayers cerca di ricordarselo. Ha un figlio, da qualche parte, e una moglie che lo ha piantato.

«Per quanto tempo ti fermi?» gli chiede. «Quando parti?»

Lui esita. «Non lo so.»

«Non lo sai?» gli fa eco lei. E all'improvviso ha come la netta sensazione che le stia nascondendo qualcosa, e poi si rende conto di averla già provata mentre parlava con Cash. Come se ci fosse qualcosa che non quadrava. Sono qui per una riunione di famiglia, il padre è morto ma la madre ha un appuntamento, stasera. Non conoscono l'indirizzo del posto in cui stanno e Baker sembrava non voler proprio accettare il passaggio che gli aveva offerto il giorno prima. Le aveva detto di essersi perso. «Be', ma avete affittato una villa, giusto? Per quanto tempo?»

«Non l'abbiamo presa in affitto» spiega. «È di mio padre.»

Nel frattempo, sono tornati sulla strada. Al Beach Bar, una band sta suonando una cover dei Sublime. «Ma tuo padre non è morto?» gli chiede Ayers.

Baker si ferma in mezzo alla strada. «È stato Cash a dirtelo?»

«Sì...» ammette Ayers. «Ha detto che vostra madre ha un appuntamento, stasera, e a quel punto gli ho chiesto se i vostri genitori fossero divorziati. E lui ha risposto che vostro padre è morto.»

«E ha aggiunto altro?»

«*Cos'altro* avrebbe dovuto aggiungere?» domanda Ayers. È più di una sensazione, adesso: è una certezza. Questi due le nascondono qualcosa.

«Be', tanto per cominciare mia madre *non* ha un appuntamento» puntualizza Baker. La prende per mano, conducendola verso il La Tapa. «Noi due, invece, ne abbiamo uno domani alle dieci, giusto?»

Ayers inspira la dolce aria della sera. Il problema è Mick, si dice. È colpa di Mick se è diventata diffidente. L'ha tradita con Brigid, condannandola a credere che *chiunque* abbia qualcosa da nasconderle.

«Giusto.»

Cash

Alle undici meno cinque, Cash finisce la sua birra, lascia una mancia per Skip e, incespicando, raggiunge l'entrata del ristorante. Ha provato tre volte a chiamare Baker, ma senza ottenere risposta, e questo gli fa davvero ribollire il sangue perché, mentre suo fratello è impegnato a provarci con Ayers – con *Ayers*, la prima donna da cui si sente attratto da *anni* –, lui non può nemmeno tornare a casa.

Che cosa dovrebbe fare? Gli rimangono ventisei dollari; il resto dei soldi guadagnati con i negozi è andato in fumo. Per sopravvivere un altro giorno, sarà costretto a chiedere dei soldi a sua madre o a suo fratello. Forse potrà fargli credere che la sua disastrosa situazione è dovuta a un problema tecnico, magari che la sua carta di credito non funziona sull'isola, ma in famiglia ci sono già abbastanza bugie e insabbiamenti. Deve uscire allo scoperto: i negozi sono belli che andati.

Non sembra un problema così grave. Ha provato a essere quello che non era e non c'è riuscito, e adesso tornerà a essere la persona che è. Un maestro di sci. Per qualche motivo, l'idea non ha lo stesso fascino che aveva prima che accadesse tutto questo.

Riprova a chiamare Baker: segreteria telefonica. È sul punto di perdere la testa. Ma poi sente la voce di suo fratello e lo vede agitare un braccio.

«Sono lì tra cinque minuti!» gli dice. È con Ayers: si stanno tenendo per mano. Camminano insieme fino a un furgoncino verde parcheggiato lungo la strada, e poi gli offrono la vista di un bacio, un bacio vero. A Cash viene la nausea.

«È sposato!» urla. Ma da quella distanza non lo sentono.

Mentre tornano a casa, Baker è su di giri. Sembra un ragazzino. Ha baciato Ayers sulla spiaggia e avrebbe potuto fare di più, molto di più, se non l'avesse fermata. Era stato *lui* a fermare *lei*. Lei ci stava alla grande, era pronta, eccitata, ma a una donna come Ayers non si addice una sveltina sulla spiaggia. Merita un letto. Una suite al Caneel Bay. Vedrà di provvedere.

«Una suite al Caneel?» dice Cash. Le parole gli escono di bocca proprio mentre sfilano accanto al curatissimo ingresso del Caneel Bay Resort. Nessuna parte della struttura è visibile dal cancello d'ingresso, ma Cash immagina che sia alquanto opulenta. Come la villa di suo padre, solo più sexy. «Sei sposato.»

«Te l'ho già detto, io e Anna siamo separati» ripete Baker. «È tornata a casa, il giorno di Capodanno, non scherzo... tipo cinque minuti prima che chiamasse la mamma per darmi la notizia, e mi ha detto che intendeva lasciarmi. È innamorata di un'altra persona, dice.»

«Davvero?» Cash non ha mai pensato alla dottoressa Anna Schaffer come a una donna capace di "innamorarsi" di qualcuno, Baker compreso. L'aveva vista decisamente poco entusiasta alle nozze, e sapeva fino a che punto era schiava del lavoro. Gli altri venivano al secondo posto, e con un consistente distacco. Irene aveva espresso a lungo la preoccupazione che Anna non provasse sentimenti di affetto nemmeno per Floyd, il suo stesso figlio. «Di chi è innamorata?»

«Della dottoressa Louisa Rodriguez. Un'altra chirurga cardiotoracica. Amica e collega.»

«Luis?» Sembra perplesso. «O Louisa?»

«Louisa» conferma Baker. «Una donna.»

«Sul serio?» chiede Cash. «Anna è lesbica? Ce la vedo, in effetti.»

«Non sono sicuro sia il caso di affibbiarle un'etichetta. Forse prova solo dei sentimenti per Louisa nello specifico.»

«Mi sembra giusto» concorda Cash. In quel preciso istante, il suo telefono squilla e lui è convinto che sua madre stia chiamando per informarli che possono rientrare a casa. Chi altri potrebbe essere, in effetti? Quando vede il display, scuote il capo. C'è scritto "Anna". Un momento. Guarda Baker, poi di nuovo il cellulare. Sembra quasi che li abbia sentiti parlare di lei.

«Pronto?»

«Cash, sono Anna. Anna Schaffer. La moglie di Baker.»

«Ciao» dice Cash. Trova assai eloquente che lei senta il bisogno di spiegare chi è. A ogni modo, cerca di mantenere un tono di voce neutrale. «Come stai?»

«Sai dov'è Baker?» domanda lei. «È tutta la sera che lo chiamo ma non mi risponde.»

Cash sta quasi per dire: "Sì, è qui con me", ma qualcosa lo trattiene. «Va tutto bene?» domanda.

«Sì, è tutto okay. Puoi dirgli per favore che io e Floyd vi raggiungeremo domani? Atterriamo all'una e un quarto e dovremmo fare in tempo a prendere il traghetto delle due da Red Hook, in modo da essere a St John per le tre.»

A St John per le tre.

«Perfetto» dice, anche se non può credere alle proprie orecchie. Baker non gli ha appena detto di avere un appuntamento con Ayers per il giorno dopo?

«Mi raccomando, non dimenticare di avvisarlo» insiste Anna. «Baker non sa del nostro arrivo. Ma sono riuscita a sistemare le cose al lavoro solo all'ultimo.»

«Non lo dimenticherò» assicura Cash.

«Posso contare su di te?»

«Assolutamente.»

«Okay» conclude Anna. Sembra quasi felice, forse anche un po' su di giri. «Ci vediamo domani!»

Cash riattacca. Non riesce a credere che stia succedendo davvero. Proprio non può.

«Chi era?» gli domanda Baker.

«Eh?» dice Cash. «Nessuno.»

Huck

Questa è tra le cose più folli che abbia mai fatto. Lungo la strada, se lo sarà ripetuto almeno una dozzina di volte: "Per l'amor del cielo, fai inversione e torna a casa, al tuo libro e alla tua birra. Invischiarti con questa donna, con la moglie, non ti procurerà altro che guai. Rosie è morta e niente potrà riportarla indietro". La voce dentro la sua testa era ragionevole, forte e chiara; eppure, aveva continuato a guidare verso la costa nord fino al palo con le due strisce gialle, lungo la strada ripida e tortuosa – non c'erano altre case, solo vialetti fasulli che non portavano da nessuna parte, finché alla fine non aveva raggiunto il cancello, che qualcuno aveva lasciato aperto. Huck si era chiesto se quel bastardo avesse i soldi per comprarsi l'intera collina, giusto per essere sicuro di non avere vicini.

E poi aveva bussato alla porta.

Irene ha proprio un bell'aspetto. Non è un pensiero da fare a proposito della vedova di Russell Steele, ma è così. Huck è un uomo come gli altri, e non può non apprezzare i capelli castani che le ricadono lisci e umidi sulle spalle, l'abitino nero che lascia scoperti il collo e le braccia, e i suoi bei piedi.

È nervosa, gli sembra evidente: nell'accettare il rum, le mani le tremano. "Meglio farsi subito un goccio" pensa Huck. Perché mai Dio avrebbe donato l'alcol agli umani, se non per situazioni come quella?

Mentre Huck prepara il mahi, parlano del più e del meno. Irene versa il vino, il suo preferito, dice, di Napa, e lui commenta con un verso di generica approvazione, come se gli importasse davvero della provenienza del vino. Ha preparato formaggio e cracker, ma non tocca nulla, e lui si trattiene per educazione. O forse è scortese non mangiare? Non lo sa: si sarebbe dovuto rileggere Emily Post, prima di uscire di casa. Le chiede se ha un lavoro. Lei risponde di sì: è il vicedirettore di un qualcosa chiamato «Heartland Home & Style». È una rivista patinata, gli spiega, con centosettantacinquemila abbonati e duecentocinquantamila dollari di entrate pubblicitarie ogni mese.

«Una cosa tipo "Penthouse"?» chiede Huck.

La domanda le strappa una risata di cui lei stessa si sorprende, visto che si copre la bocca.

«Tutto okay» la tranquillizza Huck. «Ti è permesso.»

Ma è proprio la cosa più sbagliata che potesse dire, perché Irene sente gli occhi riempirsi di lacrime. Tuttavia, si ricompone con un respiro profondo. «Mi dispiace. È la gentilezza che mi stende.»

«Capito» dice Huck. «D'ora in avanti, cercherò di essere più stronzo.»

Irene sorride. «Grazie. A ogni modo, uno o due giorni prima che succedesse tutto questo... mi è capitata una cosa, al lavoro. Mi hanno nominata vicedirettore... Si trattava di una promozione, tecnicamente. Di fatto, però, è equivalsa a un licenziamento: mi hanno sollevato da tutti gli incarichi più importanti, privandomi di ogni facoltà decisionale...»

«Hanno fatto di te una direttrice... emerita» commenta Huck.

Irene sgrana gli occhi. «Precisamente.»

«Ti hanno concesso un titolo onorifico, nella speranza che tu ti dimetta.»

«Piuttosto che licenziarmi, cosa che avrebbe portato gli inserzionisti a fare casino, hanno agito con metodi subdoli.»

«Dovresti mollarli e trasferirti qui» le consiglia Huck.

«Ti assumerei come secondo. Te la cavi eccome con la canna da pesca.»

Irene ride di nuovo, anche se non di allegria. «Neanche per sogno» risponde.

Torna nelle sue grazie non appena porta in tavola il pesce. E rimane in attesa finché lei non lo assaggia.

«Wow» commenta.

«Sul serio? È buono?» chiede Huck.

Lei continua a mangiare e lui capisce l'antifona: non ha intenzione di pompare il suo ego. Assaggia anche lui: sì, il pesce è perfetto. Huck è un patito del pesce grigliato. Per come la vede lui, con il pesce hai una finestra di sessanta secondi. Se lo togli con un minuto d'anticipo, ancora traslucido, non è cotto a puntino. Ma è comunque preferibile a un minuto di ritardo, secondo lui. Un minuto di troppo, infatti, ed ecco che il pesce diventa secco. Tre generazioni di donne della famiglia Small – LeeAnn, Rosie e Maia – sono state educate da Huck sul pesce grigliato, tanto da diventare altrettanto esigenti. Il pesce di Huck è sempre perfetto, perché lui veglia sulla griglia come una guardia svizzera, e non c'è nulla che possa distrarlo. Il suo timore era proprio legato alle tante distrazioni, stasera, ma, sia lodato il cielo, il pesce è ottimo.

Irene mangia soltanto il pesce. Senza toccare la pasta e l'insalata nel piatto, si concede il bis. «Non ho molta fame» dice. «Ho voglia solo di mahi.»

«Perché lo hai pescato con le tue mani» dice Huck. «Perché lo hai tirato su dall'acqua azzurra e cristallina.» Incrocia il suo sguardo. «Ranocchietta pescatrice.»

Lei versa altro vino. Terminata la prima bottiglia, ne apre una seconda senza esitazioni. Va bene, allora, sarà quel genere di serata. Per il momento, Huck decide di tenere per sé tutte le domande che vorrebbe farle.

«Il bagno?» le chiede invece.

«Sul retro. Segui il breve corridoio dopo il soggiorno.»

Huck se la prende comoda. La casa è enorme, certo, ma l'arredamento è impersonale. Aveva sperato di coglierci qualcosa di Rosie, qualche indizio del fatto che vi avesse trascorso del tempo. Non ci sono fotografie né opere d'arte, a dire il vero. Sembra una villa qualsiasi presa in affitto. D'altro canto, però, Huck conclude che per Irene è meglio così. Quanto sarebbe stato spiacevole per lei dover vivere, anche per poco tempo, nel nido d'amore approntato da Russell Steele per l'amante?

Huck non sa di preciso quand'è che ha iniziato a prendere in considerazione i sentimenti di Irene. Forse dal momento in cui si è servita la seconda porzione di pesce.

Mentre si lava le mani, si guarda allo specchio e si pone la più difficile delle domande.

Rosie sapeva che l'Uomo Invisibile era sposato? Lui ha un bisogno disperato di credere che la risposta sia no, ma... andiamo! Steele si presenta qui una settimana o due al mese; per il resto del tempo è ufficialmente "al lavoro", ma non viene mai per il Ringraziamento o per Natale. Forse che in quei giorni lavora? No: è con la sua famiglia. L'altra famiglia, quella vera.

Rosie era una ragazza adorabile, non certo ingenua.

Quando torna in terrazza, Irene è in piedi vicino alla ringhiera, intenta a osservare il mare con un calice di vino in mano.

È arrivato il momento, immagina. La raggiunge.

«Parlami un po' dei tuoi figli» le dice.

Lei scuote il capo. No, non vuole parlargliene, o forse non ritiene che lo meriti. Ma alla fine inizia: «Baker ha trent'anni. Vive a Houston. È sposato con una cardiochirurga e ha un figlio di quattro anni di nome Floyd. Fa il papà a tempo pieno e manda avanti la casa. Si occupa di tutte le cose che io sbrigavo quando i ragazzi erano ancora piccoli. Nel frattempo, fa day-trading sui mercati tecnologici, ma è Anna a portare a casa il grosso dei soldi».

«E questa Anna... ci piace?» domanda Huck. A incuriosirlo è stato qualcosa nel modo in cui lei ha pronunciato il suo nome.

«Oh» risponde Irene. «È un tipo a posto.»
«È così terribile?»
«È un'eccellenza nel campo della chirurgia. Tra le migliori di Houston. E i pazienti la adorano. Ma non puoi dedicarti a una carriera così impegnativa senza sacrificare qualcosa sul piano personale.»
«E nel suo caso il sacrificio sarebbe...?»
«Non è mai a casa. Non è molto calata nel ruolo di madre per Floyd. È un tipo un po' freddo. Non è facile superare la sua corazza, suscitare una qualsiasi reazione umana da parte sua. Certo, a sua discolpa va detto che ha a che fare con la vita e la morte tutto il giorno, tutti i giorni, e perciò parlare con lei di pittura con le dita o scaramucce al parco giochi è inutile.»
«È un peccato» commenta Huck. «Io adoro ascoltare i dettagli della vita di ogni giorno di mia nipote Maia. Lei e la sua amica Joanie hanno deciso di iniziare un commercio di bombe da bagno. Le fanno con i profumi tropicali per venderle ai turisti. Ho dovuto ordinare i cristalli di acido citrico su Amazon; con tutta probabilità, passeranno diversi mesi prima che il pacco arrivi. Ma tengo in grande considerazione anche le piccole cose. Perché poi crescono e smettono di raccontartele.»
«Già» commenta Irene.
«Non intendevo dirottare la conversazione» prosegue Huck. «Raccontami dell'altro tuo figlio.»
«Cash» prosegue lei. «Abbreviazione per Cashman. Abbiamo dato ai ragazzi il cognome delle mie nonne da nubili. Cash possiede e gestisce due negozi di attrezzature sportive a Denver. Si chiamano Savage Season Outdoor Supply. È stato Russ a fornirgli il capitale iniziale: voleva vedergli fare altro nella vita, oltre che il maestro di sci.»
«Non c'è niente di male nell'insegnare a sciare alla gente» interviene Huck. «È un modo onesto di mantenersi.»
Se Irene coglie una punta di malizia nella sua voce, non lo dà a vedere.
«È quello che sono i miei figli. Bravi ragazzi. Non sanno

cosa farsene, di tutto questo. Sanno di Rosie, anche se non ne abbiamo parlato. Dovrei dire loro che lo so anch'io: probabilmente, li sgraverei di un peso. Il loro intento è quello di proteggermi, ne sono certa. Glielo dirò domani, credo.»

«È sempre meglio essere sinceri.»

«Davvero? Ho chiesto loro di lasciarmi la casa libera, stasera, perché venivi tu. Non sanno che ti ho contattato. Non sanno della pesca.» Irene beve l'ultimo sorso di vino. «È come se l'enorme segreto di Russ abbia portato ognuno di noi a mantenere, a sua volta, dei segreti più piccoli.» Guarda Huck negli occhi per la prima volta. O per la prima volta senza la guardia alzata. Ha occhi color blu acciaio, Irene. Color del mare in tempesta. «Non posso credere che tutto questo sia accaduto a me. E non posso credere di averti rintracciato, di averti costretto a portarmi a pesca con te e di averti invitato a cena.»

«Per quel che può valere,» dice Huck «sono felice che tu lo abbia fatto.»

«Sul serio?»

Avrebbe voglia di baciarla. Ma è troppo vecchio e fuori allenamento per intuire a quale accoglienza andrebbe incontro. Ne sarebbe felice, lei? O gli darebbe un ceffone?

La seconda delle due ipotesi, decide. Non è trascorsa nemmeno una settimana da che è rimasta vedova.

«Sì» risponde. «Lo sono.» Distoglie lo sguardo e lo punta su Jost Van Dyke e le sue luci che tremolano in lontananza. Certo che la vista non è niente male, da lassù.

«Dimmi quello che sai» lo prega Irene. «Raccontami di Rosie.»

«Va bene.»

Deve cominciare proprio dall'inizio?

È nuovo dell'isola, ma non nuovissimo. Ha la sua barca e ha il suo migliore amico, Rupert, a Coral Bay. Coral Bay è un'altra cosa rispetto alla città: lì la gente se ne sta per conto proprio, i caraibici come i bianchi. Onestamente, basta scendere dal lato opposto di Bordeaux Mountain per avere la sensazione di trovarsi su un'isola completamente diversa. Quando aveva voglia di vedere Rupert, Huck doveva guidare fino a Coral Bay perché lui, semplicemente, si rifiutava di spostarsi verso ovest. Si facevano una bevuta allo Skinny Legs o allo Shipwreck Landing e poi, mezzo sbronzo, Huck si rimetteva al volante per tornare a casa.

«Tieni la sinistra» gli diceva Rupert. «E fa' attenzione agli asini.»

Era stato a un barbecue sotto la luna piena in un posto chiamato Miss Lucy's che Rupert gli aveva presentato LeeAnn. C'era una steel band composta da tre elementi, e lei era proprio lì, ballava sull'erba davanti a lui. Amore a prima vista? Be', perché no.

LeeAnn aveva una figlia di quindici anni, molto bella, e questo significava guai. Il padre di Rosie se n'era andato anni prima, ma rimanevano i suoi parenti, e mentre LeeAnn lavorava come infermiera specializzata, a volte Rosie andava a trovare le zie e i cugini della famiglia Small a Coral Bay – o così diceva di fare. Aveva perso la testa per un certo Oscar, un poco di buono di ventiquattro anni di St Thomas. Oscar lavorava per la security delle crociere Princess – Huck sospettava rifornisse lo staff e i passeggeri di stupefacenti – ed era pieno di soldi di cui gli piaceva fare sfoggio. Guidava una Ducati e, ogni volta che ne aveva l'opportunità, veniva a St John per portare Rosie a fare un giro.

Una volta, Rosie era sgattaiolata a St Thomas per assistere alla Rolex Regatta. Aveva implorato LeeAnn perché la lasciasse andare, ma lei aveva detto di no, che era troppo piccola, argomento chiuso. Ma Rosie c'era andata lo stesso. Quando lo aveva scoperto, LeeAnn aveva mandato Huck a cercarla per riportarla a casa. All'epoca, stavano insieme solo da qualche mese e lui era totalmente infatuato. Avrebbe fatto qualsiasi cosa lei gli avesse chiesto, senza discutere, benché sapesse di non avere alcuna influenza su Rosie.

Così, aveva caricato il suo furgone sulla chiatta e poi aveva guidato fino al St Thomas Yacht Club, dove aveva pagato venticinque dollari per il parcheggio e altri cinque per un paio di birre da portarsi dietro mentre dava la caccia alla figlia di LeeAnn. Essendo nato e cresciuto alle Florida Keys, non era affatto nuovo alle regate. Erano eventi solo di nome legati alla vela: in realtà, avevano molto più a che vedere con l'alcol. Huck aveva ammirato la folla di ricconi che, cocktail in mano, ballavano i Rolling Stones, facendosi contagiare da quella baldoria gioiosa: esisteva forse un modo migliore di trascorrere il pomeriggio che bevendo rum e ballando sotto il sole dei Caraibi, mentre un manipolo di bianchi su imbarcazioni da cinque milioni di dollari cercava di venire a patti con il vento e con l'acqua in nome di un orologio dal prezzo esagerato?

Era cinico perché li invidiava. Aveva l'aria di essere una cosa divertente, e a lui toccava il ruolo del guastafeste.

Aveva trovato Rosie seduta in grembo a Oscar a un tavolo da picnic affollato di caraibici, tutti vestiti eleganti, tutti con un Rolex al polso. Stavano mangiando pollo al curry e zuppa di pesce. Huck era appena più grosso di Oscar, ma al tavolo c'erano altri signori più grossi di lui e Oscar insieme. E Rosie era con loro.

Huck non aveva visto altro modo di affrontare la questione se non di petto. Si era avvicinato al tavolo – gli uomini e Rosie parlavano in patois, e lui riusciva a stento a capire qualche parola – e aveva detto: «Rosie, sono venuto per riportarti a casa».

Lei, non lo aveva mai dimenticato, si era limitata a battere le palpebre pigramente e, senza scomporsi, si era accoccolata come un granchio di sabbia tra le braccia di Oscar. «Non vado da nessuna parte. Rimango qui.»

«No che non lo farai» aveva detto lui.

«Ehi, amico» era intervenuto Oscar. «Hai sentito la signora?»

«Non è una signora» aveva replicato lui. «Ha quindici anni.»

Quest'ultima frase aveva attirato l'attenzione degli altri uomini al tavolo. Avevano iniziato a emettere versi stupiti.

Oscar sapeva più o meno quanti anni aveva Rosie (tutt'al più, poteva immaginare che ne avesse sedici o diciassette). Gli altri, però, pensavano probabilmente ne avesse diciannove o venti, se non di più. Sfoggiava un ombretto blu iridescente e un top delle dimensioni di un fazzoletto.

Lui aveva squadrato le spalle. «Non me ne andrò senza di lei.» Non era in grado di stabilire fino a che punto suonasse intimidatorio, ma era stato in Vietnam ben prima che ciascuno di quei signori venisse al mondo e non avrebbe esitato a dimostrarglielo, se fosse stato necessario. «Mentre vi salutate, mi fumerò una sigaretta.»

Oscar aveva fatto scendere Rosie dalle sue gambe e si era messo a sussurrarle qualcosa dolcemente mentre lei piangeva. Era evidente che non aveva intenzione di scatenare una rissa, e lui si era sentito orgoglioso al pensiero di come si sarebbe sentita sollevata LeeAnn vedendoli comparire sul vialetto di casa. A patto che prima procurasse dei vestiti alla ragazza.

Era pronto ad affrontare la rabbia di Rosie. Lei era salita sul pick-up sbattendo la portiera così forte da farla quasi staccare. Lui non si era sorpreso. Mentre si immettevano sulla Route 322, con la musica che ancora si insinuava dal finestrino aperto, Rosie gli aveva detto: «Ti odio».

E nemmeno questo lo aveva sorpreso.

«Non so chi ti credi di essere. Forse ti consideri una specie di divinità perché sei bianco. Ma nessun bianco mi dice che cosa fare.»

«Si dice: "Ambasciator non porta pena". Sono venuto perché me l'ha chiesto tua madre. Lei doveva lavorare, e così ha mandato me. Se vuoi sapere come la penso, te la sei cavata a buon mercato.»

«Ti odio comunque» aveva concluso Rosie.

Ma Huck non crede che Irene abbia voglia o bisogno di sentire tutto questo, perciò dice soltanto: «Ho sposato LeeAnn quando Rosie era adolescente. Era una ragazza ribelle. Si vedeva con un caraibico più grande di lei, un certo

Oscar di St Thomas. La cosa si è trascinata per un bel po', fino a quando lui non è finito in galera».

«Adorabile» dice Irene.

«Non dirlo a me» replica Huck. «Si è ubriacato e ha accoltellato uno dei suoi amici. Anche se non a morte.»

«Rosie è andata all'università?»

«Sì, alla University of the Virgin Islands, a St Thomas. È buffo: mentre certi ragazzi cresciuti qui non vedono l'ora di andarsene, altri non sopportano l'idea di partire. Rosie apparteneva alla seconda categoria. Amava questo posto. Lei e sua madre litigavano come due galline affamate su un mucchietto di mangime, ma avevano un legame emotivo molto forte. Perciò è rimasta. Per un certo periodo, ha fatto la cameriera al Caneel Bay. Ed è stato lì che ha conosciuto il Pirata.»

«Il pirata?» dice Irene.

«È stato... vediamo... tredici anni fa, per il week-end di san Valentino. Un tizio, bianco e pieno di soldi, è arrivato qui a bordo del suo yacht per il fine settimana e le ha fatto perdere la testa.»

«Come si chiamava?» domanda Irene.

«Non lo abbiamo mai saputo. È sparito così come era arrivato. È stata solo l'avventura di un week-end. Ma Rosie lo chiamava "il Pirata" perché le aveva rubato il cuore.»

«Aveva dei precedenti...» dice Irene.

«Se ti riferisci alle scelte sbagliate in fatto di uomini, la risposta è sì» risponde Huck. «A dire il vero, all'epoca ho sospettato che quella del Pirata fosse una storia inventata. Pensavo che, uscito Oscar dal carcere, Rosie fosse tornata con lui. Ma la bambina è nata con la pelle chiara. Nessun dubbio che il padre fosse bianco.»

Irene indietreggia di mezzo centimetro. «Bambina?»

«Maia» conferma Huck. «La figlia di Rosie. Mia nipote. Ha dodici anni.»

«Oh» dice Irene. «Non avevo... Non avevo capito che...» Poi comincia a piangere in silenzio. Huck tira fuori dalla tasca un fazzoletto, che altro non è che una bandana che gli piace portare al collo quando va a pesca, e glielo porge. Lei lo scuote sulla ringhiera, come per salutare le persone care imbarcatesi su un transatlantico, prima di tamponarsi gli occhi. «Mi dispiace. Non avevo capito che Rosie avesse lasciato una figlia.»

«È questa la cosa più tragica» dice Huck. «Io sono vecchio, so cosa significa perdere qualcuno. Ma Maia...»

«Ha dodici anni, hai detto? E non ha mai conosciuto il padre? Perciò aveva soltanto Rosie?»

«Rosie e me» dice Huck. «E ora soltanto me. Ma c'è tanta gente pronta a farsi avanti. Maia non resterà mai sola. Non importa se dovrò rimanere in vita fino a cent'anni.»

«Quand'è che è entrato in scena Russ?» domanda Irene.

«Non saprei dirlo con certezza...»

«Ma se dovessi fare una supposizione? Sull'atto c'è scritto che l'acquisto di questa casa risale a tre anni fa. La loro relazione andava avanti da *tre anni*?»

Ecco che la situazione si fa spinosa, pensa Huck. E che gli tocca pentirsi amaramente di aver concesso a questa donna anche solo di posare un piede sulla sua barca. Finora, si sono comportati come se stessero dalla medesima parte. E lo sono davvero, in un certo senso. Sono entrambi in lutto. Sono entrambi sopravvissuti ai loro cari.

Ma Huck è la famiglia di Rosie, e Irene quella di Russ. E ognuno dei due vorrebbe attribuire tutta la colpa dell'accaduto all'altra parte. Lei vorrebbe far sembrare *tre anni* come qualcosa di quasi inconcepibile, ma lui sa benissimo che la relazione era stata molto più lunga. Rosie aveva conosciuto l'Uomo Invisibile subito dopo la morte di LeeAnn, cinque anni prima.

«Davvero, non lo so, Irene» dice Huck. «Tutto quello che so sulla loro relazione potrei scriverlo sull'unghia del pollice... e mi rimarrebbe spazio per aggiungere la Costituzione degli Stati Uniti. Rosie non mi diceva praticamente nulla. E, come ho già detto, non ho mai avuto il piacere di conoscere...»

«Mio marito.»

«Il signor Steele.» Huck si schiarisce la gola. «Tuo marito.»
Irene torna al tavolo, si versa dell'altro vino e guarda Huck da sopra il bordo del bicchiere, come nel tentativo di capire se sta dicendo o meno la verità.

Sì, è sincero. Sa che suona strano. Perché *era* una cosa strana. E parte del lavorio che si agita in lui è dovuto al senso di colpa. Avrebbe dovuto contrastare quella relazione sul nascere; o, almeno, rimuovere il velo di segretezza che la avvolgeva. Ma, come ha precisato, Rosie aveva conosciuto quell'uomo subito dopo la morte di LeeAnn, quando lui, Huck, non era minimamente nelle condizioni di intervenire. Quella di LeeAnn era stata una lunga malattia, certo, e perciò la sua morte non era stata un fulmine a ciel sereno. Tuttavia, lui si era sentito come se gli avessero amputato metà del corpo.

Ed era stato felice di sapere che Rosie aveva conosciuto qualcuno in grado di distrarla dal dolore. Quando si era reso conto di quanto fosse malata quella relazione, era ormai troppo tardi. Rosie era innamorata. Perdutamente.

«Avrei dovuto fare di più» dice. «Avrei dovuto cercare di mettere un freno. Ingaggiare un investigatore privato.»

Irene appoggia il bicchiere con un gesto delicato e lascia cadere le mani lungo i fianchi.

«Sei venuto fin quassù» gli dice. «È più di quanto avrebbero fatto molti uomini.»

"È vero" pensa lui. Ma si trattiene dal dirlo.

Irene si avvicina e gli prende una mano.

«Verresti di sopra con me?»

Lui non sa cosa dire.

«Ho bisogno del tuo aiuto per una cosa» chiarisce lei.

Huck segue Irene su per le scale, mentre la mente gli va a mille. Gli sta facendo delle avance? L'aiuto di cui ha bisogno consiste nello sfilarle il vestito? Sta andando tutto un po' troppo in fretta, per lui. Ma non si tirerà indietro. Lei è una vedova affranta e lui ha perso la figlia. Ora che si è potuto concedere di tornare indietro nel tempo, ha capito che Rosie era diventata sua figlia nel momento in cui l'aveva portata via da quella regata. O forse quando aveva sganciato altri venti bigliettoni per una maglietta celebrativa dell'evento con cui coprire il minuscolo top che indossava. O forse quando lei gli aveva detto di odiarlo.

Irene ha bisogno di contatto fisico e lo stesso vale per lui, non è forse così? E tutto si può dire tranne che non sia una donna attraente.

Percorrono un lungo corridoio bianco con il soffitto a volta e le travi a vista. Ci sono stanze da letto su entrambi i lati. Huck sbircia oltre ogni porta. Sono tutte simili: sembra di stare in un albergo di lusso. Alla fine del corridoio, una porta chiusa. Irene abbassa la maniglia. Serve la chiave.

«Quando siamo arrivati qui, giovedì, abbiamo trovato la casa vuota» dice. «Tutti gli oggetti personali erano stati tolti. I vestiti di Russ, spariti. Tutte le carte del suo ufficio, idem. Qualcuno era venuto per eliminare ogni traccia. Il suo socio in affari, probabilmente: Todd Croft. Mai sentito nominare?»

«No» risponde Huck, scuotendo il capo.

«Questa porta è chiusa. E io speravo che tu potessi forzarla.»

«Va bene» dice Huck. La porta è in legno massello, la maniglia pesante. Non c'è nulla di economico, in questa casa. «Non hai chiesto ai tuoi figli?»

«No» ammette Irene. «E ovviamente a loro non è venuta la curiosità di controllare, perché nessuno dei due se n'è accorto. Ho paura di quello che troveremo dall'altra parte.»

Huck dà una spallata alla porta. È un tipo massiccio, ma buttare giù quella porta va oltre le sue possibilità. Dovrà forzare la serratura. Il lato positivo del possedere una barca da quarant'anni è che impari ad arrangiarti. E lui è campione mondiale dell'arrangiarsi.

«Hai una forcina per capelli?» le chiede.

«Sì. Un attimo.»

Pochi istanti dopo, ritorna con una vecchia, robusta forcina che sembra presa direttamente dalla testa di Eleanor

Roosevelt. Huck deve trafficare un po' – non ha gli occhiali e il vino gli ha dato un po' alla testa –, ma poi, finalmente, arriva il *click*. La serratura ha ceduto. Esita un attimo prima di ruotare la maniglia, perché anche lui ha paura di cosa li aspetta lì dentro. Altri cadaveri? Fucili d'assalto e casse piene di soldi? Chi era Russell Steele, e in cosa era immischiato? Con tutta evidenza, Irene non ne aveva idea.

Huck apre la porta e le prime parole che gli vengono in mente sono un verso di *Sugar Magnolia*: "Sunshine, daydream". È una stanza con un imponente letto a baldacchino bianco decorato con cuscini color turchese e viola. La carta da parati è un turbinio di viola, verde e turchese con un effetto tie-dye. Ci sono un pouf color piumino da cipria, una scrivania e una toletta. A Maia piacerebbe un sacco, pensa Huck. Poi vede appunto le lettere dipinte per tutta la lunghezza di una parete. M.A.I.A.

«Oh» dice. «È la stanza di Maia.»

Irene gli scivola accanto e comincia a curiosare in giro. Spazzola e pettine sulla toletta, un flaconcino di lozione al burro di karité. Sul comodino, un libro, *The Hate U Give. Il coraggio della verità*. Huck vorrebbe difendere la privacy di Maia; ha solo dodici anni, è vero, ma merita rispetto. E capisce come mai la porta era chiusa: perché era stato impossibile "disfare" la stanza in così poco tempo.

Come deve sentirsi Irene avendo scoperto che il marito aveva allestito una stanza per la figlia della sua amante? È altro sale sparso sulla ferita? Huck suppone di sì, anche se personalmente è felice di sapere che Maia aveva uno spazio tutto suo in questa casa. Sarà il campione di sua nipote fino in fondo.

«Non credo possa esserci alcunché di così importante, qui dentro» dice. «Non ne ha mai parlato.»

Irene si gira verso di lui. «Hai una sua foto?»

«Una foto di Maia? Sì, certo.» Huck tira fuori il telefono dalla tasca. Eccola lì, in primo piano, è il suo screen saver.

Irene prende il cellulare e studia la foto con attenzione. Huck si aspetta di sentirle dire quanto è carina Maia, quanto è deliziosa, anzi, e di un'eleganza rara per la sua età.

Ma, quando solleva il capo, i suoi occhi blu ghiaccio sono spaventati.

Come se avesse appena visto un fantasma.

"No" pensa Huck. "Ti prego, no."

Baker

Non può farsi venire a prendere da Ayers alla villa – ha sufficiente buonsenso per rendersi conto di questo, almeno – e perciò le dice che si farà trovare al punto panoramico su Trunk Bay.

«Non capisco» ribatte Ayers. «Perché non posso venire direttamente a casa tua?»

Per quanto ne sa lui, Ayers è andata alla villa di suo padre con Rosie. Perciò non vuole correre rischi. «Odio essere quello con le cattive notizie» le dice. «Ma anche Cash ha una cotta per te, e credo che vederti arrivare lì per portarmi in spiaggia sarebbe davvero… poco carino. Ci vediamo al punto panoramico su Trunk Bay alle dieci.»

La sua non è proprio una bugia: Cash ha *davvero* un debole per Ayers. In effetti, quando lo incontra in polo e costume con un paio di asciugamani presi dalla piscina della villa, Cash scuote il capo.

«Non posso crederci.»

«Non è una fuga d'amore. Stiamo andando in spiaggia.»

«Se lo fosse, d'altronde, infrangeresti la legge. Sei *sposato*, Baker.»

Baker abbassa il tono di voce. Non sa se sua madre è sveglia. «Te l'ho già detto: Anna mi ha lasciato. È innamorata di Louisa Rodriguez. Non ricordi questa conversazione? Eri troppo sbronzo?»

«Mi ricordo. Ma...»

"Ma" pensa Baker "sei geloso."

«Non sa chi sei, giusto?» domanda Cash. «Chi *siamo*?»

«No. Non gliel'ho detto.»

«Se solo sapesse chi sei, non uscirebbe con te» continua. «E prima o poi lo scoprirà. Dovresti fare un passo indietro adesso per risparmiarti il dolore in seguito.»

Baker avverte la morsa fastidiosa della coscienza. «Non dirmi cosa devo fare.»

«D'accordo. Quando rientri?»

«Aveva già un impegno per le tre. Sarò a casa intorno a quell'ora.»

«Per "impegno" intendi un altro appuntamento?»

«Non me l'ha detto.»

Cash prende due banane dalla ciotola della frutta, le separa e ne cede una al fratello. «Devo sbrigare una cosa, a quell'ora. Perché non ti fai lasciare da Ayers all'High Tide, quel bar all'aperto al molo dei traghetti? Possiamo bere una birra al volo, così mi dirai com'è andata.»

Qualcosa in questa storia suona un po' sospetto. «Che genere di cosa devi sbrigare?» gli chiede.

«Una roba noiosa. Devo ritirare una cosa che arriva dagli States.»

Soldi, si augura Baker. Il nome Cash è alquanto ironico, visto che suo fratello è il figlio di puttana più spiantato che abbia mai conosciuto. In ogni caso, quest'appuntamento con lui al molo dei traghetti gli risparmia un'altra scusa per impedire ad Ayers di accompagnarlo a casa.

«Va bene. Ci vediamo all'High Tide per le tre. E ti racconterò com'è andata la giornata.»

Mentre si inerpica per l'irragionevolmente ripida collina fino al belvedere su Trunk Bay, nella calura via via crescente del mattino – gli alisei, ormai ha imparato, montano solo nel pomeriggio –, Baker non può evitare una serie di pensieri fastidiosi. Suo padre è morto e l'elenco di domande – quasi tutte senza risposta – che ruotano intorno alla sua scomparsa è infinito. Da un lato, sente in tutta onestà di averci provato: ha fatto chiamate e lasciato messaggi, ancora e ancora. A parte assumere un investigatore privato – un passo che sua madre non si è sentita di compiere – ha fatto tutto quello che era in suo potere. Dall'altro lato, i suoi tentativi gli sembrano ben poca cosa. Non merita certo una giornata in spiaggia. Dovrebbe restarsene a casa per sostenere sua madre, che lei lo voglia o no.

Poi ci sono altre questioni relative al fatto che Ayers non sa chi sia e – come sottolineato con forza da Cash – alla non trascurabile scocciatura di essere ancora sposato con Anna e, dunque, non proprio nella posizione migliore per infilarsi in una nuova relazione.

Tutti pensieri che spazza via dicendosi: "Pazienza, vado comunque". Sarà solo mezza giornata di svago. Quanto a suo fratello, poi, dopo un giorno intero sulla *Treasure Island,* non può certo fargli la morale.

Baker raggiunge il punto panoramico ansimando: deve rimettersi in forma! Abbassa lo sguardo sulla mezzaluna bianca di Trunk Bay e sull'elegante cornice di palme che la delimita. Pensa di scattare una foto da inviare ad Anna perché possa mostrarla a Floyd – metà del divertimento insito in una vista mozzafiato sta appunto nel dimostrare agli altri di averne goduto –, ma poi conclude che è meglio non darle modo di dubitare delle reali motivazioni del suo viaggio mentre lei passa tutto il giorno a salvare vite. E comunque non avrebbe il tempo perché, proprio in quell'istante, il furgoncino verde di Ayers gli si ferma accanto.

Baker si stringe sul sedile del passeggero; l'abitacolo è risicato, le ginocchia toccano anche portando il sedile tutto indietro.

«Il tuo primo giro su Edie» dice Ayers. «Sono contenta di vedere che ci stai. Ero un po' in pensiero.»

In effetti, non ci sta *affatto* – è tutto ingobbito e ha le gambe doloranti –, ma è così felice di averla accanto che non gli importa. «Edie? È così che si chiama il furgone?»

«È il diminutivo di Edith» dice Ayers. «È stata Rosie a

dargli questo nome. Quando era piccola aveva un geco dello stesso colore.»

«Capito» dice Baker. Dal momento che davanti non c'è spazio per il suo zaino, lo mette dietro, tenendo d'occhio nervosamente ora un lato ora l'altro, preoccupato che possa volare via ogni volta che Ayers abborda le curve ripide e tortuose a una velocità folle.

«Non preoccuparti» lo rassicura lei. «Il tuo zaino è al sicuro. Mi sono fermata da Sam & Jack's per i sandwich. Ne ho comprati tre perché non sapevo quale preferissi, e ho preso anche un po' di patatine fatte in casa e dei cetriolini. E ho pure fatto un salto all'Our Market per i frullati!»

Baker abbassa lo sguardo su due bicchieri di plastica, uno rosa, l'altro di un giallo pallido. Troppo nervoso per mangiare la banana offertagli da Cash al mattino, l'aveva gettata alle iguane lungo la strada. Adesso, però, sta morendo di fame e di sete.

«Qual è il mio?» domanda.

«Scegli tu» risponde Ayers. «Fragola-papaya o mango-ananas.» Poi alza il volume della musica e Baker si sorprende a canticchiare *Upside Down* di Jack Johnson. Perché lui Jack Johnson lo ha sempre *odiato*, in effetti, quasi al punto da meditare una vendetta personale nei suoi confronti, dal momento che una delle sue ex ai tempi della Northwestern, Trinity, lo amava da impazzire. Tanto che non andava a letto con lui se in sottofondo non c'era un pezzo di Jack Johnson. Inutile aggiungere che questa cosa lo ingelosiva e che, sulla spinta della gelosia, lo aveva etichettato come sopravvalutato. Adesso, però, seduto accanto ad Ayers che canta con gioioso abbandono, non sempre intonata, riesce a coglierne appieno il fascino. È una musica allegra, luminosa e senza pretese. Una musica da spiaggia, allo stesso modo in cui quella di Billie Holiday è una musica da domeniche piovose e quella di George Thorogood è una musica da bevute al bar. Grazie alle ore passate a letto con Trinity, Baker conosce tutte le parole a memoria. Prende il frullato mango-ananas – delizioso – e trova magicamente una sistemazione per le gambe che gli permette di rilassarsi. Ha fatto bene a venire, pensa. Si sente felice.

Dopo una serie infinita di tornanti, si ritrovano sulla Centerline Road. A destra si apre un panorama strabiliante di acque turchesi e montagne di smeraldo.

«Coral Bay» dice Ayers. «Affettuosamente nota come l'Altra Metà del Mondo.»

Scendono per una nuova serie di curve a gomito finché non incontrano un segnale di Stop, un incrocio e un minuscolo centro abitato il cui porticciolo è gremito di barche.

«Da quella parte c'è lo Skinny Legs» dice Ayers, indicando a sinistra. «Un posto leggendario. Vorrei poterti dire che ci fermeremo a bere qualcosa, sulla via del ritorno, ma probabilmente non ne avremo il tempo.» Quindi svolta a destra e superano un cottage di legno colorato, l'emporio Love City Miny Mart e un ristorante, Aqua Bistro. «Gli onion ring più buoni sulla faccia della terra» puntualizza Ayers. Poi schiaccia sull'acceleratore e, nell'abbordare una curva di gran carriera, per poco non va a sbattere contro tre asini bianchi fermi sul ciglio della strada.

«Asini!» grida, e sulle prime Baker pensa che sia sorpresa quanto lui di vederli. Che cosa ci fanno tre asini sul ciglio della strada? Ayers accosta e i quadrupedi si avvicinano senza fretta. Poi lei si sporge dal lato di Baker, sfiorandogli la gamba con un braccio e scatenandogli una scossa elettrica fino al cuore, e tira fuori dal vano portaoggetti una mela avvizzita.

«Fa' come dico, non quello che faccio. Non dovremmo dar loro da mangiare.» Ayers allunga la mela dal finestrino e uno degli asini la mangia direttamente dal suo palmo. Poi, guardando gli altri due, lei sospira: «Mi dispiace, ragazzi, ne avevo soltanto una, purtroppo!».

Quando ripartono, Baker chiede: «Di chi sono quegli asini? Li *conosci*?».

«Sull'isola vive una popolazione di asini selvatici. Il mio preferito l'ho chiamato Van Gogh perché ha solo un orecchio, e tengo sempre una mela da parte per lui. Ma volevo farteli vedere da vicino. Non puoi dire di essere stato a St John, se non hai visto gli asini!» Solleva le mani, raggiante, e Baker spera con tutto il cuore che questa gioia dipenda da lui. Sopra il bikini bianco, indossa un copricostume a uncinetto dello stesso colore, e ha raccolto i capelli biondi in una crocchia disordinata. È così bella da far male, tanto più che tiene una mela nel vano portaoggetti per un asino con un orecchio solo. Baker non riesce a immaginare qualcuno più innamorato di lui di Ayers Wilson in quel preciso momento.

Sente un ronzio sulla gamba e il suono dei bonghi. Il cellulare. Con una nuova contorsione, riesce a sfilarselo dalla tasca. "Anna" c'è scritto sul display. Si affretta a silenziarlo e poi decide di spegnerlo. Potendo, lo getterebbe dal finestrino. Di ritorno a casa, la sera prima, si era accorto di sei chiamate perse da parte di Anna, ma non c'era alcun messaggio in segreteria. Anna non lascia mai messaggi in segreteria: sa che è fin troppo facile ignorarla.

"Che c'è?" le aveva scritto appena sveglio, al mattino, ma il suo messaggio era caduto nel vuoto: la tipica punizione di Anna per non aver risposto al telefono. Ma lui non *aveva voglia* di parlare con lei al telefono e, ora che gli aveva detto di essersi innamorata di Louisa Rodriguez, Anna non aveva più alcun diritto di decidere come e quando dovessero comunicare.

«Chi era?» domanda Ayers.

«Mio fratello» si affretta a rispondere Baker. «Probabilmente voleva ricordarmi che dobbiamo vederci all'High Tide per le tre, o comunque quando rientriamo. Avevo dimenticato di chiedertelo: per te è un problema? Potresti lasciarmi all'High Tide?»

«Per me va bene.»

Finalmente arrivano alla spiaggia e, come previsto, il loro è l'unico veicolo nei paraggi.

«A volte c'è qualcuno che fa snorkeling» spiega Ayers. «Non oggi, per fortuna.»

Sul retro del furgone ci sono due sedie da spiaggia, il pranzo al sacco e due materassini. Portano tutto sulla "spiaggia", una mezzaluna di ciottoli blu. Baker non ne ha mai vista una simile. Benché sia un po' complicato camminarci, Ayers procede a passo sicuro e Baker cerca di tenerle dietro. Poi lei sistema le sedie, posa l'occorrente per il pranzo all'ombra delle sedie stesse e si sfila il copricostume: è come se cadesse il velo che copre un'opera d'arte.

Afferrato un materassino, si avvicina all'acqua, un catino di azzurro cristallino.

«Quando sei pronto, vieni qui» gli dice.

«Oh, ma io sono prontissimo» replica Baker. Si toglie la polo, mette l'orologio e il cellulare nello zaino, si spalma un po' di crema solare sul viso, sperando di riuscire a stenderla bene. Non c'è nulla di più respingente – così gli hanno detto le mogli della scuola – che una mancanza di cura in un uomo: peli sulla schiena, denti gialli, unghie dei piedi lunghe. Tutto questo lo ha fatto diventare estremamente attento al modo in cui si presenta.

Baker agguanta l'altro materassino. L'acqua sembra invitante, ma la spiaggia è in discesa ed è difficile muoversi sui sassi, anche perché sono così caldi da ustionare. Alla fine, decide di correre, sperando di non rompersi una caviglia, per poi tuffarsi insieme al materassino. La cosa funziona, più o meno: è in acqua, adesso. Deve aver fatto una figuraccia, probabilmente. Ha sollevato uno schizzo enorme e generato una serie di onde che raggiungono Ayers. Lei ride di cuore.

«Vieni qua» gli dice di nuovo.

Lui si avvicina sguazzando e poi si gira sulla schiena senza troppe difficoltà. Ayers lo prende per mano e così, insieme, si abbandonano alle acque della baia. Da lì, Baker ha modo di apprezzare meglio la spiaggia. Oltre i ciottoli crescono sterpaglie e sporadiche palme, ed è racchiusa da affioramenti rocciosi. Il silenzio è assoluto. Potrebbero essere gli ultimi due esseri umani rimasti sul pianeta.

Baker chiude gli occhi, sente il calore del sole sulla pelle. È magnifico. Dovrebbe andare al mare più spesso. Perché non lo fa? Probabilmente, perché la spiaggia più vicina a Houston è Galveston, con le sue acque color marrone fango. A Floyd piace un sacco, naturalmente, e vorrebbe andarci ogni volta che non c'è scuola. Ma questo perché non conosce niente di meglio. Ad Anguilla, durante il viaggio di nozze, Anna era stata punta da una medusa la prima volta che si erano tuffati nelle acque di Meads Bay, ragion per cui avevano trascorso il resto della settimana nella piscina del resort.

Quando lui e Cash erano bambini, una volta li avevano portati in Giamaica. Suo padre era entusiasta del viaggio, ma, dal momento che all'epoca faceva ancora il venditore di sciroppo di mais, avevano un budget limitato: ci era arrivato persino lui, benché avesse soltanto dieci anni. Avevano soggiornato in un albergo poco distante dall'aeroporto, e durante i primi giorni aveva piovuto a dirotto. Baker ricorda di aver guardato la televisione proprio come avrebbe fatto a casa. Suo padre usciva sul balconcino ogni volta che la pioggia scemava, pensando che stesse per smettere. E invece non smetteva mai. Alla fine, aveva ceduto e aveva allungato loro tre dollari a testa perché li spendessero ai videogame nella hall, anche se la mamma li considerava deleteri. Ben presto, però, lui e suo fratello si erano stancati del flipper e di Pac-Man e avevano deciso di sgattaiolare fuori dall'albergo. Attraversata di corsa una strada trafficata, si erano intrufolati in un autentico villaggio giamaicano, uno di quelli in cui la gente vendeva le palline fatte all'uncinetto per il footbag e copie pirata dei dischi di Bob Marley. Un capretto cuoceva su una griglia e un tizio suonava la chitarra cantando in una lingua che lui e Cash capivano appena. I loro genitori li avevano ritrovati lì. Inizialmente in panico, Irene era poi scoppiata in lacrime per il sollievo, prima di infuriarsi come mai Baker le aveva visto fare. Il giorno dopo, quando finalmente era spuntato il sole, non aveva comunque cambiato i suoi piani: era rimasta chiusa in camera. Ma Russ, volendo evitare che la vacanza si risolvesse in un fallimento totale, aveva noleggiato un'auto per portare lui e suo fratello alle cascate del fiume Dunn; di ritorno, avevano fatto tappa alla spiaggia di Laughing Waters. Baker ricorda la corsa verso le onde, tra urla e spruzzi, con suo padre al suo fianco eccitato come un ragazzino. Poi si erano asciugati con gli asciugamani logori presi dall'albergo e si erano fermati da Scotchie's a mangiare pollo piccante e riso. A Baker sembra quasi di rivedere Russ, felice dopo una giornata di sole, buttar giù una Red Stripe per stemperare le spezie. Suo padre era stato felice. E aveva amato i tropici.

«Mio padre amava i tropici» mormora Baker.

«Davvero?» dice Ayers. «Che lavoro faceva?»

«Non saprei di preciso. Era nel mondo della finanza.»

Appena ha finito di pronunciare queste parole, Baker sente il rumore di un tuffo. Ayers ha mollato il materassino per tuffarsi in acqua. Il tempo di un battito di ciglia ed ecco che sul materassino atterrano prima il pezzo di sopra e poi quello di sotto del suo bikini.

«Wow» esclama Baker. «Aspetta un attimo.»

Lei si allontana a nuoto, lasciandogli il materassino e nient'altro da fare se non intravedere le curve del suo corpo sotto il pelo dell'acqua. Lui guarda di nuovo la spiaggia: nessuno in vista.

«Torna qui» le dice.

Lei si gira sulla schiena, così da far affiorare i seni. Sono piccoli e sodi, i capezzoli turgidi. Baker è così eccitato da star male. I magnifici seni di Ayers luccicano umidi sotto il sole. E sta succedendo davvero, nella vita reale: non riesce nemmeno a crederci e non sa bene cosa fare. Decide infine di sacrificare i materassini; tornerà a prenderli dopo. Scivola via, si sfila il costume sott'acqua e gode di questa sua nudità caraibica.

È liberatoria. Avverte come un senso di appartenenza. Nuota da Ayers. Lei galleggia, lo sta aspettando.

Si baciano per qualche istante, poi lei affonda la mano per accarezzarlo; la sensazione del suo tocco caldo nell'acqua fresca è quasi insostenibile, sta per esplodere ma no, non vuole che vada così.

«Torniamo in spiaggia» le dice. Comincia a nuotare, sperando che lei gli vada dietro, ma uscendo dall'acqua per ritrovarsi sulle pietre roventi si rende conto del fatto che sarà un incubo logistico. Perché non aveva scelto una spiaggia di sabbia? Probabilmente perché le spiagge di sabbia sono frequentate mentre quelle di ciottoli – su cui è quasi impossibile camminare, figurarsi farci sesso – sono deserte.

Baker si siede su una delle sedie a sdraio e fa girare Ayers per poi farla sedere sulle proprie gambe. Lei lo lascia scivolare dentro di sé e la sensazione è così assurda da risultare indescrivibile. Lui non è mai stato tanto consapevole del proprio corpo; ogni cellula è pervasa dal desiderio, ogni terminazione nervosa vibra impazzita.

«Ferma così» le dice. Si sporge in avanti per toccarle il seno con delicatezza. Poi la spinge giù, su di sé, gemendo. È una dea. Vuole che lo distrugga, che lo fagociti: vuole essere lei.

Ayers si solleva appena, poi gli scivola ancora addosso e Baker cerca di controllarsi, di concentrarsi sul tepore del sole che sente sul collo e sulla schiena, mentre le appoggia le mani sui fianchi.

Divina.

E poi, senza nessun preavviso, la terra trema e viene loro incontro, e Baker si ritrova scaraventato all'indietro. Il dolore è istantaneo, brusco.

La sedia ha ceduto sotto il loro peso. Ayers balza in piedi di scatto, prende i teli e gliene lancia uno. "No!" si dice Baker. "Non può finire così!" Gli viene la nausea. Ayers si copre con l'asciugamano e si volta a guardare: com'era prevedibile, un'altra auto si è fermata sul piazzale.

«Aspettami qui» gli dice. «Torno subito.» Raggiunge la battigia, lascia cadere il telo e si tuffa nell'acqua bassa che lambisce la spiaggia. Raggiunge a nuoto i materassini, finiti in fondo alla baia, contro le rocce.

Con l'asciugamano intorno alla vita, Baker aggiusta la sedia e poi rivolge un cenno ai due che si avvicinano con pinne e maschera. Ayers, intanto, si è rimessa il costume.

«Che giornata splendida» gli dice l'uomo, andando verso di lui. In tutta la sua vita, Baker non ha mai odiato nessuno più di così.

«Già!»

Piano B: raccolgono le loro cose, risalgono sul furgone e fanno il breve tratto di strada fino a Salt Pond.

«Il lato positivo è che possiamo fare snorkeling con le tartarughe!» dice Ayers.

«Fantastico» commenta lui, ma non può certo nascondere la tremenda delusione. Sesso, ecco che cosa vuole: sesso. I trenta secondi dentro di lei non sono abbastanza. Ma dove possono andare? Il furgoncino non è un'opzione: è troppo piccolo. Ogni sua velleità si affloscia non appena Ayers si ferma in un altro parcheggio, stavolta gremito di auto.

«Prima facciamo un bagno» dice Ayers. «E poi mangiamo.» Non sembra affatto turbata dalla loro disavventura, e Baker si sforza di capire se è un buon segno oppure no. Forse non le è piaciuto poi così tanto, forse era anche scomoda, con i piedi sui ciottoli roventi. Forse è rimasta così mortificata dal crollo improvviso della sedia che la sua maniera di gestire la situazione è fingere che non sia mai accaduto. Baker concorda con l'ultima opzione. Devono resettare tutto, ricominciare da capo. La terza volta sarà quella buona. Non appena lo lascerà all'High Tide, contatterà il Caneel e prenoterà una stanza.

La breve passeggiata fino a Salt Pond lo tira un po' su. È sempre stato un tipo sportivo, capace di affrontare gli ostacoli e andare avanti, e questa situazione non fa eccezione. Lui porta le sedie e il suo zaino e Ayers il loro pranzo e l'attrezzatura per lo snorkeling. Ha maschera, boccaglio e pinne anche per lui, visto che il suo ex li ha lasciati a casa sua quando ha traslocato. E la sportività di Baker si spinge fino al punto di accettare con tranquillità di usare l'attrezzatura di Mick. Intende addirittura godersela: dopotutto, gli ha risparmiato il fastidio del noleggio e le pinne sono della misura giusta.

Ayers cammina nell'acqua poco profonda, si sistema la maschera e gli rivolge un sorriso. Poi si tuffa e Baker la segue.

Quando era piccolo gli è capitato di usare la maschera in piscina, ma mai in mare aperto (avevano programmato di fare snorkeling, ad Anguilla, ma alla fine Anna aveva bocciato l'idea). Ma se lo ha fatto Cash, allora può farlo anche lui. Suo fratello è più bravo con gli sci ai piedi, ma in acqua non c'è confronto. Si tuffa dietro Ayers e in poco tempo la raggiunge.

L'acqua è limpida; il fondale di sabbia bianca è coperto di posidonia. Continuano a nuotare per un po', allontanandosi da riva, e Baker si aspetta di vedere qualche cambiamento nello scenario. Cash, in effetti, gli aveva descritto "città" di coralli variopinti e migliaia di pesci multicolori. Ma lui vede soltanto sabbia e posidonia, oltre al corpo di Ayers, una visione più dolce di qualsiasi cosa Jacques Cousteau possa mai essersi sognato.

E poi le sente emettere un mugolio. Ora sta gesticolando in maniera forsennata, indicandogli un punto davanti a loro… e che possa venirgli un accidente: a pochi metri da lì, una tartaruga sta mangiucchiando le alghe. Una tartaruga, in tutto e per tutto simile a Scorza di *Alla ricerca di Nemo*. Cioè, sarebbe il contrario, in effetti: Scorza è un cartone mentre questa qui è vera, è natura allo stato puro! Floyd sarebbe… be', rimarrebbe sbalordito.

Ayers continua a nuotare e Baker le tiene dietro, salutando con un cenno Scorza, studiando i motivi del carapace e osservando il modo in cui il collo si allunga mentre banchetta sulle alghe. Ayers si imbatte in un'altra tartaruga, stavolta con un piccolo: Scorza *e* Guizzo! A Floyd piacerebbe un sacco! Ayers si avvicina alla coppia padre-figlio, e lui la imita. È così vicino che potrebbe toccare il carapace del padre, ma immagina sia contro le regole, un po' come dare da mangiare agli asini. Così, si accontenta di stare loro accanto, finché non si immergono di nuovo per mangiare e Ayers non gli prende la mano, riportandolo in superficie.

«Figo, eh?» gli dice dopo essersi tolta la maschera.

«Fichissimo! Non riesco a credere di averle viste così, mentre… se ne vanno in giro tranquille.»

«Vivono qui.» Lo attira a sé per baciarlo, cosa che lo rende molto, molto felice, e poi dice: «Facciamo a chi arriva prima a riva. Ho una fame da lupi».

Siedono su un telo sotto il sole e mangiano i sandwich – tacchino e rucola per Ayers, roast beef e salsa barbecue per Baker. Quando finisce il suo, lei si sdraia. «Adesso farò un pisolino. Poi credo sarà ora di andare.»

"Andare?" pensa Baker. Ma ha ragione, sono già le due meno un quarto. La giornata è volata e il loro appuntamento è quasi finito, perciò dovrà chiederle del Caneel mentre tornano. Per l'indomani sera, se è libera.

Ayers chiude gli occhi e Baker la guarda dormire appoggiato su un gomito.

In macchina, Baker è preda di una cupa malinconia. A parte il contrattempo con la sedia, è stato un appuntamento fantastico e gli dispiace che stia per finire. «Sei sicura di non poter venire a cena con me, stasera?» le chiede.

«Sicurissima» risponde lei.

«Perché devi vedere un altro» insiste Baker. «Ma dimmi solo una cosa: è più grosso di me?»

La risata di Ayers è musicale come una campanella. Lui la adora. Così come adora quelle sue braccia lisce e abbronzate. E il tintinnio dei suoi braccialetti d'argento: cinque in tutto, altrettante variazioni dell'amo di St John, compreso uno personalizzato con un "8", perché ogni anno, a febbraio, partecipa a una corsa chiamata "8 Tuff Miles" che si svolge per tutta la lunghezza della diabolicamente tortuosa Centerline Road, da Cruz Bay fino a Coral Bay. Il traguardo della competizione è all'altezza dello Skinny Legs, che proprio a questa circostanza deve il suo nome (certe cose cominciano finalmente ad apparirgli chiare). Adora i suoi riccioli biondi, il suo spirito avventuroso, i suoi gusti musicali e il suo entusiasmo per la natura.

«Ho un altro impegno» conferma. «Non ti dirò di cosa si tratta, ma non devi sentirti minacciato.»

«Mi sento minacciato eccome» ammette lui. «Non voglio dividerti con nessuno.»

«Ehi, adesso! Non pensi che le cose stiano andando un po' troppo in fretta?»

«Scusa. È solo che sono stato davvero bene, oggi. Mi piace stare con te.»

«Sono stata bene anch'io. Ma rimani pur sempre un turista, perciò non possiamo essere troppo seri. Pensiamo a divertirci fintanto che rimarrai qui, va bene? Senza metterci in mezzo troppi sentimenti.»

Per Baker è come un dardo avvelenato al cuore. Niente sentimenti? Lui non è altro che *sentimenti*.

«No no, *non* evitiamo di metterci in mezzo i sentimenti» replica. «A parte tutto, non so nemmeno quando partirò. Potrei rimanere ancora.»

«Ah, sì?» Ayers sembra sorpresa. «Non hai un biglietto di ritorno?»

«È aperto.»

«Davvero?»

«Davvero.»

«Perché hai preso un biglietto aperto? Voglio dire: mi rendo conto che non hai un lavoro tradizionale, ma hai pur sempre un bambino, no?, e una vita a... Austin?»

«Houston.»

«Abbiamo trascorso una giornata magnifica» continua Ayers. «Ed è stato esattamente ciò di cui avevo bisogno. Ma ci conosciamo appena. E non capisco perché tu non voglia farmi venire alla tua villa. È come se nascondessi qualcosa.»

«Sei *tu* quella che nasconde qualcosa» replica Baker. «Non vuoi dirmi cosa devi fare stasera.»

Ayers sospira rumorosamente. «Hai presente Mick, il mio ex? Mi ha tradita. Mi diceva di trattenersi fino a tardi per "formare" Brigid, ma poi una volta sono andata al Beach Bar alle due di notte e li ho sorpresi insieme. *Decisamente* insieme. Perciò mi dispiace, ma non sono in grado di gestire un uomo che non sia assolutamente sincero e trasparente. Se hai dei segreti, va benissimo, è fantastico, buon per te, ma non sono interessata.» Gli sorride. «Sono serissima. Non lascerò mai più che qualcuno mi ferisca in quel modo.»

«Io non lo farei mai. Non lo farò mai.» Baker ha bisogno di rimanere nel presente di Ayers, nel futuro di Ayers, ma le sue parole lo inducono a considerare che deve dirle di suo padre. Gli basterebbe una frase: "Mio padre era Russell Steele". Ma teme che lei dia di matto, potrebbe persino abbandonarlo sul ciglio della strada. Il momento giusto per rivelarglielo era stato il primo incontro, mentre erano seduti nel parcheggio. Ma la situazione era troppo prematura: erano al rinfresco in memoria di Rosie. Aveva fatto bene a tenere la bocca chiusa, allora. Avrebbe potuto dirglielo la sera prima, in spiaggia. Quella è stata un'occasione mancata. E adesso non vuole dirglielo perché non si è ancora innamorata di lui. La convincerà ad andare al Caneel Bay, decide, starà con lei come si deve, farà in modo che si innamori di lui, e *solo allora* glielo dirà. Così Ayers non avrà altra scelta se non quella di elaborare e accettare la situazione. Potrebbe persino non importarle.

D'accordo, non è così ingenuo: le importerà eccome. Ma è comunque convinto che sia meglio aspettare.

«Voglio portarti al Caneel Bay» le dice. «Portarti a cena, prenotare una stanza e passare la notte insieme. Lo faresti? Quand'è che avrai la prossima sera libera?»

«Al Caneel?» ripete lei. Tutt'a un tratto si spoglia dell'atteggiamento da dura per illuminarsi in volto. A quanto pare, ha pronunciato la formula magica. «Non ci sono mai stata, ma mi piacerebbe tanto! E l'ossobuco dello ZoZo's, il ristorante, è semplicemente... wow, sei proprio sicuro di volerlo fare? Non è esattamente a buon mercato.»

«Non importa. È un capriccio. Tu te lo meriti. E a me piacerebbe passare una notte senza mia madre e mio fratello.»

«E a me piacerebbe un sacco passare una notte con un condizionatore funzionante» scherza Ayers. «Possiamo tenerlo tutto sparato?»

«Sparato al massimo» conferma lui. «Quando avrai la sera libera?»

«Domani. Lavoro sulla *Treasure Island*, ma rientrerò verso le quattro.»

«Allora prenoto» conclude Baker. «E ti aspetterò lì intorno alle cinque.»

«Probabilmente non dovrei accettare un appuntamento così eccessivo con un turista» commenta Ayers. «Ma la tentazione è troppo forte per resistere. E giovedì non dovrò essere a La Tapa prima delle quattro, perciò potremo dormire fino a tardi… che ne dici di un late check-out?»

«Tutto quello che vuoi. Colazione a letto, nuotata di mezzanotte, una maratona di film con Adam Sandler…»

Ayers gli prende la mano. «Non ci posso credere. Grazie. Io…»

«Non dire altro. Sta per succedere. Caneel Bay, domani sera.»

Alle tre in città non ci si muove per via del traffico. Un traghetto ha appena scaricato i passeggeri, le barche sono rientrate in porto dopo i tour delle isole, l'happy hour al Woody's sta per iniziare e… sì, Cruz Bay è un autentico carnaio.

«Per te va bene se ti lascio qui?» gli chiede Ayers. Sono di fronte a un ristorante, il Dog House Pub. «Così evito di fare tutto il giro. Ho una certa fretta, davvero.»

«Nessun problema» risponde Baker. «Ma dammi il tempo di recuperare lo zaino da dietro, prima di ripartire.» Si china per salutarla con un bacio, che però si protrae finché il tassista dietro di loro non suona il clacson. Ayers lo allontana. «Ora vai» gli dice. «Ci vediamo domani alle cinque.»

«Grazie per il pranzo» continua lui. Proprio non vuole saperne di scendere.

«Sì, sì! Adesso vai!»

Baker salta giù dal furgone, agguanta lo zaino, mima un bacio in direzione di Ayers e poi un altro al tassista contrariato. È così felice che gira l'angolo e affronta la discesa verso il molo dei traghetti quasi fluttuando nell'aria. L'High Tide è proprio lì accanto.

Il Caneel. Deve chiamare il Caneel. E se fossero al completo? È alta stagione, ma è anche vero che le vacanze sono finite. Avranno di certo una stanza. È disposto a sborsare qualsiasi cifra.

Baker entra a grandi passi nell'High Tide, quasi sperando che Cash sia un po' in ritardo – così da avere il tempo di bere qualcosa e riordinare le idee, e magari occuparsi della prenotazione. Ma niente da fare. Cash è già arrivato, impossibile confondere la sua chioma folta e bionda. Baker batte le palpebre: accanto a Cash c'è una donna che assomiglia vagamente ad Anna. Ha i capelli lunghi e neri, come lei, ma li porta slegati e indossa un top color lavanda. Sta bevendo quello che ha l'aria di essere un margarita.

Non può essere Anna.

Ma poi Cash gli rivolge un cenno, la donna si gira e Baker sente salire un'ondata di nausea. "Scappa!" pensa. "Nasconditi!" Sente una voce familiare e due piccole braccia gli stringono le gambe.

«Papi, papi, papi, siamo arrivati!» esclama la voce.

Istintivamente, Baker si china per prendere in braccio il figlio.

Irene

Andato via Huck – e richiusa la porta della stanza di Maia –, Irene lava i piatti, prende un Lorazepam, poi un altro, e infine si mette a letto.

Si sveglia presto, prestissimo, il cielo comincia appena ad assumere una sfumatura rosata. Si alza e affronta gli ottanta gradini che la conducono alla spiaggia. Si siede su una delle sdraio arancione.

Adesso, almeno, sa perché ce ne sono tre: una per Russ, una per Rosie e l'altra per Maia.

La figlia di suo marito.

Irene si toglie il top e i pantaloncini con cui ha dormito. Entra in acqua e comincia a nuotare.

Ha imparato a nuotare nelle acque del Clarke Lake, nella contea di Door, in Wisconsin, che poi è anche dove ha imparato a pescare. Le acque del Clarke Lake hanno poco in comune con i Caraibi, eppure nuotare le schiarisce la mente, proprio come nell'estate in cui aveva sedici anni. Quella era stata l'estate in cui aveva visto la sua famiglia andare in pezzi. Sua nonna, Olga, stava morendo di cancro ai polmoni nel grazioso, vecchio cottage fronte lago in cui lei aveva trascorso tutte le estati della sua vita. Avrebbe tanto voluto partecipare ai falò con la sua migliore amica delle vacanze estive, Caris, ascoltare i Lynyrd Skynyrd e parlare con Davey Longeran, che aveva appena acquistato la sua prima auto, una Pontiac Firebird. Avrebbe voluto guidare la Firebird di Davey sulle strade della contea di Door più di quanto desiderasse veder sorgere il sole al mattino. Ma era costretta in casa con sua madre, Mary, e sua sorella, la zia Ruth. Sua madre e sua zia non la smettevano di litigare per stabilire chi delle due facesse di più per la nonna e chi fosse la più amata. A lei venivano affidati i compiti di infimo livello: vuotare il vaso da notte e il secchio in cui la nonna espettorava, lavare le lenzuola sporche e appenderle, andare in bici – quattro chilometri e sette a tratta sotto il sole rovente – fino alla farmacia, dove di tanto in tanto il signor Abernathy le chiedeva di "fare una giravolta" per mostrargli com'era cresciuta.

Quando suo padre si faceva vivo, nel fine settimana, uscivano in barca per pescare persici e lucioperche, e lui la sollevava da quei compiti spiacevoli per farla nuotare nel lago. Nuotava a stile libero, le braccia a spingere forte, le gambe come propulsori, respirando ogni tre bracciate, da un lato e poi dall'altro.

Quel movimento le torna naturale, anche se è da un bel po' che non nuota veramente. Ha speso quasi centomila dollari per la piscina di dodici metri nel giardino della casa di Iowa City, ma ci faceva solo quello che Russ chiamava il "tuffo alla francese": si calava in acqua fino al collo per pochi secondi, sempre tenendo sollevata la treccia per non bagnarla; il cloro, infatti, conferiva ai suoi capelli una sfumatura verdastra. C'era stato un tempo – intorno alla metà degli anni Novanta, forse – in cui aveva frequentato la piscina pubblica il lunedì, il mercoledì e il venerdì per fare le sue trentasei vasche in nome della forma fisica. Ma aveva resistito un paio di mesi, come di solito avviene per queste cose.

Sulle prime, punta verso Jost Van Dyke. Poi trova una distesa d'acqua calma e si dirige a est. Appena intravede la baia vicina, fa dietrofront.

Fintanto che nuota, non ha tempo di pensare ad altro che

non sia il suo cuore, i suoi polmoni, gli occhi che bruciano, le braccia e le gambe.

Le manca suo padre. Era un uomo di poche parole ma la adorava. E lei deve il proprio nome alla sua canzone preferita, *Goodnight, Irene*. Le manca anche sua madre, benché si fosse inasprita dopo che la nonna aveva lasciato la casa di Clarke Lake a zia Ruth. Sua madre non aveva perdonato nessuna delle due; e, l'ultima volta che aveva parlato con la sorella, era stato al funerale della nonna. Irene si è spesso domandata perché mai la nonna avesse preso la decisione di lasciare la casa a una figlia piuttosto che all'altra. Voleva davvero più bene a zia Ruth? O c'era semplicemente più affinità, allo stesso modo in cui lei si sente più vicina a Cash e Russ era più simile a Baker? Oppure era in pena per Ruth perché era single e non aveva figli, mentre sua madre, Mary, aveva un marito e una figlia? Forse la casa era soltanto un tentativo di rimediare alla sfortuna che aveva sempre perseguitato zia Ruth. Non lo saprà mai, così come non saprà mai il motivo che aveva spinto Russ a una menzogna così atroce. Le giunge quasi come una sorpresa tutta nuova la consapevolezza che, per quanto possiamo arrivare a conoscere il mondo, non abbiamo mai accesso al cuore o alla mente di un'altra persona.

Ripensa a quando aveva presentato Russ ai suoi genitori. Lui aveva fatto sfoggio della sua passione per Irene, inducendola a domandarsi come i suoi genitori, così riservati sotto il profilo emotivo, potessero considerare un uomo tanto esplicito circa i propri sentimenti. Sua madre, ricorda, le aveva detto: «Certo che quel ragazzo parla con il cuore in mano».

Prima delle rivelazioni catastrofiche dell'ultima settimana, lei era stata d'accordo con quell'affermazione: Russell Steele parlava con il cuore in mano. Solo che quello non era davvero il suo cuore.

Russ amava Rosie. Negarlo in nome dell'istinto di sopravvivenza sarebbe follia. "Perfetto" pensa. Può accettarlo, ma deve anche concedersi di essere ferita e arrabbiata.

E adesso quest'altra rivelazione.

Maia è la figlia di Russ.

Vedendo la foto sul cellulare di Huck, per poco non era svenuta. Quella ragazzina, benché avesse solo dodici anni e fosse per metà caraibica, era Russ. Era la sua copia sputata. Gli assomigliava più dei suoi due ragazzi.

È figlia di Russ.

«Non può essere» aveva detto Huck. «È stato anni prima...»

Aveva fatto un calcolo a ritroso. Maia aveva sette anni quando sua moglie, LeeAnn, era morta, e l'unica cosa che sapeva per certo era che Rosie aveva iniziato a frequentare "l'Uomo Invisibile", ovvero Russ, *dopo* la morte di LeeAnn. Quell'altro tizio, il padre di Maia, era arrivato prima.

«È figlia di Russ» aveva obiettato lei. Aveva mostrato a Huck la fotografia che aveva trovato sotto il materasso, solo che lì, in quella foto, Russ indossava un paio di occhiali da sole, perciò aveva dovuto fargliene vedere un'altra dal proprio cellulare. Aveva fatto scrolling fino a una foto dell'estate prima che li ritraeva insieme a una festa del giornale. Prima di mostrargli il cellulare, si era stupita nel constatare quanto sembrassero "normali" – lui con i bermuda e i capelli argentati, lei con la sua treccia e gli stessi abiti di quella sera. Aveva qualche ricordo speciale di quella festa? No, niente di particolare. Era stata, come sempre, una cosa alla buona. Lei aveva portato un'insalata di mais con aneto, pinoli tostati e parmigiano di cui tutti si erano detti entusiasti; il segreto, aveva svelato loro, stava nell'utilizzare mais appena raccolto. «Andate al chiosco all'uscita della I-80» aveva spiegato. «È molto meglio dell'Hy-Vee!» Aveva bevuto la sangria che Mavis Key aveva servito da un elaborato termos in vetro con il beccuccio in nickel e il supporto in ghisa, e alla fine si era sentita un tantino brilla. Lei e Russ avevano ballato sulle note di una band di bluegrass e, sulla strada del ritorno, lei si era addormentata in macchina. Era stata una delle tante serate da donna sposata, forse condita da un pizzico di risentimento verso i modi moderni e scintillanti di Mavis Key.

Guardando quella fotografia, Huck aveva serrato le labbra in una fessura sottile.

Irene continua a nuotare finché non sente le braccia stanche, allora torna alla spiaggia. Barcolla fuori dall'acqua, si avvolge in un telo e si china in avanti a fissarsi i piedi.

Maia ha dodici anni, è nata a novembre. Rosie aveva raccontato a Huck che il Pirata era arrivato a bordo di un "grosso yacht" durante il week-end di san Valentino e che si era trattenuto per quattro notti. Rosie serviva cocktail al Caneel Bay. Aveva servito al tavolo in cui sedevano il Pirata con i suoi "amici", lui era rimasto colpito e le cose si erano messe in moto. Poi, sempre secondo Rosie, se n'era andato il martedì per non farsi sentire mai più. Uno o due mesi dopo, quando aveva scoperto di essere incinta, aveva raccontato questa storia. Ma non aveva mai rivelato il nome dell'uomo. Sul certificato di nascita, così le ha spiegato Huck, lo spazio per il nome del padre era rimasto in bianco. «Ero all'ospedale quando è nata Maia» le ha detto. «L'ho visto con i miei occhi.»

Tredici anni di lì a un mese. Febbraio. Irene serra le palpebre e cerca di concentrarsi.

Quando, di preciso, Russ aveva accettato la proposta di lavoro di Todd Croft? Lei e Russ lo avevano incontrato per caso nella hall del Drake Hotel a Chicago. Erano in città per la festa di Natale organizzata dal principale cliente di Russ. Perciò era successo a dicembre… e Todd aveva chiamato Russ qualche settimana dopo.

Sì. Irene solleva il capo. Russ aveva preso un volo a febbraio, per un colloquio. La sede dell'incontro era l'ufficio di Todd, che a quanto aveva capito lei doveva trovarsi da qualche parte nel Sud della Florida: Miami, Boca, Palm Beach. Ed era stato a san Valentino, *in effetti*: e quell'anno cadeva nel week-end del Presidents' Day; avevano organizzato di andare in macchina fino a St Joseph, in Michigan, a sciare.

E, alla fine, c'era andata da sola con i ragazzi. Baker aveva conosciuto una ragazza ed era scomparso dalla circolazione, Cash le aveva fatto compagnia per cinque o sei discese, il primo giorno, per poi dedicarsi allo snowboard. Lei se n'era tornata in albergo, fantasticando di trovarsi a Vail o ad Aspen, e di rientrare in un rifugio con un caminetto scoppiettante, invece che all'Hampton Inn. E aveva desiderato fare un massaggio con le pietre calde, invece di accontentarsi di un bagno tiepido in una vasca angusta. Si era permessa quelle fantasie perché in quelle ore Russ stava sostenendo un colloquio per un nuovo lavoro, una nuova carriera. E aveva pregato perché ricevesse un'offerta. Aveva pregato tanto.

Il martedì o il mercoledì seguente, Russ era rientrato trionfante, sfoggiando la prima di tante abbronzature.

«Alla firma del contratto mi daranno un bonus da cinquantamila dollari» aveva annunciato.

Lei si era concessa un urlo inconsueto. In quel preciso momento, la sua considerazione per Russ era cambiata *per via dei soldi*. I loro sacrifici erano finiti. Adesso poteva buttare nel cassetto delle cianfrusaglie la busta piena di buoni per la spesa, e non doveva più armarsi di coraggio per affrontare la reazione di Russ quando arrivava il conto della carta di credito e veniva fuori che lei aveva speso cinquantacinque dollari per la maschera da sci di Cash.

Questo aveva pensato tredici anni prima: che non doveva più ritagliare coupon, che non doveva più avere paura quando porgeva la carta di credito a un negoziante. Non le era venuto in mente di chiedere a Russ come fosse andato il fine settimana, dove fosse stato, che cosa avesse fatto. Non gli aveva chiesto se avesse fatto rotta per le Virgin Islands su uno yacht, se avesse conosciuto una cameriera e l'avesse messa incinta.

A quanto pareva, però, le cose erano andate proprio così.

Quello che Irene non vuole è diventare schiava della propria rabbia e della propria gelosia. Non vuole diventare come sua madre.

"Li perdonerò" si dice ancora una volta. "Fosse anche l'ultima cosa che faccio." E potrebbe essere davvero l'ultima. Perché il fardello si fa sempre più pesante.

Una figlia. Una figlia di dodici anni, Maia Rose Small. Che frequenta la prima media alla Gifft Hill School di St John. Una studentessa modello, le ha detto Huck, con lo spirito da imprenditrice, tanto che sta avviando un'attività per produrre bombe da bagno ai profumi tropicali per i turisti.

Russ non aveva mai voluto una figlia. Entrambe le volte in cui era rimasta incinta, lui aveva sperato fosse un maschio, ed entrambe le volte era stato accontentato. Lei, invece, avrebbe voluto una bambina.

Ancora avvolta nel telo, risale gli ottanta gradini; ha le gambe così sfinite che le tremano. I ragazzi sono in cucina, ma lei fila dritta in camera sua.

Ha chiesto a Huck di farle conoscere la ragazzina, Maia. «Per favore» gli ha detto.

Lui ha risposto che ci avrebbe pensato: «Dammi un paio di giorni». È la risposta giusta, lo sa benissimo.

Ayers

Si ferma di fronte alla Gifft Hill School proprio nel momento in cui Maia sta uscendo e, appena la vede, la ragazzina si apre in un timido sorriso. Finalmente, Ayers può lasciare andare il respiro che tratteneva da quando era uscita dalla città per immettersi sulla Centerline Road. Temeva di arrivare in ritardo proprio la prima volta in cui Maia avrebbe dormito a casa sua, e tutto per colpa di un *turista* incredibilmente bello, sexy e affascinante.

Invece no: è qui come aveva promesso. In questo momento così tumultuoso per Maia, sarà per lei un sostegno saldo e affidabile.

Una delle mamme – Swan Seeley, la conosce perché ogni tanto è stata a cena al ristorante – si avvicina al finestrino e le dà una stretta al braccio.

«Sei venuta a prendere Maia? Sei. Davvero. Una. Persona. Fantastica.» Gli occhi le brillano. «Proprio ieri sera chiedevo a Beau: chi sarà la figura femminile di riferimento nella vita di Maia? Ne ha bisogno, sai... tutte le ragazzine hanno bisogno di un modello di comportamento. Specialmente. Di. Questi. Tempi. Perciò sono felice che questa figura sia tu, Ayers. Rosie è stata fortunata ad avere un'amica come te. Sei una fortuna per l'intera comunità.»

Ayers batte le palpebre per ricacciare indietro l'emozione. In privato, Rosie trovava le altre madri della Gifft Hill troppo sdolcinate per i suoi gusti, benché fosse poco gentile criticarle, dal momento che erano tutte. Così. Carine. Non andavano in giro truccate, acquistavano prodotti bio, vestivano tessuti naturali in colori neutri, facevano volontariato al rifugio per animali, esercitavano pressioni per un sistema di riciclaggio dei rifiuti più efficiente ed erano in genere tolleranti e piene di premure. Di tanto in tanto, una di queste madri si faceva viva a La Tapa, si scolava due bicchieri di vino e si rilassava un po', e quelle erano le volte in cui a Rosie andavano più a genio. Swan Seeley, Ayers lo sa per certo, apprezza persino qualche sporadica Marlboro.

«Ti ringrazio. Non c'erano dubbi. Maia è» afferra la coda di cavallo della ragazzina, che intanto è salita e le si è seduta accanto «la mia preferita.»

«Bene» dice Swan. È evidentemente sopraffatta e suo figlio, Colton, continua a strattonarla per il braccio. Eppure, sembra esitare a chiudere la conversazione, e Ayers teme la domanda che sta per arrivare. "Hanno capito come sono andate le cose?" Non ha alcuna intenzione di affrontare l'argomento davanti a Maia (ma nemmeno in disparte, in effetti), perciò saluta Swan con un cenno, mette in moto e torna sulla strada.

«Grazie per avermi salvata» dice Maia. Tira fuori il cellulare. «Sono stanca di sentirmi chiedere come va.»

Ayers è stupita, e forse anche un po' a disagio, nel constatare fino a che punto Maia sembra equilibrata. Si aspettava di vedere una ragazzina molto più triste, se non addirittura a pezzi. Si augura che non stia reprimendo i propri sentimenti, perché altrimenti, più avanti, potrebbero suppurare e trovare uno sfogo tossico, come lava di un vulcano. Vorrebbe chiederle come si sente, ma non le va che possa pensare che non la stia ascoltando. Maia ne ha abbastanza di quella domanda. Probabilmente, non vuole che la vedano come una dodicenne che ha appena perso la madre in modo tragico. Vuole essere vista come una dodicenne e basta.

«La signora Seeley stava offrendo il suo sostegno» dice Ayers. «È convinta che io sia un modello importante nella tua vita. Ah! Questo dimostra quanto poco mi conosca!» Nessuna risposta. Maia è nella tana del bianconiglio. Senza distogliere gli occhi dalla strada, Ayers le sfila il cellulare dalle mani e dice: «Ehi, dove si va? Happy hour al Woody's?».

«Pizzabar in Paradise» dice Maia. «E poi Scoops.»

«Pizza e gelato ai due lati opposti dell'isola» commenta Ayers. «Sento che ti stai approfittando di me perché sai che per te farei assolutamente qualsiasi cosa al mondo. Che cosa ti ha preparato Huck per pranzo?»

«Tu cosa pensi?»

«Un sandwich con gli avanzi di pesce con pane in cassetta imburrato?» azzarda Ayers.

Maia estrae un sacchetto di carta unta dallo zaino per farle annusare l'odore di pesce.

«Tanto per cominciare: butta via quel coso.»

«Ci sta» dice Maia. Rivuole indietro il telefono, e Ayers si rende conto di cosa significhi essere la madre di una teenager.

Arrivano al Pizzabar in Paradise alle tre e mezzo, ovvero a un orario in cui non mangerebbe nessuno se non una ragazzina di prima media con un pranzo puzzolente. Di conseguenza, il locale è tutto per loro. Maia ordina una Margherita. «Perché cambiare quando una cosa è perfetta?» dice.

Ayers è sul punto di ordinare una focaccia bianca, la preferita di Rosie. Potrebbe essere una specie di tributo, si dice, ma d'altro canto non vuole dare l'impressione che stia provando a *sostituire* Rosie. A parte tutto, non ha affatto fame. Ha già mangiato il sandwich con il tacchino sulla spiaggia.

«Pensi che sarei un cattivo modello, se ordinassi del vino?»

«Sei la mia mamma surrogata, adesso, no?» replica Maia. «E le mamme bevono vino.»

«I vantaggi del lavoro, immagino» commenta Ayers, cercando di sdrammatizzare. Fa un cenno a Colleen, il proprietario, e gli chiede un bicchiere di bianco della casa con ghiaccio. È un po' agitata, ha bisogno di rilassarsi. Dovrebbe chiedere a Maia come vanno le cose a scuola e a casa, e come *si sente*, ma è concentrata sul cellulare, e questo le concede qualche istante di libertà per pensare al turista.

Baker.

Passa un po' in rassegna i presunti fatti: Houston, il figlio Floyd, la moglie che l'ha lasciato, il fratello Cash, la madre nella villa misteriosa, il defunto padre che amava i tropici. Le viene in mente che, in effetti, non conosce il cognome di Baker. Ricorda che, al rinfresco, sul libro degli ospiti ha firmato solo con il nome, tanto che lei non ha potuto impedirsi di commentare con una battuta. Madonna. Cher.

Cash le ha detto il suo cognome? Ayers non lo sa. Ma sul registro della *Treasure Island* deve esserci per forza. Bisogna che si ricordi di controllare.

Sorseggia il vino, guardando Maia che scrolla una galleria di adolescenti come lei su musical.ly, e cerca di convincersi della superficialità dei propri sentimenti per il turista. Sì, è alto ed è super sexy; e, sì, è affascinante e di buon carattere, anche di fronte agli imprevisti. Il numero da circo del tentato rapporto sessuale in spiaggia, con il crollo della sdraio come evento culminante, avrebbe fiaccato la fiducia di chiunque. Ma Baker aveva recuperato da vero campione.

E adesso hanno un appuntamento al Caneel Bay. Ayers si vergogna un po' dell'eccitazione che ha in corpo, e non può fare a meno di ammonirsi con severità: *non deve* innamorarsi di un turista! Eppure, una notte insieme in un resort a cinque stelle come il Caneel, con una cena a lume di candela allo ZoZo's, una nuotata al chiaro di luna e una sessione di sesso disinibito e senza impedimenti, seguita da una colazione a letto con caffè americano e french toast alla banana potrebbero spingerla verso quel sentiero proibito. La sua vita è così priva di lussi e, certi giorni, persino di comodità, da rendere allettante una pazzia di questo tipo. Baker vuole trattarla come una regina, e quale afrodisiaco è più potente?

"Ecco com'è che il Pirata ha rubato il cuore di Rosie" si dice. "E lo stesso è avvenuto con l'Uomo Invisibile, dopo. Non è il lusso in sé, è più il fatto che qualcuno pensi che te lo meriti."

Arriva la pizza, calda e fragrante.

«Ne vuoi una fetta?» chiede Maia.

«Be'» risponde Ayers, perché, in effetti, chi può resistere a una pizza fumante?

Prende una fetta e i fili di mozzarella si allungano fino al suo piatto di carta. Poi emette un grido quando sente qualcosa di tiepido e peloso strisciarle contro le gambe. Abbassa lo sguardo e vede Gordon, il cane di Mick. Nel momento in cui risolleva il capo, si accorge che Maia ha gli occhi sgranati. Si aspetta di trovarsi Mick e Brigid alle spalle. Una frazione di secondo dopo, lo sgabello accanto al suo sfila via da sotto il tavolo e Mick ci si siede sopra, prima di agguantare una fetta di pizza.

«Ehi!» Una rapida occhiata ha confermato ad Ayers che Brigid non c'è. «Quella è di Maia!»

«È tutto a posto» interviene lei. «Puoi prenderne un po'.»

«È tutto a posto» le fa eco Mick, rivolgendosi ad Ayers. «Posso prenderne un po'.» Poi dà un pugnetto sul braccio a Maia. «Come te la passi, tesoro?»

Maia arrossisce e ad Ayers torna in mente il fatto che la ragazzina ha sempre avuto una cotta per Mick. Benché non sia bello nemmeno lontanamente quanto Baker, Mick ha quel qualcosa, una sorta di magnetismo, di mascolinità, un senso dell'umorismo sornione, che lo rende affascinante per le donne di ogni età.

«Sto bene» risponde Maia.

«Ah, sì? Sul serio? Io direi che stai più che bene. Direi che sei la ragazzina più in gamba di tutta l'isola.» Le strizza un occhio. «Oltre che la più carina, naturalmente.»

Maia gli porge un pugno da battere. «Ci sta.»

Mick scoppia a ridere e si gira verso Ayers. «Sì, direi che sta bene. Autostima intatta.»

«Che ci fai qui?» Senza nemmeno pensarci, Ayers si sorprende ad accarezzare Gordon, che chiude gli occhi in estasi. Nei suoi confronti, il cane prova quello che Maia sente per Mick: devozione pura.

«Ho fame» risponde Mick. Divora la sua fetta di pizza

in tre morsi e poi si sporge per afferrare quanto è rimasto di quella sul piatto di Ayers. Lei lo lascia fare. «Tra un'ora devo essere al lavoro.»

"Giusto" pensa Ayers. Le uniche persone che mangiano alle tre e mezzo del pomeriggio? Quelle che lavorano nella ristorazione.

«Allora, com'è andato l'appuntamento, ieri?»

«Quale appuntamento?» domanda Maia ad Ayers.

«Con un amico, Baker» risponde Ayers. «Siamo andati a cena.»

«Cavolate» dice Mick. «Ho fatto un salto al De' Coal Pot. Non eravate lì e non c'eravate nemmeno stati. Ho chiesto.»

«Siamo andati da un'altra parte.»

«Dove?» chiede Mick.

«Chi è Baker?» domanda Maia. «Lo conosco?»

«No» risponde Ayers. «Non è di qui. È venuto a trovarmi.»

«È un turista» chiarisce Mick.

Maia inclina il capo. «Pensavo che non uscissi con i turisti.»

«Ogni regola ha la sua eccezione.»

«Così, *ti vedi* davvero con quel tipo?» chiede Mick. «Sul serio? Ha l'aria di un... banchiere.»

Ayers trangugia il resto del suo vino. Ah, quanto vorrebbe ordinarne un altro bicchiere! Ma non può: deve guidare fino allo Scoops, all'estremità opposta dell'isola, e poi tornare a casa.

«Domani mi porta al Caneel Bay. L'albergo. Per la notte.»

Mick inarca un sopracciglio. «Ma dai? Be', allora è *davvero* un banchiere.»

«Non sono affari tuoi.»

«Sei geloso?» gli chiede Maia. «Sei ancora innamorato di Ayers?»

«Maia!» esclama Ayers.

«Sì» risponde Mick. Si gira verso Colleen per ordinare una pizza – prosciutto e peperoni, come sempre. Mick è un carnivoro praticante. «Sì. La amo ancora.»

«Mick, dacci un taglio.»

«La ami veramente?» insiste Maia.

«Sì, veramente.»

«Oh!» Maia sembra sorpresa. «Pensavo l'avessi mollata.»

«È stata Ayers a lasciare me, perché ho fatto una cosa sbagliata» spiega Mick. «Ho commesso un grosso errore di cui mi pentirò per il resto della vita. Ma solo perché ho commesso quell'errore non significa che non la amo.»

«L'amore è un casino» riassume Maia. «La mamma diceva sempre che l'amore è un casino, è complicato e ingiusto.» Alza gli occhi al cielo. «Prenderò una porzione di "no, grazie".»

Mick ride di nuovo, e Ayers chiede a Colleen una scatola in cui mettere quello che è avanzato della pizza di Maia.

«E con questo,» conclude «ce ne andiamo.»

«Ayers...» azzarda Mick.

Ayers si china a baciare Gordon tra gli occhi. Poi si gira verso Maia. «Pronta per il gelato?»

«Ci sta.»

Cash

È così galvanizzato dall'idea di sorprendere Baker con l'arrivo di Anna e Floyd da ignorare il fatto che avranno un altro momento critico da gestire.

Un momento critico di nome Irene.

Prima, però, Cash si concede un attimo per assaporare lo shock e l'evidente disagio di Baker alla vista di sua moglie e di suo figlio. Sembra *in trappola*. Perché lo *è*. Sarebbe stato perfetto se Baker avesse fatto il suo ingresso nel bar in compagnia di Ayers. No, sarebbe stato crudele per Floyd. E lui vuole evitare a ogni costo di coinvolgerlo. Ha appena imparato sulla sua pelle cosa significhi essere il figlio di un donnaiolo.

Se ad arrivare inaspettatamente fosse stato soltanto Floyd, la scena sarebbe stata toccante. Il bambino si aggrappa alle gambe di Baker e lui, benché in un primo momento appaia disorientato, lo stringe forte, lo bacia sulla guancia e poi rinnova la stretta. Cash deve ammetterlo: Baker è un buon padre, molto aperto nelle sue manifestazioni d'affetto, proprio come lo era stato il loro.

Baker e Floyd vanno a guardare l'acqua, e Cash si gira verso Anna. Sembra diversa, qui, sull'isola. Tiene i capelli sciolti, sulle spalle, ed è già al secondo margarita, perciò ha un'aria estremamente rilassata. L'ha mai vista così? Forse una volta, quando era stata a Breckenridge con Baker, ma in quell'occasione – lo ricorda distintamente – aveva sfogato la sua natura ipercompetitiva sugli sci. Era più veloce di Baker e tecnicamente più preparata di Cash, e questa superiorità l'aveva inorgoglita. Adesso la competitività si limita ai margarita da trangugiare, e in questo Cash può starle benissimo dietro, soprattutto perché ad attenderlo a casa c'è sua madre, completamente all'oscuro dell'arrivo di Anna e Floyd.

«Floyd ha sentito la sua mancanza» gli dice Anna. «È stato solo dopo la sua partenza che ho capito quanto faccia Baker: cucina, pulisce, fa la spesa e il bucato. Allena la squadra di basket di Floyd, la domenica lo porta al club di scacchi, fa parte del comitato per la raccolta fondi della scuola, tanto che il telefono continuava a squillare per via di tutta la gente che voleva donare cose per un'asta di cui non sapevo nulla. Non gli davo abbastanza meriti.»

«Mi ha detto che lo hai lasciato.» Cash tiene gli occhi puntati sul secondo margarita di Anna, ormai a metà.

«Me ne vado» conferma lei. «Gliel'ho detto pochi secondi prima che tua madre telefonasse per dargli la notizia.»

«Ah.» Avverte un moto di delusione per il fatto che Baker gli ha detto la verità. «È un... collega?»

«Louisa» chiarisce Anna. Poi solleva una mano. «Non chiedermi perché: non ne ho idea. Mi piacciono gli uomini, mi sento attratta dagli uomini. Questa cosa è venuta fuori dal nulla, ma è una cosa grossa ed è reale.»

«Non sarò certo io a giudicare. Ma c'è qualche possibilità che sia soltanto una fase? Qualche possibilità di salvare il matrimonio?»

«No. Ma possiamo salvare la famiglia. Ne sono sicura. Possiamo mantenere una relazione civile, con l'affidamento congiunto.»

Baker e Floyd ricompaiono. «Mi piacerebbe unirmi a voi per un drink,» interviene Baker «ma penso che dovremmo portare Floyd a casa. È accaldato.»

Anna tira fuori cinquanta dollari e li lascia sul bancone,

con grande sollievo di Cash. «Ho prenotato in un posto che si chiama St John Guest Suites» dice. «Non volevo dare per scontato che ci fosse posto per noi alla villa.»

«Oh, ma c'è spazio eccome» replica Cash. «Puoi annullare la prenotazione.» Poi pensa a Irene. «Oppure no... magari vuoi la tua privacy, e comunque potrebbero non restituirti i soldi.»

«Non rimborsabile» conferma lei. «Ma mi piacerebbe vedere il posto. E vostra madre, naturalmente.»

«Naturalmente» conclude Cash.

Cerca di inviare un messaggio alla madre per avvisarla del loro arrivo imminente, ma il cellulare non prende sulla strada litoranea nord. "Oh, fa niente" pensa. Irene ha superato shock più grossi di questo: se la caverà. Eppure, a rifletterci, proprio perché è reduce da uno shock così grande, non è carino infierire. Cash siede sul sedile posteriore della Jeep con Floyd, come se fosse anche lui un bambino. Invece è l'architetto di questo disastro. Solo lui sapeva che Floyd e Anna sarebbero arrivati. E avrebbe potuto – *avrebbe dovuto* – avvertire suo fratello e sua madre.

Baker gira a destra e l'auto risale il fianco della collina, fino al cancello che, dal loro arrivo, tengono sempre aperto. La casa compare alla vista.

«Un attimo» dice Anna. Si gira a guardare Baker. «È qui che state?»

«Questa è la villa» risponde lui senza scomporsi. «La villa di mio padre.»

«Non ci credo» commenta Anna.

Baker non ribatte. Parcheggia e scende dall'auto. «Forza, bello» dice a Floyd. «Ti va di fare un giro?»

Padre e figlio salgono i gradini di pietra che conducono alla terrazza principale, seguiti a breve distanza da Anna e Cash. Lei è palesemente sconvolta. Cash cerca di ricordare le sensazioni provate sei giorni prima, la prima volta che ha visto questo posto. Se adesso si è abituato, anche lui allora era rimasto di sasso.

«La cucina esterna» dice Baker. «La piscina, la vasca idromassaggio...»

«La piscina ha uno scivolo!» strilla Floyd. «Che finisce in un'altra piscina! Questa casa ha due piscine, una su e l'altra giù!»

Immobile, al centro della terrazza, Anna si gode il panorama. «Che cosa è successo?»

«Non ne siamo ancora sicuri» spiega Cash. «L'elicottero è precipitato in acque britanniche. Il capo di papà, Todd, ha dato il consenso perché il suo corpo venisse cremato. Stiamo aspettando le ceneri e un rapporto sulle indagini condotte sul sito dell'incidente, ma è una faccenda complicata perché la giurisdizione è in mano alle autorità britanniche, non all'aviazione federale o alla guardia costiera. Nell'incidente sono rimasti uccisi anche il pilota, di nazionalità britannica, e una donna di St John.»

«Una donna di St John?» ripete Anna. «Tuo padre aveva un'amante qui? Era *così* banale?»

«Credo che potrebbe esserlo stato, sì» ammette Cash.

Entrano in cucina e trovano Irene seduta al tavolo. Ha il capo appoggiato sulle braccia. Sta dormendo.

«La tua povera mamma» dice Anna. «Non svegliarla.»

Irene solleva la testa e batte le palpebre. «Oh.» Si alza e le porge una mano. «Salve. Sono Irene Steele.»

«Irene. Sono Anna. Anna Schaffer, la moglie di Baker.»

«Anna» ripete. «Che ci fai qui?» La domanda suona accusatoria, proprio come paventato da Cash, ma Anna indossa un'armatura pesante, su cui il tono di sua madre rimbalza.

«Ho portato Floyd» risponde, aprendo le braccia. «Mi dispiace così tanto! Immagino quanto debba essere tremendo per te.»

Irene la fissa per un istante e si rifugia tra le sue braccia, e Cash rimane stupito del fatto sia che sua madre accetti quel conforto sia che Anna lo stia offrendo. Al tempo stesso, però, prova un senso di sollievo.

Baker e Floyd compaiono in cucina e, dopo che il bimbo ha ricevuto un bacio e un abbraccio dalla nonna, il padre annuncia che intende portarlo a vedere la spiaggia.

«Va bene» acconsente Anna. «Poi, però, qualcuno dovrebbe accompagnarci in albergo.»

«Albergo?» Baker è sorpreso.

«Ho preso una suite in un boutique hotel a Chocolate Hole» spiega lei. «Mi dispiace, non sapevo quanto spazio ci fosse in casa.»

«Ci sono nove stanze da letto» interviene Irene. «Rimani, ti prego.»

«Floyd resta qui» dice Baker. «Anna può andare in albergo.» Così dicendo, prende il bambino per mano e lascia la cucina, chiudendo la porta con decisione.

Irene inarca le sopracciglia. «Che succede?»

«Io e Baker ci separiamo» risponde Anna. «Ho conosciuto un'altra persona. Un altro chirurgo all'ospedale, in realtà. Si chiama Louisa.»

Cash rimpiange di non aver preso un terzo margarita o persino un quarto, benché ammiri il candore di Anna nell'uscirsene con la pura e semplice verità. Il suo tono è pratico e non ha nemmeno un accenno di pentimento.

Irene apre la bocca, poi la richiude, infine scoppia a ridere. Cash fa una smorfia. Perché ha dovuto assistere a questa confessione? Perché non è andato in spiaggia con suo fratello e suo nipote, o non è corso di sopra, nella stanza degli ospiti che ha reclamato come sua, per nascondersi sotto le coperte? Perché deve starsene a guardare sua madre che ride per il coming out di Anna? Sta ridendo così forte, tra l'altro, da farsi venire le lacrime agli occhi. Cerca di fermarsi, ma fatica a prendere fiato.

«Mi dispiace» dice infine. «È solo che pensavo che nessuno al mondo potesse più cogliermi di sorpresa, ma tu ce l'hai fatta eccome. Stai lasciando Baker per una donna?»

«Una persona» ripete Anna, e Cash vorrebbe tanto applaudire. «Un altro medico che si dà il caso sia una donna, sì. Mi scuso del fatto di essere io a mandare a monte la famiglia, Irene, ma non intendo scusarmi perché Louisa è una donna.»

Irene annuisce. «Non volevo ridere di te. Sono concentrata su me stessa, in questi giorni, ma apprezzo la tua franchezza. Ti andrebbe di restare per cena?»

«Sono stanca. Ma ti ringrazio per averlo chiesto.»

«Forse è meglio così. Devo discutere con i ragazzi di una faccenda delicata.»

«Faccenda delicata?» domanda Cash. «Hai avuto novità?»

«Qualcosa del genere» risponde sua madre. Poi sorride ad Anna. «Grazie per aver portato Floyd. È stata una bella sorpresa. Ora, scusatemi» conclude, lasciando la cucina.

Quando si gira verso Cash, Anna si aspetta di vederlo arrabbiato o offeso. Quanto a lei, invece, è raggiante. «È andata molto meglio di quanto mi aspettassi» confessa.

Baker e Floyd risalgono dalla spiaggia e gli adulti convengono sul fatto che la cosa migliore da fare sia che gli uomini accompagnino Anna in albergo e poi passino a prendere la cena all'Uncle Joe's BBQ. Baker sembra nervoso, agitato. Guida come un matto fino al Chocolate Hole e, quando si ferma sul vialetto per permettere ad Anna di scendere, le chiede: «Per quante notti hai prenotato?».

«Due» risponde lei. «E pensavo che saresti tornato con noi.»

«No!» replica Baker, la voce come un martello. «Come puoi vedere, mia madre ha bisogno di me.»

«Di lei può prendersi cura Cash. Ma tu hai un bambino che ha bisogno di te. E anch'io ho bisogno di te.»

«Quello che intendi dire è che hai bisogno che io torni a casa e faccia il genitore perché tu sei troppo occupata per farlo.»

Cash rivolge un'occhiata a Floyd. Ha le cuffie nelle orecchie ed è totalmente preso dal suo iPad. Anche così, però...

«Non qui» interviene Cash. «Io non voglio sentirla, questa discussione. E nemmeno voi-sapete-chi.»

«Cash ha ragione» dice Anna.

«Non partirò tra due giorni» ribadisce Baker.

«Ne discuteremo più tardi.» Anna scende dalla Jeep, afferra la sua borsa e infila la testa nel finestrino posteriore. «Grazie per essere venuto a prenderci, Cash. Floyd, ci vediamo domani.» Il bambino non alza lo sguardo. Anna gli toglie una cuffietta dall'orecchio. «A domani.»

«Okay, ciao» risponde lui.

Forse non sarà proprio la più materna delle presenze, ma la cognata ha comunque qualcosa che colpisce Cash. La osserva mentre va a salutare i proprietari della struttura, trascinandosi dietro il trolley: è l'immagine di chi ha massima fiducia nei propri mezzi ed è intransigente quanto ai principi.

«Una persona» ha detto a sua madre. «Un altro medico che si dà il caso sia una donna.» Ridacchiando, Cash si sposta sul sedile anteriore, accanto al fratello.

«Non uccidermi» dice.

Ma Baker non è arrabbiato. Anzi, no: lo è eccome, ma la rabbia è secondaria rispetto al panico. Aveva detto ad Ayers che l'avrebbe portata al Caneel Bay: cena al ristorante, albergo, il pacchetto completo.

«Ho dovuto mandarle un messaggio e annullare tutto» spiega. Tiene la voce bassa, anche se Floyd ha ancora le cuffie nelle orecchie. «Le ho detto che nostra sorella è arrivata senza preavviso.»

«Nostra *sorella*?» esclama Cash. «Le hai *mentito*?»

«Non le ho mentito» replica Baker. «È tua sorella *acquisita*.»

«È mia *cognata*. È tua moglie.»

«Non potevo dirle che è arrivata mia moglie.»

«Ex moglie» dice Cash. «Avresti potuto dirle che la tua ex è spuntata dal nulla con vostro figlio e che hai bisogno di qualche giorno per sbrigare la cosa. Ayers è un tipo in gamba, avrebbe capito.»

«*Ayers è in gamba*» ripete Baker, scimmiottando il fratello. «Non hai la minima idea di quanto lo sia. Piantala di comportarti come se la conoscessi meglio di me.»

«Non stavo dicendo questo. Ma ci ho passato del tempo, e si dà il caso che lo pensi davvero. Ho fatto una mezza escursione con lei, e poi siamo stati insieme sulla *Treasure Island*. Lo so che per te sarà un duro colpo, ma le piaccio.»

«È possibilissimo che tu le piaccia» ribatte Baker. «Ma io le piaccio di più. E questo vale per tutte le donne, Cash, a cominciare da quel bocconcino di... come si chiamava?»

"Claire" pensa Cash.

«Claire» dice Baker. «Scommetto che non mi hai ancora perdonato per la storia di Claire.»

«Claire era la mia ragazza. E tu te la sei portata a letto: e non perché ti piacesse, ma solo per dimostrarmi che potevi farlo.»

«Tu sapevi che Anna e Floyd stavano arrivando» replica Baker. «E non me lo hai detto.»

«Lo avresti saputo da te, se solo avessi risposto al telefono.»

«Hai anche tu una cotta per Ayers. Ed è per questo che non mi hai detto dell'arrivo di Anna.»

«Non saresti dovuto uscire con Ayers» ribatte Cash. «Ti stai fingendo single anche se non lo sei affatto.»

Baker parcheggia davanti all'Uncle Joe's BBQ. «Prendi pollo e costolette» dice. «E qualcosa di contorno.»

«Mi servono i soldi» dice Cash.

«Stai scherzando. Ho pagato sempre io, durante il viaggio. Non hai tirato fuori il portafogli nemmeno una volta.»

«Ti ho già spiegato che la carta non mi funziona, qui.»

«Sono stronzate e lo sai benissimo. Qual è il problema? Hai un'attività tutta tua, giusto? Un'attività che papà ti ha servito su un piatto d'argento. I negozi non rendono?»

Cash fissa il cruscotto. Sta per picchiare il fratello. Stringe e riapre i pugni. Sono in centro, è pieno di gente e sul sedile posteriore c'è Floyd. Deve controllarsi.

«I negozi sono finiti a gambe all'aria» sbotta. «Andati. Sono proprietà delle banche, adesso.»

Baker scoppia a ridere, gettando indietro la testa. Cash scende dalla Jeep, ma invece di entrare da Uncle Joe's BBQ si precipita verso l'ufficio postale e il molo dei traghetti.

«Cash! Ehi, dove stai andando!» grida suo fratello dal finestrino. «Ascolta, mi dispiace!»

Ma lui non si gira. Si nasconde dietro un albero e aspetta che Baker gli passi accanto con l'auto senza vederlo.

Non è completamente al verde. Gli rimangono dodici dollari. E siccome c'è l'happy hour all'High Tide, gli basteranno per un margarita.

Un'ora dopo, è alticcio e risentito. Passa mentalmente in rassegna le odiose nefandezze snocciolate da Baker. "Hai anche tu una cotta per Ayers... Un'attività che papà ti ha servito su un piatto d'argento... io le piaccio di più. E questo vale per tutte le donne... I negozi non rendono?" Suo fratello si crede migliore. Lo ha sempre pensato, e forse un tempo lo credeva anche lui. Ma questa volta non l'avrà vinta. Nossignore.

Chiama Ayers al cellulare. Ricorda vagamente che dovrebbe avere un impegno, in serata – non lavorativo, di qualche altra natura –, ma lei risponde al secondo squillo.

«Cash?» dice. «Sei tu? Va tutto bene?»

Inspira dal naso. Si sforza di sembrare sobrio o, quanto meno, di parlare in maniera comprensibile. «Baker ha annullato il vostro appuntamento per domani sera?» le chiede. «Ti ha detto che è arrivata nostra sorella?»

«Sì. Non sapevo che ne aveste una. Nessuno dei due me ne aveva parlato, prima...»

«Perché non ne abbiamo. Baker ti ha mentito.»

«Ah.»

«Qualcuno è arrivato, ma si tratta di sua moglie, Anna. Che si è portata dietro il figlio, Floyd.»

«Ah» ripete Ayers. «Mi ha detto che avevano rotto. Che lei lo aveva lasciato.»

«Lo sta lasciando, sì» ammette Cash. «Questa parte è vera. Per un altro medico dell'ospedale in cui lavora come chirurgo. Ma adesso è qui con Floyd. Baker non sapeva del loro arrivo.»

«Non lo sapeva?»

«No, assolutamente. È stato colto alla sprovvista e non voleva che tu lo sapessi, perciò ti ha propinato la storia della sorella.»

«Capisco.»

«Sono un tantino sbronzo» continua Cash. Le sta parlando poco distante dal gazebo di Powell Park. È l'ora del tramonto e le zanzare lo stanno massacrando. «Pensi che potresti darmi uno strappo fino a casa?»

«Mi piacerebbe. Ma sono impegnata, mi dispiace.»

Cash inspira una boccata d'aria. È arrivato fin lì. Tanto vale andare fino in fondo. «Ayers, devo dirti una cosa. Sono innamorato di te.»

«Oh, Cash. Ti prego, non complicare le cose! Sei un ragazzo fantastico, sai che lo penso davvero...»

«Ma hai una cotta per Baker. Perché è così che vanno immancabilmente le cose. Le donne pensano che io sia un ragazzo fantastico, però poi finiscono sempre per prendersi una cotta per Baker!» Ora sta urlando tanto da attirare l'attenzione di una poliziotta, che attraversa la strada per raggiungerlo. «In ogni caso, non dovresti provare interesse per nessuno dei due, e sai perché?»

«No, perché?»

«Hai presente Russell Steele? L'Uomo Invisibile di Rosie?»

«Sì?» Sembra spaventata, adesso. «Sì?»

«Era nostro padre.» Poi riattacca.

Huck

Le cose difficili sono difficili. E non esiste un manuale di istruzioni quando c'è da fare il genitore – o, nel suo caso, il nonno acquisito – di una ragazzina di dodici anni.

La cena con Irene, invece che prendere una piega galante come aveva sperato, era culminata in un nuovo impiccio. Irene si era detta sicurissima del fatto che Maia fosse la figlia di suo marito, Russ. Lui si era mostrato scettico in proposito. Perché mai Rosie avrebbe dovuto tenerglielo nascosto? Perché avrebbe dovuto inventarsi la storia del Pirata e poi fingere che l'Uomo Invisibile fosse un'altra persona? Rosie era incline a drammatizzare. Non era da escludere che avesse voluto la sua vita popolata come un fumetto della Marvel.

Come prova di quanto sosteneva, Irene gli aveva mostrato una foto incorniciata: Rosie sdraiata su un'amaca insieme a un signore più maturo. Russell Steele. Nella foto, però, Russ indossava gli occhiali da sole. Qualcosa del suo volto ricordava Maia, ma senza vedere gli occhi non poteva esserne sicuro. Poi Irene aveva scorso le foto sul suo cellulare, fino a recuperarne una in cui il viso di suo marito si vedeva bene.

E, sì, non c'era modo di negarlo: Maia ha le stesse sopracciglia a mezzaluna, la stessa leggera curva del naso, lo stesso identico sorriso.

«Incredibile» aveva dovuto ammettere.

«È sua figlia» aveva ribadito Irene.

«Sì.»

«Già, lo vedi anche tu?»

«È impossibile non vederlo.» Aveva ripensato a quando lui e Ayers avevano comunicato a Maia che Rosie era morta. «Era con mio padre, allora. È morto anche lui?» Lo sapeva. Forse glielo avevano detto. Dodici anni sono abbastanza per capire. E questo spiegava anche perché Russell Steele provvedesse alle spese di Rosie e all'istruzione di Maia. Lui aveva controllato il saldo dei conti bancari di Rosie. Aveva settemila dollari sul conto corrente e la sbalorditiva somma di ottantacinquemila in risparmi, e sembrava ci fosse anche un qualche tipo di conto negli Stati Uniti. Gli sarebbe servito un avvocato per accedere a quei soldi come tutore di Maia, e sospettava di dover assumere anche la sua custodia legale, benché la diffidenza nei confronti degli avvocati e la totale avversione all'idea di pagare i loro esorbitanti compensi finora lo avessero trattenuto dal farlo. Quella della custodia legale era una questione irrilevante, o così aveva creduto. Nessuno, in tutta l'isola, si sarebbe opposto, nemmeno gli Small, i parenti del padre di Rosie. Perciò non aveva avvertito alcuna urgenza. Fino a questo momento, forse.

«Vorrei incontrarla» aveva detto Irene.

Non poteva più rimandare l'inevitabile: aveva avuto bisogno di una sigaretta.

«E io vorrei fumare.»

«Ti faccio compagnia.»

Erano usciti in terrazza e lui se ne era accesa una. Dopo la prima, agognata boccata, l'aveva passata a Irene. «O te ne accendo una tutta per te.»

«Sarebbe uno spreco» aveva spiegato lei, pur prendendo una lunga boccata. «So che non ha alcun legame di parentela con *me*.»

«Lasciami riflettere un minuto. Devo pensare a Maia. Al suo stato emotivo, ai suoi interessi.»

«Non credo ci sia un modello da seguire. Le circostanze sono uniche. Io, per esempio, non posso accettare il fatto che Russ avesse una figlia senza che questo mi crei l'urgenza di volerla incontrare.»

«Che cosa pensi di ottenere?»

«Non lo so. Lo amavo. E lei è carne della sua carne. Penso che le mie motivazioni siano sincere.»

«Lo *pensi*?»

«I ragazzi, Baker e Cash, sono suoi fratelli.»

«Fratellastri.»

«Fratellastri, certo. Ma è pur sempre sangue, pur sempre famiglia.»

Non gli era affatto piaciuta la direzione che aveva preso il ragionamento. Era *lui* la famiglia di Maia! Era stato lui il terzo a tenerla in braccio appena nata. Era stato lui a insegnarle a lanciare una lenza, a innescare un amo, a maneggiare un arpione. Era lui ad accompagnarla a scuola, a prepararle il pranzo, a firmarle le autorizzazioni. E gli bruciava il fatto che non fosse lui ad avere il suo stesso sangue ma "i ragazzi, Baker e Cash".

Irene era una donna intuitiva. Gli aveva posato una mano sul braccio. «Non te la porterò via, Huck. Voglio solo conoscerla. Farle sapere che esistiamo. Adesso ha dodici anni. Se anche non glielo dicessimo, finirebbe per scoprirlo, prima o poi, e potrebbe causarle del risentimento. Nei tuoi confronti.»

«Dammi il tempo di pensarci. Ti richiamo entro mercoledì sera.»

«Grazie, Huck» aveva concluso Irene. «Grazie anche solo per aver preso in considerazione la mia richiesta.» Lo aveva guardato con gli occhi lucidi; in quell'istante, le era parsa piccola e speranzosa, una ventenne o poco più. Lui aveva schiacciato la cicca di sigaretta sulla ringhiera. Era arrivato il momento di andarsene.

Irene si era alzata sulle punte e lo aveva baciato sulla guancia. Era ufficiale. A dispetto della bizzarra e contorta catena di eventi che li aveva condotti lì, gli piaceva.

Il mercoledì, va a prendere Maia a scuola a mezzogiorno. Ha mezza giornata libera e non ha programmato un'uscita per il pomeriggio, perché hanno una missione importante da compiere.

Passano da casa a prendere il necessario. Huck carica boa, cima e ancora sul retro del furgone. Maia torna con un sacchetto di carta.

Trenta minuti dopo sono già a bordo della *Mississippi*, diretti alle British Virgin Islands. La giornata è limpida, senza nubi; il sole è così forte da infuocare il collo di Huck. Prende la sua bandana e la immagina ancora umida delle lacrime di Irene. Non è stato in grado di pensare ad altro che a lei: un po' perché comincia a provare qualcosa nei suoi confronti e un po' perché gli ha chiesto di prendere una decisione impossibile.

«Com'è stata la serata con Ayers?» È stato così preso dal pensiero di Irene che ha aspettato solo ora per chiederglielo.

Maia ha il viso esposto al vento. Indossa un paio di occhiali da sole che ha decorato con le conchiglie che lei e sua madre raccoglievano a Salomon Beach. La "praticamente-inaccessibile Salomon Beach" era la preferita di Rosie. Maia ha un'espressione indecifrabile, e Huck si domanda che cosa le stia passando per la testa. Sta per ripetere la domanda, quando lei lo anticipa. «Tutto bene. Ma credo che Ayers abbia qualche problema con gli uomini.»

«Ah, davvero? Uno nuovo, o è sempre fissata con Mick?»

«Un tizio nuovo. Un turista, credo.»

«Brutte notizie» commenta Huck, guardandola di sottecchi. «Non ti è concesso di uscire con nessuno prima dei trent'anni, tra parentesi.»

«Abbiamo visto Mick al Pizzabar in Paradise. Ha detto che è ancora innamorato di Ayers.»

«Oh, cavolo. Sembra tu abbia trascorso una serata educativa.»

«A lei piace un turista. Avevano un appuntamento per stasera, solo che lui lo ha annullato. Era contrariata. E io le ho detto che dovrebbe tornare con Mick. Mi piace Mick.»

«Lo so.» Piace anche a Huck. Gli offre da bere tutte le volte che passa al Beach Bar e compra il suo pesce per il ristorante. Ma Mick ha fatto casino con una delle ragazzine che lavorano per lui e Ayers gli ha dato il benservito.

Ora Ayers prova interesse per un turista? "No," pensa "non è una buona idea." Anche se lui, naturalmente, non ha voce in capitolo.

Superano Jost e costeggiano Tortola. Sono in acque britanniche, adesso, e Huck si aspetta che la guardia costiera di Sua Maestà sopraggiunga a fermarli; non gli sarebbe permesso, infatti, arrivare fin lì senza passare per la dogana. Ma la polizia di frontiera dev'essere a pranzo o in spiaggia, e così lui procede indisturbato verso la meta.

Il punto è a nord di Virgin Gorda, a sudest di Anegada. Un bel tratto: e questo, ipotizza, spiegherebbe come mai Russ e Rosie avessero deciso di prendere un elicottero. Una decisione irresponsabile, considerate le condizioni meteo, che sarà sembrata loro una scommessa fattibile. Lui stesso, se avesse avuto tutto l'oro del mondo e un elicottero a disposizione, forse l'avrebbe azzardata.

Superano la *Treasure Island*, in rotta da Norman Island verso Jost Van Dyke, e Maia comincia ad agitare le braccia come una forsennata.

«Ayers è di turno» dice.

«Sa cosa *dobbiamo* fare oggi?» domanda Huck.

«Non gliel'ho detto. Non l'ho detto a nessuno.» La *Treasure Island* è alle loro spalle, ormai, e la *Mississippi* taglia la sua scia. La barca ondeggia, e Maia se la gode come fosse sulle montagne russe. È la sua bambina.

Le cose difficili sono difficili. Maia gli ha chiesto di vedere il punto in cui l'elicottero si è inabissato. Sulle prime, lui ha opposto resistenza. Che beneficio poteva portarle la vista del posto in cui sua madre era andata incontro a una morte così drammatica? Ma poi si è detto che la realtà sarebbe stata probabilmente meno raccapricciante del quadro che aveva in testa Maia.

Raggiungono la zona dell'incidente seguendo le coordinate che Huck ha ricevuto dalla VISAR quando avevano riconsegnato il corpo di Rosie – un grosso favore da parte di Rupert, il suo migliore amico, cresciuto con il governatore a Coral Bay; è notoriamente complicato recuperare un corpo dai britannici –, e Huck spegne il motore. L'acqua è di un turchese scintillante e, alle loro spalle, si ergono le cime verdeggianti di Virgin Gorda. Huck prende la boa – un galleggiante bianco di forma sferica su cui Maia ha dipinto una rosa rossa e il nome e la data di nascita e morte di Rosie. Huck le ha spiegato che non è legale e che probabilmente verrà rimossa nel giro di ventiquattr'ore. Per Maia, però, non ha importanza: le interessa solo segnare simbolicamente il punto, come se fosse un rituale.

«Eccoci qui» dice Huck.

Maia, in piedi, scocca un bacio alla boa. Huck raccoglie la cima dall'altro capo e getta l'ancora in mare. Maia fa altrettanto con la boa: la rosa sembra vera, ha fatto un bel lavoro.

«Dovremmo dire qualcosa?» chiede Huck.

«Ti voglio bene, mamma» dice Maia. «E pure Huck te ne vuole, anche se è troppo macho per dirlo.»

«Troppo macho, io?» dice Huck. Si schiarisce la gola. «Ti voglio bene, piccola Rosie. E te ne vorrò per sempre. Spero solo tu sia con tua madre, adesso. La mia adorata LeeAnn.»

«Amen» conclude Maia.

Nel sorriso di Huck c'è spazio per due lacrime. LeeAnn era la sola in famiglia a frequentare la chiesa – Nostra Signora del Monte Carmelo: le piaceva tanto il prete, padre Abraham, che in effetti ha un carisma invidiabile –, ma un po' della sua fede deve avere influenzato Maia.

Poi la ragazzina apre il sacchetto di carta e tira fuori una sfera rosa. La tiene sospesa sull'acqua con due dita e la lascia cadere proprio accanto alla boa. L'acqua spumeggia come ai tempi in cui Huck soleva farsi un Alka-Seltzer.

«E quella cos'è?» le chiede preoccupato, da buon ecologista.

«Una bomba da bagno al profumo di rosa» risponde Maia. «Tranquillo, solo ingredienti naturali.»

Rimangono entrambi a fissare la bomba alla rosa che si dissolve dalla fiancata della *Mississippi*.

«Per te, mamma» dice Maia.

Huck aspetta ancora un istante in rispettoso silenzio.

Quando sta per riavviare il motore, Maia tira fuori una seconda bomba da bagno, stavolta di un giallo pallido.

«E quella?» chiede Huck.

Maia se la porta al naso e inspira a lungo. «Menta e ananas» dice. «La mia preferita. È per Russ.» La lascia cadere in acqua. «Per te, Russ.»

Huck non avrebbe potuto sperare in uno spunto più naturale: eppure, quando inizia a parlare avverte come un nodo alla gola. Sta per cambiare irrimediabilmente tutta la vita della sua bambina. Ma lui non vivrà in eterno. Ha sessantun anni, e chi può garantire che non morirà annegato o colpito da un fulmine o per un attacco di cuore, il morso di un ragno velenoso o, ancora, in un incidente sulla Centerline Road? Se c'è una cosa che può dire sul conto di Rosie è che era fermamente convinta che sarebbe vissuta per sempre. Così non è stato. Meglio sbagliare per eccesso di cautela, quindi. Dovesse venire a mancare lui, Maia rimarrebbe senza nessuno. C'è Ayers, forse, a meno che non decida di trasferirsi a Calabasas o ad Albany con qualche turista; in ogni caso, non ha alcuna tutela legale su di lei.

Maia ha bisogno di una famiglia, di una possibilità di famiglia, almeno. E Irene ha ragione: se non glielo dice adesso, lo scoprirà da sola più in là. E lo odierà.

«A proposito di Russ» dice infine.

«Oh-oh» dice Maia. Appoggia i gomiti sulle ginocchia e il mento sul palmo della mano.

«Quando ti ho dato la notizia, hai detto che Russ era tuo padre.»

«È mio padre, sì» dice Maia. «Lo era, cioè. Me lo hanno detto a novembre, il giorno del mio compleanno. Russ è il Pirata. Abbiamo la stessa voglia.»

Huck scuote il capo. «L'aveva anche Russ?»

«La nocciolina» conferma Maia. «Nello stesso punto esatto sulla schiena.»

«Ma dai.»

«Sul serio. Era il mio padre biologico, d'altronde. In un

certo senso l'ho sempre saputo. Abbiamo lo stesso sorriso, amiamo entrambi la liquirizia e siamo tutti e due mancini.»

«E sai anche... altre cose?» domanda Huck. "Tipo dov'è stato nei primi sette anni della tua vita?"

«No» risponde Maia. «Mamma diceva che mi avrebbe raccontato il resto della storia più in là. A quindici o sedici anni. In modo che fossi capace di gestirla meglio, diceva.»

«Okay.» Questo gli semplifica il compito da un verso e glielo complica dall'altro. Da una parte, se la storia della voglia fosse vera, non ci sarebbe bisogno di un test del DNA: basterebbe la conferma di Irene. Dall'altra, però, Maia potrebbe non voler conoscere la verità sul conto di suo padre. «Be', mi sono fatto una nuova amica, di recente.»

«Sul serio?» chiede Maia. «Pensavo detestassi le persone.»

Huck prorompe in una risata secca. «La mia amica, Irene, Irene Steele, in realtà, era sposata con Russ.»

Il volto di Maia assume un'espressione che va al di là dei suoi anni. Qualcosa di simile alla diffidenza, pensa; l'espressione di chi percepisce una presenza ostile.

«Sposata?» ripete.

«Tesoro,» continua Huck «Russ era sposato. Quando stava con tua madre era già sposato con un'altra. Una donna di nome Irene. Che è arrivata qui quando ha saputo della sua morte e mi ha rintracciato. Ha due figli, uno di trent'anni, l'altro di ventotto. Sono i tuoi fratelli.»

«I miei fratelli? Io ho dei fratelli?»

«Fratellastri» precisa. «Avete lo stesso padre, Russell Steele. Ma la loro madre è Irene e la tua è... era... Rosie.»

«Okay» dice Maia. Poi inclina il capo. «Un momento.»

Un momento: Huck ha compiuto un danno irreparabile. Qualcosa dentro di lei si è rotto... o alterato. Un'innocenza rubata, rovinata. Adesso sa di essere la figlia di un bugiardo, di uno che tradiva la moglie.

«Lui amava la mamma.»

«Lo so» conferma Huck.

«Ma l'amore è un casino. È complicato e ingiusto» continua Maia, come recitando dei versi tratti da un libro.

«È una visione un po' triste» dice Huck. «Io amavo moltissimo tua nonna. Ed eravamo felici.»

«Era una cosa che diceva sempre la mamma.»

"Rosie forse sapeva di Irene; anzi," pensa Huck, doveva saperlo per forza." Una cosa era per Russell nascondere Rosie a Irene. Ma poteva davvero tenere entrambe all'oscuro? «Ti hanno anche spiegato dove andava Russ quando non era qui?»

«Impegni di lavoro» risponde Maia, stringendosi nelle spalle.

«E ti hanno mai raccontato che tipo di lavoro?»

«Affari. Finanza, soldi. Roba noiosa.»

«Proprio così, roba noiosa.» Huck fa un bel respiro profondo. Non l'ha rovinata. Maia aveva un indizio, un sentore del fatto che suo padre nascondesse qualche segreto. Huck è grato che Rosie e Russ non avessero ritenuto opportuno dare informazioni a Maia sugli affari di Russ, benché lui per primo muoia dalla voglia, adesso, di sapere di cosa si occupasse. «Okay, ora viene il difficile.»

«Il difficile?»

«La mia amica Irene, la moglie di tuo padre, vorrebbe conoscerti. E vorrebbe farti conoscere i suoi figli. Non ti porteranno via da me, non ti porteranno da nessuna parte. Vogliono conoscerti e basta.»

«Ma perché? Non dovrebbero detestarmi? Sono la figlia dell'amante del padre. Anche se la mamma è morta, non dovrebbero... non so... fingere che io non esista? Non sarebbe più semplice?»

"Questo è sicuro" pensa Huck.

«Un po' è perché sono curiosi. E un po' è perché... be', tua madre aveva ragione quando diceva che l'amore è complicato. Irene amava suo marito e tu sei sua figlia, perciò» per quanto vorrebbe, Huck non riesce a far funzionare granché la proprietà transitiva «ha un interesse nei tuoi confronti.»

Maia sbatte le palpebre. Se fosse un po' più grande, potrebbe sentirsi offesa dal modo in cui quell'"interesse" la rende simile a un oggetto. In effetti, suona un po' come quando uno dice di essere interessato all'astronomia o ai pinguini.

«Va bene, mettiamola così: immagina se scoprissimo che tua madre aveva un altro figlio, per esempio, di cui non hai mai saputo niente fino a questo preciso istante. Tu vuoi bene a tua madre e forse ti senti tradita perché ha scelto di tenerti all'oscuro di questo importante segreto. Anche così, immagino vorresti conoscerlo lo stesso, questo fratello. Giusto?»

«Credo di sì» risponde Maia. «Ho un fratello segreto?»

«Non dalla parte di tua madre. Posso garantirti che Rosie è rimasta incinta una sola volta, e che quella volta sei nata tu. Quello che ti sto dicendo è che hai due fratelli che vogliono conoscerti, e che vuole farlo anche la loro madre, Irene. Ma devi essere tu a decidere. Se non ti va, rifiuterò l'invito con gentilezza.»

«Dici che ci rimarranno male, se rifiutiamo?»

«Forse. Ma questo non deve influenzare la tua decisione. Non devi conoscerli perché questo li farà stare meglio. Devi farlo solo se lo vuoi tu.» Huck fa una breve pausa. Sente il sole gravargli addosso. «So che può sembrare egoistico, ma in questo caso devi fidarti di me. Se li vuoi conoscere, allora li conosceremo. Se preferisci di no, va bene comunque. Più che bene.»

Maia si sporge a guardare l'acqua. Entrambe le bombe si sono ormai dissolte; in superficie rimane solo qualche bolla di sapone, come quando si lavano i piatti. Huck trova non sia il caso che Maia rimanga a contemplare troppo a lungo questo posto e le profondità del mare, le acque scure sotto di loro in cui è sprofondato il corpo di Rosie.

«Li incontrerò» decide Maia. «Se non dovessero piacermi, però, non voglio rivederli più, va bene?»

«Va bene.»

«Me lo prometti?»

«Te lo prometto.» Huck è orgoglioso di lei. È coraggiosa, fiera e incorruttibile. Non riesce a credere di aver pensato davvero che lui, Irene Steele o i suoi figli potessero fuorviare Maia Small.

"Comunque andrà questa storia," pensa Huck "Maia ne uscirà bene."

Baker

Alle otto e mezzo, dopo che Floyd e Baker hanno finito di mangiare – pollo, costolette, insalata di pasta, insalata di cavolo con uvetta, riso e fagioli e platani fritti –, qualcuno bussa alla porta. Da qualche parte, all'interno della casa, Winnie si mette ad abbaiare.

"Chi sarà mai?" si chiede Baker, e si pente di aver lasciato il cancello aperto. Non si sente bene. Ha appena ceduto a un attacco di fame nervosa, trangugiando palate di cibo senza nemmeno assaporarlo, e non ha davvero idea di chi possa essere arrivato a quell'ora. Non è Cash: sarebbe entrato e basta. Forse è tornato scortato da un paio di agenti della polizia? Potrebbe essergli accaduta qualsiasi cosa: ha chiesto un passaggio alla persona sbagliata, oppure mentre cercava di rimediarne uno non lo hanno visto ed è stato investito. O forse ha compiuto qualche gesto disperato. Non avrebbe dovuto prenderlo in giro per la storia di Ayers e Claire, e non avrebbe *mai* dovuto pressarlo riguardo agli affari. «I negozi sono finiti a gambe all'aria. Andati.» Anche se aveva previsto cosa sarebbe successo, non prova alcuna gioia. Povero Cash. Non era destino che gestisse un'attività.

Potrebbe trattarsi di Anna, ipotizza Baker, anche se per trovare quel posto al buio avrebbe dovuto essere un piccione viaggiatore. Non ci sono vicini, lungo la strada.

Chiede a Floyd di andare di sopra, lavarsi i denti e mettere il pigiama.

«No» risponde lui.

Baker è un pozzo di pazienza paterna, in genere, ma sente che l'ospite in arrivo, chiunque sia, porta con sé qualche brutta notizia. «Coraggio, piccolo» gli dice.

«Ho paura» gli spiega, e in effetti – ora che ci pensa – ne ha tutti i motivi. Quella casa enorme è un territorio estraneo. Nemmeno lui ricorda in quale stanza abbia lasciato il bagaglio di suo figlio. Vorrebbe dirgli che ha paura anche lui, e di cose molto più terrificanti delle ombre e dei rumori strani.

Ma probabilmente sarà solo un tassista che ha raccattato Cash e che adesso vuole essere pagato.

Baker apre la porta per trovarsi davanti un caraibico alto e massiccio, una vista che conferma i suoi iniziali timori.

«Sì?» azzarda, scrutando alle sue spalle nella speranza di scorgere suo fratello.

L'uomo gli porge una scatola quadrata di cartone. «Per lei» dice. «I resti del signor Steele.»

I resti del signor Steele? Baker prende la scatola e l'uomo si volta per andarsene.

«Aspetti! Lei chi è? Da dove arriva?»

«Sono Douglas Vickers, il marito di Paulette» risponde l'uomo. «Sono arrivati oggi in ufficio e lei mi ha chiesto di consegnarveli.»

«Ah.» Sul momento, la cosa gli pare abbia un senso. Douglas saluta lui e Floyd con un mezzo cenno e scompare, inghiottito dalla scalinata di pietra, lasciandogli in mano ciò che rimane di suo padre. Ceneri consegnate sulla soglia di casa come una pizza.

«Papi?» È probabile che arrivi una raffica di domande, non appena avrà capito che cosa chiedere; ma, per adesso, sembra solo in cerca di rassicurazioni.

«È tutto okay, piccolo» dice Baker. «Torno tra un secondo. Tu aspettami qui.» Dopo essersi girato a verificare che il bambino sia effettivamente rimasto sulla soglia, si precipita giù per le scale all'inseguimento di Douglas. Lo raggiunge proprio mentre sta per salire su un furgone bianco. «Mi scusi! Signor Vickers? Ehi?»

Douglas Vickers si ferma, una gamba già dentro il furgone, l'altra ancora a terra, lo guarda attraverso il finestrino della portiera aperta. «Sì?»

«È stato lei a identificare il corpo di mio padre, giusto?»

L'altro annuisce un'unica volta. «Sì.»

«Lei... lo ha *visto*?» domanda Baker. «Era morto?»

Douglas Vickers lo fissa con un'espressione vacua, poi salta sul furgone e parte in direzione del cancello.

Dopo aver messo Floyd a letto – grazie al cielo, Anna si è ricordata di infilare in valigia un paio di libri, compreso *The Dirty Cowboy*, infallibile nel mandarlo al tappeto prima di pagina sei –, Baker attraversa il corridoio fino alla stanza in cui sta Irene e bussa.

«Avanti» risponde sua madre.

La trova seduta su un lato del letto, ancora vestita di tutto punto, quasi aspettasse visite.

«Floyd sta dormendo?» gli chiede.

Lui annuisce.

«Bene. Perché devo parlare con te e tuo fratello.»

«Ehm... Cash non è in casa. L'ho lasciato in città quando sono andato a prendere la cena.»

«Per quale motivo?»

«In realtà, è saltato giù dall'auto» spiega Baker. «Abbiamo avuto una discussione e non sono stato molto gentile con lui. Ero arrabbiato... sapeva che Anna e Floyd stavano per arrivare, ma non me l'ha detto.»

«Non lo ha detto nemmeno a me. Quando l'ho vista, non avevo idea di chi fosse. Mi sono *presentata*. Era così fuori contesto... e non la vedevo da così tanto tempo...»

«Tre anni» interviene Baker. Anna non andava ad Iowa City dal primo compleanno di Floyd. «Ascolta, mamma. Io e Anna stiamo divorziando.»

«Me lo ha detto. Si è innamorata di una persona di nome Louisa.»

Le sopracciglia di Baker scattano in alto. «Ti ha detto anche questo?»

«Proprio così.»

Be', pensa Baker, spettava a lei, in effetti, dare la notizia, visto che era lei a sfasciare la famiglia. «Mi dispiace. So che sarai sicuramente delusa.»

«Difficile registrare un sentimento di qualsiasi tipo riguardo ad Anna, temo. È sempre stata un mistero.»

«Forse dovresti anche sapere... se non te lo ha detto lui di persona... che Cash ha perso i negozi. Sono finiti a gambe all'aria.»

Irene gli rivolge uno sguardo penetrante. «No, non me lo ha detto. L'avevo intuito, ma doveva essere lui a dirmelo, non tu.»

«Giusto.» Baker sa che Cash è il favorito di sua madre o che, per lo meno, lei si sente più protettiva nei confronti di suo fratello. «Hai ragione, non sono affari miei, mi dispiace. Un'altra cosa, mamma: è appena passato di qui un signore...»

«Un signore? Un uomo maturo, con la barba rossiccia?»

«Eh?» Adesso sua madre si è alzata per andare alla finestra. «No, era un caraibico: Douglas, il marito di Paulette. Ha portato le ceneri di papà.»

«Le ceneri di papà?»

«Sono di sotto» conferma Baker.

Arrivano in cucina proprio mentre Cash arranca attraverso la porta d'ingresso. Baker sente l'odore dal lato opposto della stanza: tequila.

Cash apre lo sportello del frigorifero. «È avanzata della carne?»

«Quanta ne vuoi» risponde Baker. È sollevato di vedere che sembra intorpidito o spossato dall'alcol e di sapere che la loro discussione non verrà rivangata.

Mentre Cash tira fuori dal frigo i contenitori, Irene apre la scatola di cartone.

«Forse dovresti aspettare a mangiare, Cash» dice Baker.

«Fottiti. Sto morendo di fame.»

«Come sei tornato a casa?»

«La spilungona che lavora a La Tapa mi ha raccattato subito dopo Mongoose Junction. Tilda: si chiama così.»

«Sì, ho presente.»

«Secondo me ha una cotta per Skip, il barman» prosegue Cash. «È buffo, siamo qui da meno di una settimana e conosciamo già i drammi personali di tutti...»

Poi sentono uno strano suono.

È Irene che piange: i suoi sono singhiozzi rochi, irregolari. Tiene in mano un robusto sacchetto di plastica con la cerniera che contiene frammenti bianchi e di un grigio pallido. Poi, senza alcun preavviso, si affloscia sul pavimento della cucina.

Per un istante, sia Baker sia Cash rimangono fermi a guardare. In tutta la loro vita, non hanno mai visto la madre così. Per quanto non sia sorpreso – era da un pezzo che si chiedeva se avrebbe ceduto, se prima o poi si sarebbe comportata come una donna che ha perso il marito in circostanze tragiche, piuttosto che come una donna che agisce in stato di shock prolungato –, Baker non sa che pesci prendere. Cash, i contenitori in una mano e una bottiglia d'acqua nell'altra, sembra paralizzato.

Cash è sempre quello che ha più dimestichezza nel trattare con la madre. "Fa' qualcosa" pensa Baker.

Lui posa il cibo e si avvicina a Irene con cautela, come se fosse una bomba a orologeria o un cane rabbioso.

«Mamma, forza, tirati su. Riesci a sederti al tavolo?»

Il pianto si fa più fragoroso, prima che lei cominci proprio a strillare – parole, frasi sconnesse da cui Baker non riesce a trarre un senso, anche perché, nel frattempo, continua a tenere gli occhi sulle scale: l'ultima cosa che vuole, infatti, è che Floyd si svegli e veda la nonna ridotta in quello stato.

«... Mi fidavo di lui! Mal di schiena... clienti a Pensacola! Non ho mai controllato! Mai fatto domande! Mai avuto un sospetto... per ingordigia... i soldi... la casa! Ero sposata alla casa! I segreti sono bugie! Non ho mai sospettato... perché avrei dovuto? Vostro padre era così... affettuoso... così amorevole... a volte troppo, gli dicevo. Gli dicevo di *darsi una calmata*, e che era *imbarazzante*...» Fa una pausa. «Ci pensate? Mi sentivo in imbarazzo perché vostro padre mi amava *troppo*. Perché non ero stata cresciuta in quel modo. I miei mi dicevano di volermi bene... una volta all'anno, forse, e non li ho mai sentiti dirlo l'uno all'altra. Nemmeno una volta! Ma loro si amavano... semplicemente, erano abituati a dimostrarselo con i fatti, con il modo in cui si trattavano... con il modo in cui si onoravano e si rispettavano a vicenda. Non avevano segreti!»

«Mamma...» interviene Baker. Ma poi non sa cos'altro aggiungere. Ha ragione. Il padre era espansivo, quasi sentimentale. Sembrava sempre dire "Ti voglio bene, per favore amami anche tu", e lui, e probabilmente anche sua madre e suo fratello, la vedeva come una debolezza.

"Era tutta una messa in scena?" si chiede adesso. Oppure erano stati tutti e tre così avari nel restituirgli amore da indurlo a cercarlo altrove?

Sua madre solleva la busta di plastica. «Ecco che cosa rimane. Nient'altro! Niente!» Poi scaglia le ceneri verso la cucina. La busta sbatte contro gli armadietti e con un tonfo sonoro finisce a terra. "Grazie al cielo, la chiusura ha tenuto" pensa Baker. Altrimenti, avrebbero dovuto raccogliere il padre con scopa e paletta.

Mentre Cash aiuta Irene a sedersi sulla sedia, lui va a recuperare la busta. Sull'etichetta c'è scritto: "Steele Russell, data di morte: 1/1/19".

Baker prende posto accanto a Irene. Cash, nel frattempo, ha portato una pila di tovaglioli di carta sul tavolo. Cerca di cingerla con un braccio, ma lei oppone resistenza, forse perché lui puzza come un bordello messicano.

«Lasciami... lasciami stare...» gli dice.

Baker esamina il contenuto della busta. I grumi sono gessosi e porosi: sembrano manciate di corallo sulla spiaggia di Salt Pond. È un pensiero crudo, quasi agghiacciante: vivi un'intera vita di abitudini, tradizioni ed esperienze nuove, e poi ti riduci a questo. Baker si rifiuta di indugiare a pensare a come avvenga la cremazione: quello stesso corpo che hai nutrito, allenato, lavato e vestito con tanta cura viene messo in un inferno di fuoco. Rabbrividisce: perché, comunque, non c'è modo di sfuggire alla morte. Non c'è modo! Siamo tutti destinati a morire, dal primo all'ultimo, com'è vero che siamo venuti al mondo. Oggi lui è qui ma, presto o tardi, sarà come suo padre. Polvere.

Personalmente, però, è felice che le ceneri siano arrivate. Tutti avevano bisogno di mettere la parola fine.

Baker controlla la scatola di cartone in cerca del nome e dell'indirizzo dell'impresa funebre, ma non trova né uno né l'altro. È una scatola anonima, chiusa con del nastro adesivo trasparente. E la busta è una semplice busta con un'etichetta che riporta solo il nome di suo padre e la data del decesso.

"Come fanno a sapere che è mio padre?" si domanda. Poteva essere chiunque. O del corallo proveniente da Salt Pond. Quando gli aveva chiesto a bruciapelo se avesse visto suo padre morto, Douglas si era limitato a fissarlo inebetito. D'accordo, forse lo aveva guardato in quel modo perché riteneva che la domanda fosse retorica. E forse pensava che lui, sconvolto per il dolore, fosse disposto ad aggrapparsi a qualsiasi cosa. Ma forse – *forse* – quello sguardo significava altro.

Irene si soffia il naso e si asciuga gli occhi con un tovagliolo. «Ho bisogno che mi facciate una promessa.»

«Qualsiasi cosa» risponde Cash. Baker, invece, aspetta. Suo fratello sarà anche il leccapiedi di mamma, ma lui vuole sapere, prima di prendersi un impegno.

«Quale, mamma?» domanda.

«Non siate come lui» dice Irene. «Non vivete nel segreto.»

Cash scoppia a ridere, un gesto che Baker trova di cattivo gusto.

«Nessuno parte con l'*intenzione* di mentire» prosegue Irene. «Ma succede. A volte la verità è difficile, ed è più semplice confezionare una realtà alternativa o non dire nulla. Non posso immaginare quanto sia stato lacerante per papà fare... fare avanti e indietro. Rosie qui, io ad Iowa City.»

Baker guarda suo fratello. La mamma è al corrente di Rosie. È stato lui a parlargliene?

«Mamma...»

Irene scoppia in una risata simile a un latrato. «Ho trovato la foto. Mi ha aiutato Winnie. E poi ho fatto le mie indagini. Sapere che stava tradendo me e voi deve aver distrutto vostro padre nel profondo...» Tace per un istante. «Promettetemelo.»

«Te lo prometto» dice Cash.

«Te lo prometto» gli fa eco Baker.

«Eppure, avete trascorso gran parte della settimana con me. Ma tu, Baker, non mi hai detto del divorzio con Anna. E tu, Cash, non mi hai detto di aver perso i negozi.»

Per qualche istante, sulla cucina cala il silenzio più completo.

«Eri già sconvolta, non volevo aggiungere altri motivi di turbamento...»

«E io che pensavo fosse una questione irrilevante» dice Cash. «Persino meschina, considerato tutto quello che stava succedendo...»

«Così non mi avete detto niente, il tempo passava e io non avevo idea di nessuna delle due cose. Ed è proprio per questo motivo che vi sto chiedendo di non tenere più segreti, per favore. I segreti diventano bugie, e le bugie finiscono per distruggere voi e tutti quelli a cui tenete.»

«D'accordo» dice Baker.

«D'accordo» ripete Cash. Si alza per andare a prendere un po' d'acqua fresca per sua madre. "Che leccaculo" pensa Baker, anche se in realtà è solo geloso del fatto che è sempre più veloce a intuire di cosa ha bisogno.

«Grazie» conclude Irene. «Neanch'io sono stata molto disponibile, immagino capirete...»

«Mamma, guarda che non devi...» si affretta a dire Cash.

Ma Baker lo interrompe: «Lasciala finire».

«Ho rintracciato il patrigno di Rosie Small» continua Irene. «È un pescatore, si chiama Huck Powers. È venuto lui a cena ieri sera. Mi ha aiutato a forzare la porta della camera in fondo al corridoio.»

«Quale camera?» chiede Baker.

Cash si stringe nelle spalle.

«La porta in fondo al corridoio era chiusa a chiave» spiega Irene. «E io volevo vedere cosa nascondeva. Pensavo che forse avrei trovato qualcosa che spiegasse… tutto questo.» Così dicendo, fa un gesto con le braccia.

«E cosa c'era?» chiede Cash.

«Un letto e dei mobili.»

«Oh» dice Baker. «Con quella premessa, immaginavo che avessi scoperto qualcosa.»

«Così è stato» ammette Irene. «Perché sulla parete c'è dipinto un nome: Maia.»

«E chi è Maia?» chiede Baker.

Irene beve un altro sorso d'acqua. «Maia è la figlia di vostro padre. Vostra sorella.»

«È buffo, siamo qui da meno di una settimana e conosciamo già i drammi personali di tutti…»

Le parole di Cash hanno un fondo di verità, ma chi vogliono prendere in giro? Nessuno può reggere il confronto con la famiglia Steele, quando si parla di drammi.

Russ ha una figlia di dodici anni. Si chiama Maia.

La casa, l'amante e qualsiasi lavoro facesse non erano le uniche cose che nascondeva, dunque: c'era anche una figlia.

D'accordo, okay, succede. Baker lo sa bene. C'era un tizio ad Iowa City – un tale Brent Lamplighter degli Elks Lodge – che aveva messo incinta una cameriera di Cedar Rapids. Prima che qualcuno si rendesse conto che era figlio di Lamplighter, il bambino era già all'asilo.

Ma suo padre? Una figlia? È un pugno nello stomaco. L'ennesimo.

La portata del suo inganno non conosceva limiti.

La sola cosa più sconvolgente della notizia che hanno

una sorella, Maia, è apprendere che sua madre vuole *conoscerla*. Ha chiesto a Huck, il patrigno di Rosie, se è possibile. Lui le deve ancora dare una risposta.

Prima di salire e andarsene a letto, Baker ha una cosa da fare.

Esce in terrazza, supera la piscina e chiama Ayers al cellulare. La chiamata viene deviata direttamente alla segreteria telefonica, circostanza niente affatto sorprendente, considerata l'ora: sono quasi le undici. Un altro motivo per cui il fatto non lo sorprende è che l'SMS che le ha inviato – "Mia sorella è sbucata qui senza preavviso, perciò niente Caneel, domani sera. Quando avrai la prossima sera libera?" – è rimasto senza risposta. Forse Ayers era occupata con l'altro suo "impegno", oppure era arrabbiata. Magari si era convinta di avere a che fare con un altro di quei turisti che si sbilanciano con belle promesse che però poi non hanno alcuna intenzione di mantenere.

Ma Baker non può permettersi di preoccuparsi delle ragioni per cui Ayers non ha risposto. Prova dei sentimenti per lei, ma questi sentimenti sono sminuiti dal fatto che non è stato onesto.

«Ayers, sono Baker. Vorrei che ascoltassi questo messaggio con attenzione. Oggi, quando ti ho scritto che era arrivata mia sorella senza preavviso, ti ho mentito. Non si trattava di mia sorella ma di mia moglie, Anna, e di mio figlio, Floyd. Io e Anna siamo separati. Lei sta al St John Guest Suites, dunque non avevo motivo di mentirti, se non per il fatto che temevo ti saresti arrabbiata o che potessi pensare ci fosse di mezzo un qualche tentativo di riconciliazione – cosa che, ti assicuro, *non* esiste.»

Baker fa un respiro profondo. Detesta quando la gente gli lascia un messaggio vocale troppo lungo. Forse dovrebbe riattaccare e aspettare di spiegarle il resto quando sarà lei a richiamarlo.

Ma se non dovesse farlo?

«La faccenda più grossa, però, non è questa. È che non ti

ho mai detto il vero motivo per cui sono venuto a St John. E il vero motivo per cui mi trovo qui è che Russell Steele, l'amante della tua amica Rosie, era mio padre. Io e Cash non avevamo idea che avesse una villa qui, né sapevamo di Rosie... è un momento di grande confusione per noi e per nostra madre. Nonostante queste bugie, questi sotterfugi, voglio tu sappia che i sentimenti che provo per te sono sinceri. Che è stato amore a prima vista.»

Baker si chiede come congedarsi. "Chiamami se ti va? Ci sentiamo dopo? Buona fortuna e che Dio ti protegga?" Alla fine, riattacca e basta.

Quando rientra in casa, è sorpreso di trovare sua madre ancora sveglia. È seduta al tavolo della cucina, in pigiama, la busta con le ceneri e il cellulare davanti a sé. Appena sente aprirsi la porta a vetri, solleva il capo.

«Ho appena ricevuto un messaggio da Huck» dice. «Se tutto va bene, giovedì dopo la scuola, verrà qui con Maia.»

«Fantastico.» Non ha la minima idea se lo sia davvero, ma sua madre sembra confortata dalla notizia. «Sono felice di conoscere Maia. Ma venerdì tornerò a Houston con Anna e Floyd.»

Irene annuisce. «È la cosa giusta da fare.»

"Lo è *davvero*" si dice Baker. E non importa se sembra esattamente l'opposto.

Parte terza

LOVE CITY

Maia

«Cos'è una figlia dell'amore?» domanda.

Ayers pigia sul freno ed entrambe vengono sballottate in avanti sui sedili, ma fa in tempo a proteggere la ragazzina allungando un braccio.

«Scusa, Lina. Mi hai colto di sorpresa. Perché me lo chiedi?» Ayers sembra per metà inorridita e per l'altra metà divertita. È una cosa che Maia ha notato un po' in tutti gli adulti: non sembrano mai in *un* modo e basta. I ragazzini, invece, sono più semplici: si arrabbiano, sono tristi, si annoiano. Quando sono arrabbiati, sbraitano; quando sono tristi, piangono; quando sono annoiati, si comportano male o giocano con lo smartphone.

«L'ho sentito dire a qualcuno e penso che stesse parlando di me.»

«Chi? Chi lo ha detto?»

Maia non vuole mettere nei guai nessuno. Era stato il papà di Colton Seeley. Stava parlando con il padre di Bright Whittaker nel parcheggio della Gifft Hill e aveva detto qualcosa a proposito della "figlia dell'amore di Love City", e Maia aveva intuito che quelle parole si riferissero a lei. «Dimmi soltanto che cosa significa, per favore.»

«Significa quello che pensi significhi» risponde Ayers. «Una bambina concepita nell'amore.»

«Ma ha una connotazione negativa?»

«Lo sai cosa mi fa paura? Fino a che punto sei precoce.»
«Dimmelo.»
«Be', il più delle volte credo si usi per indicare un bambino i cui genitori non sono sposati. Un tempo, avere dei figli era considerata una funzione biologica finalizzata a perpetuare la specie. La gente si sposava e metteva al mondo dei figli per dare un seguito all'umanità. Un figlio dell'amore, invece, è speciale: la sola ragione per cui esiste è l'amore.»
«È quello che sono, allora?» chiede Maia. «Una figlia dell'amore? Perché i miei genitori non erano sposati?»
«Ho una notizia per te, *chica*. Nemmeno i miei genitori sono sposati.»
«Sul *serio*?»
«Sì. Stanno insieme da un sacco di tempo, ma non sono ufficialmente marito e moglie. E sai una cosa? Non ci ho mai pensato. Non importa a nessuno.»
Maia è felice di apprendere nuove cose sul conto di Ayers. Ayers è una persona *interessante*. E questo – essere interessante – è il suo proposito per quando sarà grande. E sa che per diventarlo deve leggere, viaggiare e imparare un bel po' di cose. E anche se per ora è saldamente radicata a St John, ama leggere e guarda tantissimi video su YouTube (così lei e Joanie hanno imparato a fabbricare bombe da bagno).
«Dunque, se tu e Mick doveste avere un bambino, sarebbe anche lui un figlio dell'amore?»
«Se io e Mick dovessimo avere un bambino, sarebbe un grave errore di giudizio» risponde Ayers, mentre fanno l'ultima curva prima dello Scoops. «Io prendo il burro di arachidi salato. E tu?»
«Guava» risponde Maia. Prima di scendere dal furgone, si accorge di essere cresciuta, in qualche modo, perché avverte due distinte emozioni. È felice di mangiare il suo gelato preferito in compagnia di una persona che adora. Ma al tempo stesso si sente vuota: così vuota che se un chirurgo dovesse aprirla troverebbe soltanto aria viziata e triste. Sua madre non c'è più.

Sua madre, Rosie, è morta. Certi giorni, è una verità che non riesce ad accettare, e perciò finge che sia in viaggio, magari proprio quel viaggio negli Stati Uniti che tante volte Russ le aveva promesso. Oppure finge che Rosie e Russ siano riusciti a raggiungere Anegada, che abbiano preso una tenda sulla spiaggia all'Anegada Beach Club e siano così presi dalla distesa di sabbia bianca, dai fenicotteri rosa e dalle aragoste fresche che hanno semplicemente deciso di trattenersi per un'altra settimana.

Altre volte, la realtà è più buia e terrificante del peggiore degli incubi, solo che non c'è modo di svegliarsi: Rosie se n'è andata per sempre, non tornerà mai più.

Un sacco di gente le ha offerto il proprio sostegno: Huck, ovviamente, e Ayers, ma anche i genitori di Joanie. Sua madre, Julie, l'aveva presa da parte per dirle due parole.

«Ho perso mia madre quando avevo dodici anni» le aveva confidato. «Un'emorragia cerebrale se l'è portata via durante il sonno. Senza preavviso, com'è successo per Rosie.»

Non sapendo cosa dire, Maia si era limitata ad annuire. La parte riguardante l'assenza di preavviso era fondamentale. Perché era l'aspetto peggiore. Anche LeeAnn era morta, ma dopo una brutta malattia, perciò avevano avuto tutto il tempo di prepararsi. Di dirle addio. LeeAnn aveva avuto modo di sapere che la amavano.

Maia adesso si chiede invece se sua madre sapesse quanto la amava. Se sapesse che per lei era il principio e la fine di tutto. Il suo riferimento.

Julie aveva proseguito.

«La tua vita sarà dura, Maia, ma questa cosa definirà anche la persona che sei. Una sopravvissuta.»

Ci sono tanti momenti, però, in cui non si sente affatto una sopravvissuta. Momenti nei quali pensa che avrebbe preferito inabissarsi con quell'elicottero insieme a sua madre, per non dover trascorrere "il resto dell'esistenza" senza di lei: come fare? Sembra impossibile.

«Ma con il tempo diventerà più semplice, no?» aveva chiesto. Altre persone l'avevano rassicurata sul fatto che il dolore insostenibile che stava provando – più acuto di una fitta al fianco, più straziante del mal di denti – si sarebbe addolcito col tempo. Una parola che Maia si ripeteva spesso: *addolcito*.

«Sì, diventerà più semplice» aveva risposto Julie. «Ma certi giorni saranno più complicati di altri. Ogni anno, la festa della mamma è una fatica, per me. E quando è nata Joanie...» e gli occhi le si erano riempiti di lacrime, tanto che Maia aveva avvertito l'impulso di avvicinarsi e stringerla «... quando ho avuto Joanie, avrei voluto mia madre con me. Avrei voluto potesse vedere sua nipote. Avrei voluto che mi dicesse cosa fare.» Poi si era ricomposta con un gran sospiro. «Mi ha aiutato guardarmi attorno e pensare a quante altre persone mancasse mia madre. Sei abbastanza matura da indurmi a suggerirti di vegliare su Huck e Ayers, perché anche loro stanno soffrendo, benché cerchino di farsi forza per te. Ma tu hai una cosa che loro non hanno. Hai tua madre dentro di te, metà dei suoi geni, e, crescendo, diventerai sempre più simile a lei, e questo sarà di consolazione per gli altri. In un certo senso, sarà come riabbracciare Rosie, per loro.»

A Maia quell'idea era piaciuta un sacco. Sua madre viveva dentro di lei. Lei era un individuo a sé stante, certo, ma in qualche modo era anche una continuazione di Rosie.

«Ma non cercare di essere perfetta per renderla orgogliosa» aveva concluso Julie. Poi le aveva sollevato il mento, rivolgendole un gran bel sorriso. «Posso assicurarti, Maia Small, che tua madre è sempre stata fiera di te, ogni singolo istante di ogni singolo giorno, semplicemente per come sei.»

Maia non è mai stata religiosa, ma adesso le è di aiuto immaginare sua madre e sua nonna in cielo, in un luogo che ipotizza essere il paradiso, su una sedia a sdraio come quelle su cui amavano rilassarsi a Gibney Beach. Sua nonna, LeeAnn, era amica della signora Gibney, e perciò poteva sedersi all'ombra, davanti ai cottage, tutte le volte che le andava.

«Spero tanto che il paradiso sia simile a questo luogo» era solita ripetere LeeAnn. Sabbia bianca, turchesi acque cristalline, la collina di Hawksnest e Carval Rock sullo sfondo.

Quando riesce a pensare a sua madre e a sua nonna che da quelle sdraio, in cielo, vegliano su di lei e la sostengono, la proteggono, Maia naviga tra i giorni quasi senza accorgersene.

Cerca di mantenere vivo il ricordo di sua madre in ogni dettaglio, perché una delle cose che ha sentito dire è che quando la gente muore tende a scomparire dalla memoria e a diventare più un'idea che una persona reale. Lei e sua madre erano così legate, così in connessione che non riesce a immaginare anche solo la possibilità di dimenticarla. A ogni modo, per prudenza, si propone di rivivere in continuazione certi momenti, certe istantanee.

Sua madre era splendida: piccolina, magra, perfettamente proporzionata. Aveva la pelle color cacao, più scura della sua, e un lampo di arancione negli occhi castani che attirava gli sguardi delle persone. I suoi occhi erano "paralizzanti", aveva detto una volta Russ, perché ti costringevano a fermarti qualsiasi cosa tu stessi facendo. Maia non aveva ereditato quella screziatura arancio; i suoi occhi erano nocciola come quelli della nonna. LeeAnn sosteneva che l'arancione fosse un tratto degli Small: e con questo intendeva il fuoco – e, con il fuoco, i guai.

Rosie lavorava a La Tapa quattro sere la settimana. Ci sapeva fare così tanto che la gente, quando chiamava per prenotare, chiedeva di lei. Cenare a La Tapa per alcuni era una tradizione, ma solo se a servire c'era Rosie. Aveva un sacco di esperienza in fatto di vini e, più ancora, di cibo, e le piaceva gironzolare in cucina per vedere come venivano preparate le pietanze. Era un'ottima cuoca, e a casa cucinava soprattutto piatti caraibici, ricette che aveva imparato da LeeAnn che, a sua volta, le aveva apprese dalla sua di madre: molluschi in umido, pollo piccante e gamberi alla creola con il riso. Metteva i piselli nell'insalata di pasta e l'uvetta in quella di cavolo, come tutti a St John, ma la sua versione di questi piatti era più appetitosa perché aggiungeva anche un cucchiaino di zucchero.

Maia è abbastanza grande per domandarsi se sua madre avesse delle aspirazioni. Ogni tanto aveva parlato di un chiosco ambulante, ma poi la tratteneva il pensiero dell'impegno che avrebbe comportato. La sua grande passione, questo lo sa benissimo, erano le Virgin Islands (sia U.S. sia British), e quando lavorava al ristorante dava sempre ottimi consigli ai clienti, come quello di provare il bar galleggiante a East End, l'Angel Rest; di non mancare di assaggiare le aragoste al Lime Inn; di fare yoga sulla spiaggia a Cinnamon e di partecipare alla messa, sempre sulla spiaggia, a Hawksnest. Avrebbe potuto fare la guida turistica, pensa Maia, o l'insegnante di yoga, oppure aprire quel benedetto chiosco, ma mancava di ambizioni, là dove lei, invece, ne ha da vendere: le ci vorrebbero due o tre vite per realizzare tutti gli obiettivi che si è prefissa. Ma non le piace pensare male di sua madre; perciò, invece di credere che le "mancasse" qualcosa, ha deciso di pensare a lei semplicemente come a una persona soddisfatta della propria vita. Era felice di ciò che aveva – amava Russ, aveva lei a cui pensare, il lavoro le piaceva e viveva in un posto che adorava, un posto pieno di amici ovunque si girasse – e non aveva motivo di desiderare alcun cambiamento.

Maia confida a Huck la sua idea di una celebrazione commemorativa in mare aperto, nel punto preciso in cui è sprofondato l'elicottero, e lui si dice d'accordo (come del resto aveva previsto). Huck è sempre stato il suo preferito. Sua madre e sua nonna le volevano bene perché dovevano. Huck le vuole bene perché gli va.

All'inizio, aveva pensato di onorare la memoria di Rosie. Ma poi, all'ultimo, aveva scelto una bomba da bagno anche per Russ.

Quanto a Russ, in effetti, nutre sentimenti contrastanti nei suoi confronti. La prima cosa che ricorda di lui sono i lecca-lecca che le portava: tipo caramelle Charms piatte, di forma ovale, al gusto fragola. I suoi preferiti. Poi ricorda di quando le aveva insegnato a nuotare nella loro spiaggia privata. Quando aveva nove anni, le aveva permesso di decorare la stanza che le aveva riservato nella sua villa. Ma una parte di Russ la metteva a disagio. Lui non abitava a St John: andava e veniva. Quando lui arrivava, sua madre era felice, persino euforica. Era impossibile buttarla giù di morale. Ogni sua partenza, però, lasciava Rosie in uno stato di prostrazione. Ogni singola volta che se ne andava, lei si spezzava in due, sembrava non ci fosse modo di cancellare il timore che lui non tornasse mai più.

Di solito, tutte le volte che lui arrivava sull'isola, lei e sua madre si trasferivano nella sua villa. Nuotavano in piscina o nella baia e mangiavano il cibo preparato da Rosie o quello che Paulette andava a prendere per loro in qualche ristorante. A Russ piacevano la tempura di aragosta del Rhumb Lines e la torta al lime del Morgan's Mango. Leggevano, guardavano film e giocavano a shuffleboard. Ma non andavano da nessuna parte e, quando poi facevano ritorno alla loro vita, alla casa che condividevano con Huck, lei non poteva parlare di Russ o della villa. Aveva sentito Huck e altri fare riferimento a lui come all'Uomo Invisibile, e certe volte aveva l'impressione che, in effetti, Russ esistesse solo per lei e sua madre. Era come se le uniche persone autorizzate a vederlo fossero Paulette e suo marito Douglas, oltre al tizio che si occupava del giardino e della piscina. Maia si domandava in che modo Russ arrivasse e andasse via dall'isola. Prendeva il traghetto, come gli altri? Le sembrava impossibile. Interpellata in proposito, sua madre aveva risposto: «A volte prende il traghetto, sì. A volte arriva in elicottero. Altre ancora, i suoi soci lo vengono a prendere con una barca direttamente dalla spiaggia». L'elicottero e la barca privata sembravano già più sensati; Maia non riusciva proprio a immaginare Russ in fila al molo dei traghetti, o seduto sul ponte superiore – come invece amava fare lei –, o mentre sbarcava a Red Hook. Pensava che Rosie stesse cercando di farlo passare per una persona normale, quando a lei era del tutto evidente che non lo fosse.

Quando era cresciuta al punto da avere amici e programmi suoi, Maia aveva espresso sempre più di frequente il desiderio di rimanere a casa di Huck le volte in cui Russ era a St John. In ogni caso, comunque, permaneva il divieto di parlare di lui o della villa.

«Ho bisogno di privacy in almeno una parte della mia vita» diceva sua madre. «Non voglio che ogni singolo, dannato abitante di quest'isola si impicci degli affari miei. E tu sai benissimo che finirebbe così.»

E lei lo sapeva. Se gli abitanti di St John avessero scoperto l'immensa villa affacciata su Little Cinnamon, avrebbero riservato a sua madre un trattamento diverso: avrebbero cominciato a chiederle prestiti e favori. Soprattutto i suoi parenti.

«L'amore è un casino. È complicato e ingiusto» diceva sua madre. Ma solo nei giorni in cui Russ ripartiva.

L'ultima volta in cui aveva visto sua madre era stata a mezzogiorno della vigilia di Capodanno. Rosie era tornata a casa dalla villa di Russ, dove aveva trascorso qualche giorno, all'unico scopo di darle "l'ultimo bacio dell'anno". Aveva un aspetto assolutamente magnifico: sembrava una dea nel suo nuovo vestitino color panna (un regalo di Natale di Russ) e con il girocollo in cuoio e perle nere (idem). Alla vista di quei regali, Maia le aveva controllato la mano sinistra; e dal momento che era ancora disadorna aveva intuito che, nel profondo, sua madre era delusa. Quello che Rosie desiderava da Russ era un anello di fidanzamento.

Lei e Joanie si erano rintanate nella sua stanza per stilare un elenco di essenze tropicali per le bombe da bagno che avrebbero fatto. Dovevano anche parlare di un ragazzo della classe, Colton Seeley, perché Joanie ne era letteralmente ossessionata. Le aveva prestato il cellulare per chattarci su Snapchat, perché i suoi genitori, severi e protettivi, la trattavano come se avesse sei anni, invece di dodici. Joanie aveva un vecchio cellulare, di quelli a conchiglia, sul quale non si poteva nemmeno navigare. Serviva solo per le chiamate.

Quando Rosie aveva bussato entrando in camera senza aspettare un cenno di assenso, Maia aveva brontolato in segno di protesta.

«Che c'è?» aveva chiesto sua madre. «Avete qualcosa da nascondere?»

«No» aveva risposto lei, sulla difensiva. Non le aveva mai nascosto nulla. Non ce n'era motivo, d'altronde: Rosie era una madre indulgente e permissiva. Solo che lei non voleva rivelare il segreto di Joanie, segreto che la sua amica poteva coltivare solo nel mondo libero di quella casa.

Peccato che la stessa Joanie non aspettasse altro che dire la verità. «Sto chattando con Colton Seeley» aveva svelato. «È così figo!»

«Colton *Seeley*?» le aveva fatto eco sua madre. «Lo conosco da quando era nella pancia di sua madre. Fatemi vedere cos'ha di tanto figo.»

Poi si era seduta sul letto tra loro due e aveva esaminato una foto di Colton dietro l'altra, mentre lei e Joanie le stavano rannicchiate accanto. Maia era stata felice che Joanie si fosse sentita abbastanza a suo agio da ammettere la propria cotta con sua madre, ed era stata orgogliosa di Rosie perché si era dimostrata meritevole di fiducia da parte delle sue amiche. Per quei pochi istanti sul letto, il suo era stato un mondo dorato.

Poi Rosie si era alzata e aveva detto loro che stava andando "alla villa", intendendo a casa di Russ, e che il giorno dopo aveva in programma di raggiungere Anegada. Perciò era tornata solo per dare a Maia l'ultimo bacio dell'anno. «E se volessimo venire anche noi ad Anegada?» le aveva chiesto. Sapeva di superare un confine, con quella domanda, perché Russ non socializzava con nessuno, nemmeno con Joanie. Tuttavia, sperava che sarebbe andata diversamente.

«Mi dispiace, Lina» aveva detto sua madre. «Andremo in elicottero.» Poi le aveva accarezzato una guancia e le aveva dato un bacio. «Ti voglio bene e sarò di ritorno domani a tarda sera. Buon anno nuovo.» Quindi, rivolta verso Joanie, aveva aggiunto: «Hai ragione, Joanie, Colton Seeley è davvero un figo da sballo. Vi saluto, ragazze. Fate le brave».

Joanie era ricaduta sul letto, subito riassorbita dall'estasi per Colton. Non aveva visto, perciò, la madre di Maia fare di nuovo capolino nella stanza per mimare un "Ti voglio bene, Lina" alla figlia.

"Ti voglio bene, mamma" aveva risposto Maia, sempre silenziosamente.

Rosie le aveva soffiato un bacio con la mano ed era sparita.

Quando Huck le dice – mentre fanno su e giù tra quelle stesse onde che hanno ghermito sua madre – che Russ aveva una moglie e dei figli, due maschi, Maia rimane stordita, senza fiato, ma per certi versi si sente come se le stesse confermando una cosa che in qualche modo aveva già intuito. Tutto quello che sua madre aveva desiderato era un anello di fidanzamento. Ma Russ era già sposato.

«Vogliono conoscerti» le dice Huck.

Maia sperimenta un momento da adulta: vuole incontrarli perché è curiosa. Al tempo stesso, però, non vuole vederli perché è impaurita.

Alla fine, comunque, decide di incontrarli. Altrimenti, continuerebbe a farsi domande. Pone un paio di condizioni, tuttavia: vuole al suo fianco Huck e Ayers.

«Ayers potrebbe sentirsi come un pesce fuor d'acqua» osserva Huck.

«Ho bisogno di lei. La mia squadra siete voi due.»

«La tua squadra è Joanie. Ma non la inviteresti mai, perché non è parte della famiglia.»

Maia ci riflette su per qualche istante. Quando le racconterà cosa sta succedendo, ovvero che deve incontrare la moglie di suo padre e i suoi due figli che sono, di fatto, suoi mezzi fratelli, Joanie sarà gelosa da morire. Un segreto familiare di Joanie è che, di tanto in tanto, suo padre Jeff va fino al Greengo's, in Mongoose Junction, per i tacos con *carnitas*. Joanie deve dirlo sottovoce perché Julie non se ne accorga.

«Mio padre fa soltanto finta di essere vegano» le aveva detto.

«Ayers è famiglia» dichiara Maia. «Ho bisogno che ci sia anche lei.»

«Glielo chiederò» dice Huck, anche se sembra a disagio.

«Glielo chiederò *io*» replica Maia con un'aria da martire. Invia ad Ayers un lungo SMS, il cui succo è che è emerso che Russ (l'Uomo Invisibile) ha una moglie e due figli, e che questi sono venuti a sapere di lei e desiderano incontrarla, e che lei vorrebbe tanto averla con sé, quando succederà. Sarebbe libera per l'indomani, dopo la scuola?

"Un po' come un re ha bisogno di assaggiatori" le scrive. È orgogliosa di sé perché ha appena appreso di questa usanza di corte – gli assaggiatori provavano il cibo del sovrano per scongiurare ogni tentativo di avvelenamento – e adesso lo sta applicando alla propria vita. "Solo che non rischi di morire."

"Devo essere al lavoro per le quattro" le risponde in un primo momento Ayers. Ma poi, qualche istante dopo, rettifica: "Ho fatto cambio di turno con Tilda. Chiedi a Huck di passarmi a prendere".

"Evviva!" risponde Maia. "Grazie mille!" È un sollievo sapere che Ayers ci sarà, anche se si sente in colpa per averle fatto perdere una giornata di lavoro. Nutrire sentimenti da adulta è estenuante.

Il giorno dopo, nel tragitto in auto verso la villa, Maia è pietrificata. E trema: un fenomeno che non le è mai capitato di provare e che sfugge al suo controllo. Allunga una mano, il palmo verso il basso, e cerca di calmare il tremito, ma senza successo.

«Vuoi che torniamo indietro?» le chiede Huck.

«No» risponde lei con una sicurezza maggiore di quella che prova. Non si tirerà indietro solo perché ha paura.

«Se può farti sentire meglio, sono nervosa anch'io» ammette Ayers.

«Idem» aggiunge Huck.

Di cos'ha paura esattamente? La sera prima, al telefono, Joanie l'ha aiutata ad analizzare i fatti. A scuola hanno imparato che spesso la paura deriva dall'ignoranza. Una volta compresa, qualsiasi situazione diventa meno minacciosa.

«Che cosa potrebbe accadere, nella peggiore delle ipotesi?» le aveva chiesto. «Non ti faranno del *male*.»

Maia aveva stilato un elenco:

1. Sono persone cattive
2. Silenzio imbarazzato
3. Non mi piacciono
4. Diranno cose spiacevoli sul conto di mia madre. La insulteranno, diranno che l'incidente è avvenuto per colpa sua.

Bingo, è l'ultimo punto. Non sopporta neanche il pensiero che sua madre venga diffamata da persone che non l'hanno mai conosciuta. Eppure, è anche per questo che deve andare: qualcuno deve difendere il suo onore.

Huck imbocca la traversa – non serve nemmeno che sia lei a indicargliela – e l'auto comincia a risalire il fianco della collina.

«Coraggio, scoiattolini» dice, ma è evidente che non ha molta voglia di scherzare. Probabilmente, Huck sarebbe felicissimo di fare dietrofront insieme agli scoiattolini.

Alla fine, arrivano al vialetto di ingresso, dove trovano il cancello già aperto: cosa mai successa quando c'era Russ. Ovviamente, però, adesso in casa c'è proprio la gente da cui si nascondeva.

Maia fa un respiro profondo. Ayers le stringe la mano.

«È tutto okay» le dice. «Ce la puoi fare.»

Appena scende dal furgone, Maia si sente investire dall'enormità di quanto sta per succedere. Raggiunge di corsa la buganvillea che costeggia il vialetto e rimette il sandwich di pesce mangiato a pranzo. Huck le passa la bottiglia d'acqua che tiene sempre insieme alle provviste per la pesca nel retro del furgone.

Decide di voler diventare vegana. Per il resto dell'anno mangerà soltanto burro di arachidi e marmellata.

Presa la decisione, imboccano la scalinata di pietra.

Prima di entrare in casa, Ayers si guarda intorno, osservando il panorama. «Che strano» dice. «Siamo a Little Cinnamon, o nei paraggi. La casa ha questa vista spettacolare, ma rimane invisibile dalla strada.»

«Si vede solo dal mare» spiega Huck. «È stata progettata apposta così.» Si avvicina alla porta scorrevole, bussa sul vetro e apre. «Salve a tutti!» saluta. «Eccoci qua.»

Al tavolo della cucina siedono tre persone, una donna e due uomini. Al loro ingresso, si alzano tutti e tre.

Uno dei due uomini, quello più alto e attraente, esclama: «Ayers!?».

«Eccoci qua» ripete Huck. Gli si avvicina porgendo la mano. «Sono il capitano Huck Powers.»

«Baker Steele» dice l'altro.

Baker: è un nome che Maia ha già sentito. Poi le sovviene: è il turista, il tizio di cui parlava Ayers.

«Cash Steele» si presenta il secondo uomo. Più basso, ha la capigliatura folta e bionda di un surfer californiano. Sul viso arrossato dal sole, l'azzurro degli occhi spicca con un'intensità quasi feroce.

«Lei è la nostra amica Ayers Wilson» continua Huck. «E lei è Maia.»

La donna si fa avanti e le porge la mano. «Sono Irene» dice. «È un piacere conoscerti, Maia. Sei anche più carina che nelle foto che mi ha mostrato tuo nonno.»

«Oh, grazie» risponde Maia. Le stringe la mano con presa salda, riuscendo persino a sostenere il suo sguardo. È decisamente più anziana di sua madre, pensa. È una bella donna, ma ha un'aria da mamma/nonna. I capelli, di un castano con sfumature rossicce, sono raccolti in una treccia. Indossa un abito di lino verde ed è scalza.

Baker guarda Ayers. «Non avevo proprio capito che saresti venuta anche tu.»

«Ho deciso all'ultimo.»

«Vi conoscete?» domanda Irene.

Poi interviene l'altro fratello. Cash. "Che nome figo" pensa Maia. Adora i cognomi usati come nomi: lei, per esempio, avrebbe tanto voluto chiamarsi Rainseford o Gage. Maia è troppo noioso, troppo delicato.

«Io e Baker l'abbiamo conosciuta la sera in cui siamo andati a cena in città» dice. «Lavora a La Tapa.»

«Ebbene sì» conferma scherzosamente Ayers. Ma il suo tono sembra forzato.

"Ayers lo sapeva che il turista era il figlio di Russ?" si domanda Maia. Poi fa un pensiero folle: se Ayers sposasse il turista, diventerebbe una sua mezza cognata!

Il pensiero serve a distrarla da quella che è l'emozione dominante: un senso di smarrimento, di sconcerto. Questa è la cucina della villa: la sua cucina, per certi versi, o almeno quella in cui ha trascorso tanto tempo (comunque meno, probabilmente, di quello speso a fingere che non esistesse). Dentro lo sportello della credenza, a sinistra, sa di trovare cinque o sei confezioni di SpaghettiOs, che lei adora ma che Huck non vuole vedere in casa perché ai tempi del Vietnam era costretto a mangiarli freddi dal barattolo. E adesso è qui con lei, e c'è anche Ayers. Se sua madre sta guardando la scena dalla sua sdraio in paradiso, di sicuro si sentirà molto, molto turbata. Maia sente di essere sleale. Essere in quella casa rappresenta un tradimento nei confronti di sua madre e di suo padre.

Ma forse non è proprio così. Forse Russ è felice del fatto che le sue due famiglie si siano incontrate, finalmente. Forse era persino previsto che accadesse.

Maia studia i tre estranei che ha davanti e sa che loro stanno facendo altrettanto.

"Che cosa staranno pensando?" si chiede.

Irene

La ragazzina è davvero bella e ha una grazia che non si poteva cogliere dalle foto. Ha la pelle chiara e i capelli mossi, raccolti in una coda di cavallo. Ha gli occhi castani, ma il naso e il sorriso sono in tutto e per tutto quelli di Russ e, più ancora, quelli di Milly. Guardare Maia è come vedere Milly all'età di dodici anni, se fosse nata ai Caraibi.

Irene ha bisogno di calmarsi; vorrebbe offrire loro qualcosa da bere e tirare fuori qualche stuzzichino, magari, ma è come azzoppata dal pensiero di Milly. Quando tornerà a casa – molto presto, forse nel fine settimana – andrà a trovarla. E quel giorno, ormai ha deciso, le dirà la verità: Russ è morto, e non solo. Aveva una casa e una seconda famiglia ai Caraibi. Ha appena fatto la predica ai ragazzi, esortandoli a non avere segreti, e adesso non può comportarsi da ipocrita. Milly deve sapere. E deve sapere anche che ha una nipote che le somiglia tanto.

«Che cosa vuoi bere?» chiede a Maia.

«Un ginger ale, grazie... se ne ha» risponde lei, portandosi una mano allo stomaco. «Mi sento un po' così...»

"Povera bimba" pensa Irene mentre tira fuori dal frigo un ginger ale. "Deve essere andata nel pallone."

Winnie entra in cucina agitando la coda. Va dritta verso Ayers, che si china ad accarezzarla sotto il mento. Irene non ha ben capito chi sia questa Ayers, né il motivo della sua presenza. Era un'amica di Rosie, forse? Se è così, potrebbe avere le risposte ad alcune delle domande che la tormentano.

«Non eri mai stata qui, prima?» le sta chiedendo Cash.
«Mai. Non sapevo nemmeno dove fosse.»
«Neppure io ero mai venuto» aggiunge Huck. «Fino all'altra sera, quando Irene mi ha invitato a cena.»
«Davvero?» si sorprende Baker. «Nessuno dei due si era mai chiesto...?»
«Per te invece non è la prima volta, vero, Maia?» chiede Irene. Poi intercetta uno sguardo di avvertimento da parte di Huck: le ha già detto che non deve farle il terzo grado.
«No» risponde Maia. «Ho una stanza tutta per me, qui. Al piano di sopra, in fondo al corridoio.»
Irene è consapevole di sfidare la sorte, ma non può evitare di chiedere: «Hai idea di che lavoro facesse Russ? Per chi lavorasse e in che settore?».
«Non proprio. Finanza o qualcosa del genere. Tutto quello che so è che era spesso via per lavoro.»
L'ultima affermazione strappa a Irene una risata amara. «Intendi dire che era spesso a casa.»
Maia batte le palpebre, sconcertata.
«Nella casa di Iowa City» spiega Irene. «Con me, sua moglie. Con noi, la sua famiglia...» Sta quasi per aggiungere: "La sua vera famiglia", ma si trattiene. Non sfogherà la sua rabbia su una ragazzina innocente.
"Tua madre sapeva di me?" vorrebbe chiederle. "Sapeva della donna che stava pugnalando? Sapeva di Baker e Cash, di Anna e Floyd? Lo sapeva?" Ma non può farlo: Huck la porterebbe via subito.
Comunque sia, Maia è intuitiva.
«Mia madre amava ripetere che l'amore è un casino. Che è complicato e ingiusto.»
«Be',» commenta Irene «su questo non sbagliava.»
«Amen» dice Baker.
«Amen» gli fa eco Ayers.
«Amen» conclude Cash.
Ferma sulla porta a vetri, Winnie suggella il momento abbaiando.

Ayers

"Dio benedica i cani" pensa. Per quanto una situazione possa essere tesa – e quella nella cucina della villa dell'Uomo Invisibile, con la sua decisamente visibile moglie e i suoi *figli*, Baker e Cash, segnava undici punti su una scala dello stress da uno a dieci – un cane riesce sempre a sdrammatizzare.

Quando Winnie entra in cucina, la prima cosa che fa è affondare il naso tra le sue gambe, scodinzolando.

Stanno cercando di comportarsi tutti normalmente, di fingere che questo incontro non sia un gran pasticcio. A un certo punto, Irene chiede di parlare in privato con Huck e Maia, e Baker coglie l'occasione per invitarla fuori. Cash li segue insieme a Winnie.

«Vattene» gli dice Baker. «Per favore.»

«Cash può rimanere, invece» replica Ayers. «In realtà, vorrei parlare con entrambi.»

Vanno verso la piscina e si siedono sul bordo, i piedi a mollo. Winnie si accuccia tra Ayers e Cash, e lei le accarezza la testa.

«Comincio io» dice Baker. «Ti devo delle scuse.»

«Fermati» lo blocca Ayers. Anche se i suoi genitori le hanno fatto vedere le risaie del Vietnam, il deserto rosso dell'outback australiano e le vette innevate delle Alpi svizzere, con l'intento di renderla una persona "di mondo", non è ancora in grado di gestire un tale paesaggio emotivo. Ed è una cosa, questa, che non smette di meravigliarla.

«Tocca a lei, Baker» dice Cash. «Un po' di rispetto.»

«Grazie.» Chinando il capo, sente l'odore di Mick sui suoi vestiti. Conclusa la telefonata con Cash, la sera prima – «In ogni caso, non dovresti provare interesse per nessuno dei due» – aveva dato di matto. Era stata presa alla sprovvista. Ma, una volta che quel tassello aveva trovato il suo posto, l'intero quadro aveva acquistato senso.

Baker e Cash erano andati al rinfresco in memoria di Rosie di proposito, perché volevano raccogliere informazioni sulla donna che il padre frequentava di nascosto.

Solo ripetendola mentalmente, quella frase la riempie di rabbia. Per Russell Steele Rosie era solo un passatempo, la madre di sua figlia, la moglie sull'isola. Che cosa può pensare di quell'uomo, se non che era un essere spregevole? A ogni modo, però, deve essere cauta, perché era pur sempre il padre biologico di Maia. L'Uomo Invisibile era anche il Pirata, che è un po' come scoprire che Babbo Natale è anche la Fatina dei Denti.

«Siete due bugiardi» dice. «Come vostro padre.»

Quando Cash alza le mani per respingere l'accusa, lei rincara la dose. «Nessuno dei due mi ha detto chi era al rinfresco. Vi siete spacciati per due imbucati.»

«Ma *eravamo* due imbucati» si difende Baker.

«E poi *ti* ho incontrato lungo il Reef Bay Trail» continua Ayers, rivolgendosi a Cash. «Mi stavi *seguendo*?»

«Seguirti? No, è stata una coincidenza!»

Gli occhi di Ayers si restringono in due fessure.

«Te lo giuro» protesta Cash. «Non ero mai stato qui. Volevo semplicemente uscire di casa e guardarmi intorno. Portare Winnie a fare un giro. Ti ho incontrata per puro caso. Come avrei fatto a seguirti?»

Difficile dargli torto. Forse era stata solo tremendamente sfortunata. «Ma sei venuto sulla *Treasure Island* perché volevi farmi domande sul conto di Rosie. Ammettilo.»

«Sono venuto sulla *Treasure Island* perché volevo vedere *te*. Perché ti trovavo carina – anzi no: ti trovavo *fantastica*, oltre che ritenerti in gamba. E perché mi avevi invitato.»

«Gesù» commenta Baker.

«E tu!» continua Ayers. «Tu ti sei comportato molto peggio.»

«Lo ammetto, siamo venuti a quel rinfresco per scoprire qualcosa in più» confessa Baker. «Ma appena ti ho vista, Ayers... ho quasi scordato come mi chiamo. È stato amore a prima vista.»

«Tu mi hai *usata*» ribatte lei. Ha il sole in faccia, perciò è costretta a strizzare gli occhi – cosa che, del resto, si addice al suo umore.

«Uno dice che gli piaccio, l'altro addirittura che mi ama... Ma tutti e due mi avete mentito, mi avete nascosto la vostra vera identità. E il punto è che... io sentivo che qualcosa non tornava. Lo *sapevo*.» Abbassa la voce. «Non ho mai conosciuto vostro padre, ma ha vissuto anni mentendo alla mia migliore amica. E tutto quello che posso pensare di questa storia è che non solo non aveva scrupoli: non aveva nemmeno un'anima.»

«Ehi» dice Baker.

«Ha ragione» interviene Cash. «Papà non ha scusanti. Zero.»

Per Ayers è il momento di affondare il colpo. «E voi due siete come lui. Spregevoli.»

«Ma io ti ho chiamata e ti ho detto tutta la verità» ribatte Cash.

«Ma dai» commenta Baker. «L'ho chiamata io.»

«L'hai chiamata tu?» chiede Cash. «Be', l'ho fatto anch'io.»

«Troppo poco, troppo tardi» dice Ayers. Non vuole rivederli mai più, e questo le fa male perché le piacevano entrambi. E adesso teme che non potrà liberarsene mai perché sono *i fratelli di Maia*. «Comunque, non importa. Sono tornata con Mick.»

«No» dice Baker.

«Sì» ribadisce Ayers. «Ho passato la notte con lui.»

Le dà soddisfazione dirlo, anche se una parte di lei prova vergogna per la velocità con cui ha riaccolto Mick. Lo ha chiamato e, mezz'ora dopo, lui si è presentato a casa sua con due porzioni di stufato di coda di bue e riso all'ananas del De' Coal Pot, più un magnifico hibiscus rosso in un bicchiere. L'ha implorata di concedergli una seconda possibilità: aveva commesso un errore che non si sarebbe ripetuto mai più.

E lei ha ceduto pur sapendo che si sarebbe ripetuto *eccome*, una volta assunta una nuova ragazzina anche solo vagamente simile a Brigid. A differenza di questi due, però, Mick era una strada vecchia, priva di sorprese. E viveva sull'isola.

"I turisti," si ripete ancora una volta "non portano che guai."

Cash

La brutta notizia è che non può avere Ayers.

Quella buona, però, è che non potrà averla nemmeno Baker.

Li odia entrambi.

È un colpo da K.O., certo, ma non può che ammirare i suoi principi. Se fosse stato al suo posto, si sarebbe odiato anche lui.

Lasciata la piscina, rientrano in cucina, dove Irene, Huck e Maia siedono in silenzio. Forse il loro arrivo ha interrotto qualcosa, oppure erano giunti alla fine della conversazione.

Huck si alza. «Immagino sia ora di andare.»

«Aspettate» dice Irene. «Le ceneri.»

«Io me ne vado» dice Ayers. «Vado a piedi fino alla strada e poi mi faccio venire a prendere dal mio ragazzo.»

«Ti accompagno io a casa» insiste Huck. Poi, rivolgendosi a Irene, aggiunge. «Do uno strappo ad Ayers e poi torno a riprendere Maia. Quaranta minuti. Sarà sufficiente per quello che dovete fare?»

«Più che sufficiente.»

Cash, Baker e Maia seguono Irene giù per gli ottanta gradini che portano alla spiaggia. Qualche minuto dopo, i figli di Russell Steele e la moglie che lui ha tradito per tredici anni affidano al mare dei Caraibi le sue ceneri. Nessuno dice niente. Nessuno versa una lacrima.

Irene conserva una manciata di ceneri nella busta.

«Le porterò a casa per la madre di Russ.» Poi sorride a Maia. «Tua nonna. Ha novantasette anni.»

«Davvero?»

«E le assomigli tantissimo» aggiunge.

Cash si è sforzato di non studiare in maniera troppo sfacciata il volto di Maia – non vuole metterla a disagio –, ma non può che dirsi d'accordo: c'è qualcosa, nella sua fisionomia, che gli ricorda decisamente Milly.

In testa gli riecheggiano ancora le parole di Ayers: "Non ho mai conosciuto vostro padre, ma ha vissuto anni mentendo alla mia migliore amica. E tutto quello che posso pensare di questa storia è che non solo non aveva scrupoli: non aveva nemmeno un'anima".

Parole troppo severe, forse. Vuole pensare che suo padre fosse qualcosa di più. D'altra parte, aveva passato anni e anni a mantenere la famiglia con un lavoro che detestava, ed era sempre stato un padre entusiasta e partecipe. Quando era piccolo, lo teneva per mano, lo faceva camminare sulle sue gambe e poi gli faceva fare le capriole sollevandolo per le braccia. Solo due anni prima gli aveva dato le chiavi di due prestigiosi immobili di Denver. Non aveva posto obiezioni al nome Savage Season Outdoor Supply, ed era persino andato in città per il taglio del nastro. Aveva creduto in lui più di quanto non facesse lui stesso.

Eppure, non poteva negare che Russ avesse combinato un disastro epocale. I soldi per quei due negozi... da dove venivano?

Cash è il primo a tornare su.

Magari cambierà idea, a un certo punto, ma per adesso è sollevato al pensiero di essersi liberato di suo padre.

Huck

Non appena Baker, Cash e Ayers escono in terrazza, Irene dice: «Voglio parlare di soldi».

«Forse dovremmo parlarne io e te, da soli» osserva Huck.

Ma Irene ignora la proposta. «Immagino che Russ contribuisse in qualche modo al sostentamento di Rosie» dice. «Quello che voglio dirvi è che intendo continuare su questa strada. Frequenti una scuola privata?»

«La Gifft Hill» risponde Maia, annuendo.

«E pensi di fare l'università?»

«Certo! La mia prima scelta è la New York University, la seconda Stanford. Mi interessa la microfinanza. È quella cosa in cui tu presti una piccola somma per aiutare la gente ad avviare un'attività locale. E io voglio aiutare le donne dei Caraibi.»

«Bene» commenta Irene.

«Sono un'imprenditrice» afferma Maia. «Io e la mia amica Joanie abbiamo iniziato a vendere bombe da bagno. Vengono sei dollari al pezzo, se le va di comprarne una.»

«Voglio comprarne parecchie» risponde Irene.

«Semplifichiamo le cose, come con le bombe da bagno» interviene Huck. «Sono perfettamente in grado di mantenere Maia e di mandarla al college.»

«Ma certo» replica Irene. «Non era mia intenzione offenderti.»

«Non sono affatto offeso» assicura Huck, benché invece lo sia, un tantino. Il terreno emotivo è già abbastanza sconnesso senza mettere in mezzo i soldi, anche se ha capito che l'intento di Irene è quello di rassicurarli: non è una strega vendicativa. Maia continuerà ad avere tutto ciò di cui ha bisogno.

«Non voglio imporre la mia presenza nella tua vita» continua Irene. «Ma desideravo conoscerti, per quanto questa mia scelta possa sembrare strana o poco convenzionale. Mi piacerebbe continuare a far parte della tua vita, ma sarai tu a decidere in che misura. Forse me ne andrò domani e non ti rivedrò più finché non andrai alla New York University o a Stanford. Ma voglio tu sappia che ci sono e che, se avrai bisogno di qualcosa, potrai dirmelo senza problemi. Sarebbe un onore, per me.»

«Grazie» risponde semplicemente Maia.

«Vai via domani?» domanda Huck.

«Sì. Adesso io e i ragazzi spargeremo le ceneri in mare e... Maia, spero tu voglia unirti a noi. Una volta fatto questo, direi che posso tornare a casa. Anzi, devo.»

«Che cosa farete con la villa?» chiede.

«Niente, per il momento. Mi aspettano un bel po' di decisioni ma, per fortuna, non devo prenderle oggi.» Si sporge per stringere la mano di Maia. «Sono così felice che tu sia venuta! Sei una ragazza davvero speciale.»

«Grazie» risponde lei. «Ci provo.»

Irene scoppia a ridere – una risata vera, sincera – e dice a Huck: «Avrai un bel da fare!».

«E non vorrei fosse altrimenti.»

La loro conversazione dev'essere stata molto più piacevole di quella fuori, perché al loro rientro in cucina Ayers, Baker e Cash sembrano tre bambini a cui le onde hanno appena distrutto il castello di sabbia.

Huck si offre di accompagnare Ayers a casa in modo da lasciare a Maia il tempo di spargere in mare le ceneri dell'Uomo Invisibile insieme a Irene e ai suoi fratelli.

Irene e i suoi fratelli. Huck si chiede quanto gli ci vorrà per abituarsi a quel nuovo stato di cose.

Quando si immettono sulla strada costiera, si gira a guardare Ayers. «Tutto bene?»

«Immagino di sì.»

«Ti chiedo scusa se è stato imbarazzante, per te. Ma Maia ci teneva tanto che ci fossi.»

«Ho conosciuto entrambi i fratelli la settimana scorsa» spiega Ayers. «E sono uscita una o due volte con Baker.»

«È lui il turista di cui mi ha parlato Maia?»

«Sì, è lui. Lo sapevo che non era una buona idea, ma ci sono cascata lo stesso. E domani se ne va.»

«Anche Irene parte.» E mentre lo dice Huck si rende conto di sembrare malinconico.

«Immagino sarebbe più semplice se non ci piacessero così tanto» commenta Ayers.

Lui è sul punto di chiarire che Irene "non gli piace", almeno non nel senso inteso da Ayers, ma poi si dice: "Perché mentire?".

«Ho deciso di tatuarmi i petroglifi» annuncia lei.

«Come Rosie?» chiede Huck. Il tatuaggio che si era fatta a quindici anni senza il permesso della madre – lui non era ancora entrato in scena, ci tiene a puntualizzarlo – era appena sopra la caviglia sinistra.

«Sì. Pensavo di non meritarne uno perché non sono cresciuta qui e non ho parenti del posto...»

«Ma hai voluto tanto bene a una persona del posto» dice Huck. «E adesso l'hai persa. Credo che questo faccia dell'isola la tua casa.»

«Grazie per averlo detto.» Ayers non nasconde più le lacrime. «Mi accompagneresti a farlo?»

«Ne sarei onorato.»

Irene

Sul volo di ritorno, siede nello stesso posto che aveva occupato all'andata, sempre accanto a Cash, ma stavolta ha una manciata delle ceneri di Russ nella borsa. Ha trascorso alle Virgin Islands sette giorni e otto notti. Sa molte più cose, adesso, di quando è arrivata, anche se non è ancora tutto quello che ha bisogno di sapere. Al rientro dovrà contattare Ed Sorley, il suo avvocato. Dovrà far sapere a tutti che Russ è morto. Dovrà assumere un contabile forense e, molto probabilmente, un investigatore privato.

Un tempo le Virgin Islands pullulavano di pirati o, per lo meno, trasudavano del folklore legato a quegli affascinanti spadaccini con le loro bandiere con teschio e ossa e i loro tesori nascosti. E un'aura di illegalità ancora le pervade: questo lo ha imparato. È come se il sole rovente avesse dissolto le regole, come se la bellezza mozzafiato dell'acqua e della vegetazione abbacinasse chiunque approda su quelle rive, spingendolo in uno stato di beatitudine. La musica che sta ascoltando dice tutto: *The Weather Is Here, You and Tequila, One Love*.

Prima della sua partenza, Huck aveva insistito per portarla di nuovo in mare sulla *Mississippi*. E lei sapeva che, per poterlo fare, aveva sicuramente annullato qualche escursione. Ma – così le aveva detto – intendeva farle salutare l'isola nella maniera giusta.

«E se faccio un buon lavoro,» aveva aggiunto «potresti persino scoprire che questo posto ti piace.»

Non c'era abbastanza tempo per pescare, perché doveva andare a prendere Maia a scuola alle tre, e così le aveva fatto fare il giro dell'isola. Erano partiti con comodo dal porto di Cruz Bay, per dirigersi a nordest. Huck le aveva indicato tutte le spiagge, aggiungendo qualche commento.

«Per prima cosa, alla tua destra vedrai Salomon e Honeymoon. Sarebbe istintivo credere che Honeymoon sia la spiaggia per nudisti, ma non è così. La spiaggia per nudisti è Salomon; Honeymoon è quella per gli sport acquatici.»

Lei non si era potuta trattenere dal gettare un'occhiata verso Salomon, che però era completamente deserta.

«Lì c'è il Caneel Bay, il resort. Se avessimo più tempo, potremmo attraccare e berci una bottiglia di champagne.»

«Tu non hai molto l'aria di uno che beve champagne» aveva osservato lei.

«Vero» aveva ammesso Huck. Avevano superato il capo. «Sulla destra c'è Hawksnest, molto popolare tra i locali, anche se personalmente non ci andrei nemmeno se costretto, e quella a sinistra è invece Oppenheimer, così chiamata in memoria di Robert, inventore della bomba atomica. La terra era sua. Subito dopo c'è Denis Bay, sotto Peace Hill. Per il mio secondo, Adam, è la spiaggia "delle belle gnocche".»

Irene aveva scosso la testa, sorridendo.

«Lì c'è Trunk Bay, la vincitrice del nostro concorso, seguita da Peter Bay, che ospita tutte quelle case di lusso... Ed ecco che ci avviciniamo a... Little Cinnamon.»

«Little Cinnamon?» aveva detto lei. «Dove c'è la villa?»

Huck aveva dovuto spegnere il motore per recuperare il binocolo. Poi aveva studiato la collina per qualche istante. «Laggiù. L'esterno della casa è progettato in modo da mimetizzarsi nel verde circostante, ma se guardi con attenzione nella direzione precisa in cui sto puntando le lenti, la vedrai.»

Irene aveva preso il binocolo. Aveva faticato un bel po' a riconoscere qualcosa che assomigliasse vagamente a una casa, ma alla fine si era imbattuta nella curva della scala che conduceva alla terrazza. Fuori c'erano un uomo e un cane: Cash e Winnie.

Oltrepassata Cinnamon, si erano spinti fino a Maho per aggirare Mary's Point verso Waterlemon Cay («Lo snorkeling è fantastico, dobbiamo farlo assolutamente, la prossima volta che vieni») e Frank Bay («Lì si va in buggy»), fino a Coral Bay. Poi avevano costeggiato le spiagge rivolte a sud: Salt Pond («Tartarughe garantite»), Lameshur Bay, Reef Bay, Fish Bay. Irene aveva seguito i loro spostamenti sulla cartina. Era intimorita dalle dimensioni dell'isola e dalle case nascoste tra i crepacci e aggrappate alle scogliere.

C'erano un sacco di anfratti in cui nascondersi a St John.

Huck aveva puntato verso un isolotto chiamato Little St James. «Che cosa ci vuoi sulla pizza?»

«Sulla pizza?»

Huck aveva indicato una barca a vela a qualche centinaio di metri. In cima all'albero sventolava una bandiera con una pizza e l'insegna PIZZA PI. Quando erano stati più vicini, Irene aveva notato che dall'albero pendeva anche un menu. Un pizzaiolo in mezzo al mare dei Caraibi.

«Proviamo la pizza all'aragosta» aveva proposto. «Solo perché possiamo.»

«Una donna con i miei stessi gusti» aveva commentato Huck, prima di aggiungere: «Tutte le pizze vengono preparate al momento, su ordinazione. E quella all'aragosta è appunto la mia preferita». Aveva gettato l'ancora, si era sbarazzato della camicia e aveva raggiunto la barca a nuoto per ordinare.

Irene aveva giurato a se stessa che, se mai fosse tornata sull'isola, avrebbe portato un costume.

Poi avevano mangiato una pizza intera e si erano sdraiati al sole. Era stata sul punto di appisolarsi, quando aveva sentito Huck riavviare il motore.

«Torniamo?» gli aveva chiesto.

«Rimane ancora una tappa» aveva risposto Huck.

Quindi aveva puntato a ovest, in direzione di Water Island, «la quarta e meno conosciuta delle Virgin». Dopo di che, spento di nuovo il motore e gettata ancora una volta l'ancora, Huck aveva indossato una maschera e si era tuffato dicendo: «Torno tra un attimo».

Irene si era sporta oltre il parapetto della barca per guardare la sua sagoma indistinta scintillare sotto la superficie. A un certo punto Huck era finito sotto lo scafo e, proprio quando lei aveva iniziato a domandarsi se fosse il caso di preoccuparsi (pur faticando a credere che lui avesse bisogno di essere salvato in mare), era riemerso.

«Ho trovato una meraviglia!» aveva annunciato.

"Di che genere?" si era chiesta lei.

Lui era risalito usando la scaletta sul retro della barca con in mano una conchiglia rosa. «Oh!» aveva esclamato lei. Era così perfetta che sembrava appena acquistata da un negozio di souvenir.

Huck aveva preso il tagliere che usava per sfilettare il pesce e aveva estratto il mollusco dal guscio, per conservarlo in una busta di plastica pulita.

«Maia adora le mie frittelle di mollusco» aveva spiegato. Quindi aveva messo la conchiglia in un secchio d'acqua e ci aveva versato sopra un po' di candeggina. «Per quando attraccheremo sarà pulita.»

«Le darai anche la conchiglia?» aveva chiesto Irene. Aveva pensato a quanto dovesse essere fantastico avere un nonno in grado di portarti delle sorprese direttamente dal fondo del mare.

«No. È per te.»

Di fatto, era persino qualcosa di più che una semplice conchiglia. Servendosi del coltello, l'aveva trasformata in un corno. Poi aveva portato le labbra all'altezza del foro che aveva praticato e, afferrandola con le dita in modo da raggiungere l'interno rosa e lucido, aveva soffiato. Il suono che ne era uscito, tutt'altro che piacevole, era basso e lugubre.

"È il suono del mio cuore" aveva pensato Irene.

Huck le aveva offerto la conchiglia. «Portala a casa. E quando avrai bisogno di un amico, soffiaci dentro.»

«Solo che non potrai sentirlo» aveva replicato Irene.

«Io no, ma tu sì. E ti ricorderai che esiste un'isoletta nei Caraibi, e che su quest'isola hai un amico vero. Capito, ranocchietta pescatrice?»

Irene aveva annuito. Poi si era costretta a guardarlo negli occhi e aveva ripensato alla sua ultima ora di innocenza, dieci giorni e una vita prima, quando alla Prairie Lights aveva notato il modo in cui Brandon, il barman, guardava la sua amica Lydia. Ecco, ora Huck la stava guardando più o meno nella stessa maniera. Non era un'idea, un abbozzo o una semplice distrazione da una donna più bella e più giovane.

Huck la vedeva.

Vedeva lei e nient'altro.

Quando atterrano a Chicago, Irene si accorge di avere tre chiamate perse dalla casa di riposo Brown Deer. C'è anche un messaggio vocale.

«Milly» dice a Cash.

Irene ascolta il messaggio. È di qualche ora prima. "Salve, Irene. Sono Dot, da Brown Deer. Siete ancora in vacanza, per caso? A ogni modo, volevo farti sapere che Milly ha perso conoscenza e il dottor Adler pensa che possa andarsene stanotte." Segue una pausa: Irene può praticamente sentire la povera Dot sforzarsi di trovare le parole giuste. "Non volevo darvi questa notizia mentre siete fuori, ma non posso nemmeno tenervi all'oscuro. Grazie, Irene, e le chiedo ancora scusa. Richiami appena può."

Ma Milly Steele non se ne va quella notte. Resiste fino a lunedì mattina. Irene e Cash, nel frattempo, hanno disfatto le valigie, portato i vestiti in lavanderia e sono andati a Brown Deer a turno per stare seduti accanto a Milly, nel caso riprendesse conoscenza per miracolo.

Irene e Cash hanno anche modo di parlare. Cash le confida che Baker provava dei sentimenti per quella ragazza, Ayers, che era stata molto amica di Rosie, aggiungendo che piaceva anche a lui.

«Le donne preferiscono sempre Baker a me.»

Irene scuote il capo. «Baker non è ancora un uomo libero, tu sì. E sei bello e affascinante quanto lui.» Poi si illumina in volto. «Se ricordo bene, mi sembra che ad Ayers piacesse abbastanza Winnie. Penso che dovresti insistere.» Ma non ha suggerimenti su come fare, visto che lei vive a St John e lui nel Midwest.

Il caso vuole che il lunedì mattina siedano entrambi al capezzale di Milly. La veglia notturna è stata dura, e adesso il respiro si è fatto lugubre, un rantolo di morte: non ci vorrà molto, ormai.

Irene è sollevata dal fatto di non doverle raccontare la verità sul conto di suo figlio.

Non essendo consentito l'uso di cellulari all'interno del reparto, e men che meno in una stanza in cui un'anziana signora di novantasette anni sta per spirare, né Irene né Cash rispondono alle chiamate da un numero sconosciuto con il prefisso 787: San Juan, Porto Rico. La chiamata sul telefono di Irene è delle 8.24. Quella sul telefono di Cash delle 8.26.

Entrambe perse.

Milly esala l'ultimo respiro due minuti dopo le dieci del mattino. Dot arriva per registrare l'ora del decesso.

«Una vita ben vissuta» dice.

Irene e Cash danno le disposizioni necessarie. Il corpo di Milly verrà cremato. Le sue ceneri, insieme a quanto rimane di quelle di Russ, saranno sepolte nel cimitero della chiesa, la First Presbyterian, una volta che, a primavera, il terreno si sarà sgelato.

«Che cosa vuoi fare adesso?» chiede Irene a Cash.

«Seriamente?» dice Cash. «Voglio tornare.»

Irene annuisce. Non ha bisogno di chiedere che cosa intenda per "tornare". Lo sa.

«Anch'io» dice.

Alle 8.27 di lunedì mattina, Baker sta facendo colazione allo Snooze, a Houston, con le mogli della scuola: Wendy, Becky, Debbie ed Ellen. Sono state tutte in pensiero per lui. Baker era stato via per oltre una settimana senza avvertire nessuno e tutte loro avevano visto la dottoressa Anna Schaffer portare Floyd a scuola e *tornare a prenderlo*.

«Avevo intuito che qualcosa non andava» dice Debbie. «Non volevo ficcare il naso, e comunque, *anche se avessi voluto farlo*, Anna è inavvicinabile.»

Baker ha detto alle sue amiche che il padre è morto e che perciò ha passato una settimana con la madre e il fratello. Ecco il motivo di quella colazione: vogliono consolarlo.

«Tua madre vive in Iowa, giusto?» chiede Becky. Lei lavora nelle risorse umane e ricorda tutti i dettagli personali che Baker le ha riferito. «Ma com'è che sei tornato abbronzato?» Come tutti i bravi dirigenti che lavorano nel campo delle risorse umane, è anche sospettosa per natura.

Baker non può certo spiegare che suo padre è rimasto ucciso in un incidente in elicottero ai Caraibi, dove per inciso possedeva una villa da quindici milioni di dollari, e aveva un'amante e una figlia illegittima. Non può dire una parola nemmeno su quella donna fantastica – dentro e fuori – di cui si è innamorato durante la settimana appena trascorsa.

Quello che può fare, invece, è raccontare la verità su Anna. Tanto finirebbero per scoprirla, presto o tardi.

«Le brutte notizie non sono finite» dice. «Anna mi ha detto che sta per lasciarmi.»

«Cooosaaa?» esclama Debbie. «Proprio quando hai saputo che tuo padre era morto?»

«Ha trovato di meglio» spiega Baker. «Lì, tra i colleghi dell'ospedale.» Esita un istante. «Una dottoressa, in realtà. Si chiama Louisa Rodriguez.»

Segue un sussulto collettivo, poi qualche strillo e, infine, Ellen dichiara che questo è, senza ombra di dubbio, il gossip dell'anno. Baker è così preso dalla conversazione da perdersi la chiamata che arriva sul suo telefono alle 8.32 da un numero sconosciuto il cui prefisso è 787, San Juan, Porto Rico.

Alle 8.34 di lunedì, Huck sta accompagnando Maia a scuola. Sono in ritardo di quattro minuti, ma meglio un ritardo che un'assenza, per la quale propendeva invece Maia. Era stanca, lo erano entrambi, perché la sera prima avevano accompagnato Ayers a Red Hook, sull'isola di St Thomas, perché potesse farsi tatuare i petroglifi.

Per fare il tatuaggio c'era voluto più tempo di quello che avevano previsto, ma alla fine ne era valsa la pena: era la copia esatta dei petroglifi di Reef Bay incisi tremila anni prima dal popolo Taino.

«È bellissimo!» aveva esclamato Maia.

«Non pensarci nemmeno» aveva detto Huck. Dopo l'avventura del tatuaggio, le aveva portate a cena entrambe al Fish Tails, proprio accanto al molo dei traghetti. Ayers era stata un po' mogia, durante la cena, e anche Huck. Lui non era in grado di individuare con precisione la causa del suo disagio. Se non fosse stata un'idea tanto ridicola, avrebbe detto che gli mancava Irene. Ma come poteva mancargli una donna che conosceva da appena una settimana? Si era chiesto se Ayers fosse afflitta dalla stessa sensazione, se sentisse cioè la mancanza di uno dei figli di Irene, se non di entrambi. Aveva detto di essere tornata con Mick. Tuttavia, non sembrava contenta.

Notando le loro facce tristi, Maia si era sporta verso di loro e aveva detto: «Ehi, voglio che sappiate che sono qui, se avete bisogno di parlare».

Ed era così seria, mentre lo diceva, che Huck e Ayers non avevano potuto fare altro che sorridere.

«Che c'è?» aveva chiesto Maia. «Che c'è?»

Maia sta raccogliendo le sue cose – lo zaino, il pranzo, la bottiglia d'acqua – quando il cellulare di Huck squilla. La chiamata proviene da un numero sconosciuto, con il prefisso 787, San Juan, Porto Rico. Dev'essere Angela, l'agente di viaggio che gli organizza i gruppi per le battute di pesca, il che è una buona notizia: ha bisogno di rimettere la testa negli affari.

«Pronto?» dice. Fa segno a Maia di scendere dal furgone, invece di perdere tempo.

«Signor Powers?» dice una voce femminile. Ed è una voce troppo giovane per essere quella di Angela, che è nonna da quindici anni e ha un tono reso stridulo dalle sigarette e dalle urla. «Signor Sam Powers?»

«Sì?»

«Sono l'agente Colette Vasco dell'FBI, signore. Ho appena ricevuto una comunicazione dalla VISAR delle British Virgin Islands. Stavano indagando su un incidente che ha coinvolto un elicottero il primo di gennaio... incidente nel quale una delle vittime era sua figlia, dico bene?»

«Sì» risponde Huck. Maia scende dal furgone controvoglia e continua a guardarlo attraverso il parabrezza mentre cammina verso il cancello della scuola.

«Ci sono stati trasmessi gli esiti dell'indagine» prosegue l'agente Vasco. «Quello che inizialmente si pensava fosse un incidente dovuto alle condizioni meteorologiche sembra adesso la conseguenza di un atto criminoso.»

«Atto criminoso?»

«Sì, signore» conferma l'agente Vasco. «Sarebbe per caso disponibile a rispondere a qualche domanda sul conto di sua figlia e del suo amico Russell Steele?»

Huck abbassa il finestrino. Ha bisogno di prendere aria. Si accorge che Maia è ferma all'ingresso della scuola e lo sta fissando. Ha intuito qualcosa.

Huck posa il telefono sul sedile del passeggero. L'agente Colette Vasco può attendere. Deve occuparsi della sua bambina, in questo momento. La amerà senza riserve. Sempre e comunque.

«Ci vediamo alle tre!» grida. «Sarò qui ad aspettarti!»

Indice

PEFC
PEFC/18-32-03

Mondadori usa carta certificata PEFC
che garantisce la gestione sostenibile delle risorse forestali